我一定要去寻找，就算无尽的星辰令我的
探寻希望渺茫，就算我必须单枪匹马。

——［美］艾萨克·阿西莫夫

月球移民地纪事

董晶 主编

中国大百科全书出版社　知识出版社

图书在版编目（CIP）数据

月球移民地纪事 / 董晶主编 . -- 北京：知识出版
社，2025.5. -- ISBN 978-7-5215-1423-0

I. I24

中国国家版本馆 CIP 数据核字第 2025WG6768 号

YUEQIU YIMINDI JISHI

月球移民地纪事

董　晶　主编

出 版 人　姜钦云
出版统筹　张京涛
产品经理　朱金叶
责任编辑　李现刚
责任校对　王云霞
美术编辑　侯童童
责任印制　吴永星
出版发行　中国大百科全书出版社 知识出版社
地　　址　北京市西城区阜成门北大街 17 号
邮　　编　100037
网　　址　http://www.ecph.com.cn
电　　话　010-88390725
印　　刷　文畅阁印刷有限公司
开　　本　710 毫米 × 1000 毫米　1/16
字　　数　223 千字
印　　张　15.5
版　　次　2025 年 6 月 1 版
印　　次　2025 年 6 月第 1 次印刷
书　　号　ISBN 978-7-5215-1423-0
定　　价　68.00 元

前　言

中国第一部原创科幻小说（科学小说），发表于1904年，在《绣像小说》杂志上连载，共三十五回，未完待续，十三万字左右，1905年因杂志停刊，终止连载。1904年，被多数学者认定为中国原创科幻小说的元年。

两个甲子以后，2024年，是中国原创科幻小说诞生一百二十年的日子，我们组织了《月球殖民地小说》续写征文活动，引起了热烈反响，收到中国著名科幻作家马传思和史雨昂、杨贵万、张佳风、尹代群、透明大米等新星数十篇来稿。

相隔两个甲子的两代科幻作家，用一些相同的人物、同一个故事框架，对人类征服月球展开了想象。

《月球殖民地小说》虽未写完，但是，它有一个根本指向：到月球上去，看看月球是否可以成为人类的"殖民地"，或者，看看是否有先进的月球文明企图来"殖民"地球。

当代科幻作家在一百二十年来人类征服月球从想象到实践的过程中，撷取其间的精华，从多种角度编织《月球殖民地小说》续篇，从过去，到现在，至未来，在历史的时空中天马行空，自由驰骋，"青出于蓝而胜于蓝"，想象更加绚丽，故事更加精彩。

我们将《月球殖民地小说》缩写本及六篇获奖续本辑成书，供大家品赏。这将是一次非常特别、有趣、快乐的阅读体验之旅。

代 序

任冬梅

《月球殖民地小说》是署名为荒江钓叟的清朝小说家创作的一部长篇章回体科幻小说，1904 年年初开始在《绣像小说》上连载，直到 1905 年，共刊行三十五回，总计有十三万字左右。这部小说的发现，在科幻界还有一段趣闻。20 世纪 80 年代初，科幻作家叶永烈泡在上海图书馆的文献堆里，苦苦寻觅现代中国科幻的源头。在此之前，很多学者认为东海觉我（徐念慈）在 1905 年发表的《新法螺先生谭》是中国人最早创作的科幻小说，叶永烈却认为中国科幻小说的源头可能更早。最终，一部名叫《月球殖民地小说》的未完成作品进入他的视线。它于 1904 年在上海《绣像小说》上连载。直到目前为止，尚未找到比此出版年份更早的中国长篇科幻小说。于是，它被暂定为中国现代科幻小说的诞生之作。2004 年，各地科幻界同人以不同形式纪念了中国科幻的百年华诞。

《月球殖民地小说》是一部未完成的作品，从已有的内容看，小说描写了一个叫龙孟华的湖南人，参与反清革命，流亡海外。日本友人藤田玉太郎发明了当时世界上最先进的气球，载着他在世界各地寻找失散的妻子。

在已发表部分的最后，一些来源不明的人驾驶着远远超过人类科技水平的气球飞临海岛。在故事中，他们来自月球，龙孟华的儿子龙必大在寻找父亲的过程中曾遭遇过月世界的气球，并和月世界的人结为朋友。

在小说第三十三回，龙孟华全家都由月世界来的气球接到月球上游学去了。而玉太郎则留在地球上继续改进自己的气球，试图使其达到月球人气球的水平，凭借它进行星际旅行，小说讲到这里戛然而止。

不过，小说既然以"月球殖民地小说"为篇名，显然后面的内容才是主干，可以想象玉太郎的气球研制成功后，将载着地球人一起到月球上追寻异世界的先进文明，可惜我们已经无法欣赏到作者那更为宏大的构思了。

《月球殖民地小说》不仅具有标志意义，也是清朝科幻小说里艺术价值最高的作品之一。它拥有长篇小说的篇幅和架构。虽然结构有些松散，但作为连载作品情有可原。它极好地把章回小说的形式和科幻小说的内核结合了起来，毫无生硬勉强之处。

《月球殖民地小说》虽然并没有写完，在已有的篇目中，大部分人还滞留于地球之上，"月球殖民"却是小说的终极目标，"月球"这个意象在小说里的出现仍然值得引起我们的注意。

在中国传统小说中，"月球"往往是诗意化的表现对象——"月神""广寒桂宫"等是神话里的上界仙境，并没有实际性的空间意味。但是，《月球殖民地小说》中的"月球"却作为一个实实在在的可以让人类移居的星球出现，是一个可以供人类探索的地点，成为一个实体的空间概念。

这样的变化是怎么出现的呢？这样的变化对中国人来说，对中国社会来说，又意味着什么呢？从地球到月球的殖民，不是如古代"嫦娥奔月"般凭空飞上去，而是借助新式交通工具——气球。正是它的出现使得主人公们可以在三四个钟头内从美国纽约抵达英国伦敦。其实，距离的远近某种程度上也可以用时间来衡量，比如火车发明后从重庆到北京只需二十几个小时，我们会觉得两者之间的距离不是很远，倘若在古代中国，人们一定会觉得两地相距非常遥远，因为翻山越岭恐怕要花好几个月的时间才能到达。也就是说，空间距离的长短往往靠时间来衡量、来表现，这样一来又不得不涉及时间问题。在《月球殖民地小说》中，时间概念也悄然发生着改变，与中国传统小说中的时间描写相比，它已经有很大的不同。

同样，这种转变是怎么产生的呢？它对中国人、对中国社会来说，又意味着什么呢？立足于小说本身，勾勒出一条从"空间"到"时间"的线索，探讨其中发生的一系列变化以及这背后的原因，我们将会发现，新的时空观念其实已经伴随着各种西洋器物的传入在中国人的头脑中逐渐扎根。这种改变本身就体现出一种"现代性"意味。再者，小说借此创造出的空前的时空环境，还成为作者遐想新世界的广阔试验场，这种想象早已不是传统神怪小说中的凭空幻想，而是以科学的理论作为前提与依据的推想。

最后，作者营造新世界的努力，无疑是中国文学现代性的重要推动力。从这个意义上看，《月球殖民地小说》的价值和意义对缔造中国新文学的现代性具有一定的开创意义。

目 录
CONTENTS

《月球殖民地小说》缩写本

董仁威　潘亮　改编

第一回　避难下南洋

话说西元一九〇四年，湖南有个反清义士，姓龙名孟华。其妻凤氏，是个出身官宦人家的大家闺秀。这凤氏生性机警，兼且读书识字，立志要振兴中国，自幼便不肯缠足，因此跟他的丈夫逃难，竟同男子一样，不像那三寸金莲，扭扭捏捏，走不上几步，便喊脚痛的。且美丽非凡，宛如天仙。两口子郎才女貌，志同道合，十分恩爱。

龙孟华的岳父凤佑民，也曾在朝为官，曾参奏一位权臣，被那权臣恼恨在心，假别样事情将他丈人逼死。那权臣后来又借着查办一件重大要案，到两湖一带地方顺便搜括。龙孟华一心要刺那权臣，为岳父报仇，不料那权臣防卫狠密，正卧室内却教他的心腹内侄住着，自己反住着厢房里面，所以龙孟华误把他的内侄杀死。地方官十分着急，着人兜拿。

于是，龙孟华携怀孕的妻子，一家三口，走上了逃亡之路。逃到广东省城，听说官府又有关文拿他，他便搭了英国印度公司轮船，沿着马来半岛，向南洋进发。

途中船泊一小镇，客人均上镇游玩，龙孟华巧遇一个中国义士，姓李名安武，在东耀街茶坊里吃茶。李安武问起龙孟华出走南洋的缘由。

这时，龙孟华正在走投无路的时候，腰中银子渐渐的完结了，眼看不日便作沟中饿殍，好不伤怀！随着李安武陡然一问，险些儿落下泪来。因而便一五一十，将逃难的缘由，根根底底尽讲与李安武听了。

李安武不听犹可，一听之下，不由得双眉倒竖，豹眼圆睁，大声说道："贼官呀贼官！可恨我李安武不在朝中，不能执掌生杀大权，把那些贼官用野蛮的刑罚一个个一刀两断！"

说罢，便一手拉着龙孟华，说："你于今作何计较？轮船明天就可抵达新加坡，我在那里有寓所，不如暂在我家居住，再作商量。"

龙孟华道："好却是好，只是打搅不安。"

李安武道："休得客气！我和你同是中国人，便与自家骨肉一样。我家房屋尽多，足可容得你们居住。只恨是力量单小，不能够把四万万同胞兄弟从黑暗地狱里面救到那光明世界里来。"

龙孟华见他语言爽直，句句斩钉截铁似的，也不便再作推辞。因转过身来向他妻子说道："承蒙李先生美意，收留我们落难之人，与他一同前往新加坡他家暂住，这便是恩同父母。你且上前拜谢拜谢。"

凤氏在旁边听丈夫和李安武说话，已十分敬服李安武。既是丈夫叫她拜谢，她便整整衫袖，拜了两拜。李安武忙避不迭，说道："何用如此客气！这是我李安武应尽的义务，怎么要拜？怎么要谢？"

话犹未了，大踏步走出茶坊，右手招得三辆东洋车，左手招龙孟华夫妇上车，来到一客栈住下。

店小二开上三客饭。凤氏自在房中用过。外面龙、李二人尚在饮酒，所谈的无非是中国百姓如何苦恼，官场如何作恶，一派忠君爱国的话。

齐巧这夜是西历十二月十四号，合中历是十一月十五日，俗话说正是月当头。这客堂后面是一带玻璃窗，那月色映在窗上，十分夺目。开窗一望，只见万家灯火，和那月光相映，比起上海、汉口各大埠头还热闹些。

龙孟华举杯在手，向月轮一招，满饮在肚，不觉长叹一声道："月亮啊月亮！我们祖国偌大的地方，竟没有几个人像你一般模样，照得我心事出来的。可惜你离我太远，可惜我身无两翼，不能从这肮肮脏脏的世界飞到你清清白白的世界里去。"

说罢眼花一暗，泪如泉涌。李安武知道他是满腹牢骚。且我们历代相传那些"嫦娥偷药奔月宫""唐明皇和叶道士游月府""偷山霓裳曲子"的古话，都是民智未开的瓦识，龙孟华谅来不至于此；断是多饮一杯，发此感慨，因此也不与他辩驳。催店小二上饭，各向炕几上和衣倒睡。直至次日十二点钟才醒。

第二回　遇险兰箬河

李安武揉眼一看，知道时已不早。那小轮船，约在下午两点钟起碇，李安武生怕误事，催龙孟华将凤氏唤醒。

原来凤氏并未曾睡，整整在藤椅上坐了一夜。到天明后十点多钟，才将倦眼略酲一酲。忽听丈夫声唤，本是惊弓之鸟，怕的又有别样事故，急忙出来道李先生安，李安武也起身道大嫂安。

盥洗已毕，收拾行李，用过午饭，已是一点半钟。忙着店小二挑了行李，上了小轮船。沿着海岸，自南行去，光景甚佳。

到得上灯时，骤然风起云涌，大雨如注，不似昨夜月明时候，各各伤感。比及天明，雨势陡住，已入新加坡兰箬河港口。那李安武因有要事，到新加坡料理停当，已是一月有余，想望妻儿，自然是很急切的；便是龙孟华夫妇，也急切想就李家居住，不免同出舱外走走。但见两岸杨柳含烟，梅花着雾，正好遣遣愁闷。

说话间，只听汽笛呜呜，斜刺里一只英国邮船碰来。本船躲避不及，倾翻在水。

龙孟华等三人所坐的小轮船，既经落水，龙孟华自幼在家本来欢喜泅水，水是不怕的；但是兰箐河因为承着贝路摩奔山水的下流，异常迅疾，兼之雨挟新潮，流势格外汹涌，龙孟华在水中也就着实吃几个浪头了。本来想把李安武并凤氏一齐救出，无奈两眼昏花，身子实在支持不住，只得尽力向岸旁直泊。比及泊到岸旁，忽地脚跟一闪，跌倒在地，不省人事。

那岸逼近勃兰街，被巡街的巡捕看见，招呼伙计，抬到那普惠医院里医治。直到夜半之后，方才渐渐苏醒过来。

旁边伺候的却是中国人，急忙报与医生白子安知道。

白子安见了龙孟华醒来，十分欢喜，忙斟满白兰地酒一杯，给他解解寒气。看他相貌不俗，约略问他几句，龙孟华只管流泪不止。停了半晌，方才开口，说是："我龙孟华倒也罢了，但是我那……"

说到此句，喉咙里像有棉花塞住，咽住了，一句也说不出来。停了半晌，才说："但是我那恩人李安武并我的妻子，不知淌到什么地方了。"

白子安接口问道："什么李安武？是中国人，还是外国人？"

龙孟华说："是中国人。"

白子安颜色陡变，接着问道："是中国那处人？"

龙孟华说："是广东新会县人。"

白子安大喊道："是广东新会县李安武么？唉！这便如何是好！"

原来，这李安武是白子安的恩人。那白子安原籍是广东新会县人，曾在上海大英医院里学习医道。为的有人控他，说他同什么乱党来往，因此避到南洋。亏他同乡李安武保送，考入这普惠医院，才有今天。

白子安着急地盘问龙孟华，龙孟华一一回答，将怎么在南洋碰着李安武，怎么同坐小轮船，落水时大家在什么地方一一告知。说完两人不由得都号啕大哭。满院的执事都轰动起来，说是哭也无益，不如明日着包探四处查访。两人方住了哭，揩了眼泪。白子安也不回自己卧室，在病房榻上躺了，翻来覆去的打算。

刚到天明，便擦着眼睛，白子安和龙孟华开了角门出去。那时街上不见一人，便一径问得华包探门口，却遇那华包探从外回来。龙孟华遂将他妻子什么模样、什么衣服，告知华包探。

华包探对二人说："凤氏没有消息。这李武安大名鼎鼎，落水后被救，被本地富商濮心斋接到他的公馆了。"

白子安这一喜非同小可，拉着龙孟华，赶到濮公馆，跟濮心斋径到客厅，看见李安武躺在炕上，两眼扃闭，面色如火。

白子安喊的是："李先生怎样？"

龙孟华喊的是："恩人怎样？"

一齐拥到炕前，又惊又喜，喊声一片。

在李武安旁边，有个日本人藤田玉太郎，濮心斋给大家介绍，说这是小女濮玉环的未婚夫，是他将李先生救出来的，大家向玉太郎拱手致谢，并询问详情。玉太郎一一告知。

原来昨日小轮翻落的地方，去兰箬河口只有十二三里。不上五分钟，李安武被潮流冲击，滚到一个浅滩上面。齐巧玉太郎驾得秋叶丸轮船，刚要进口，见这浅滩上有人遇险，随将汽轮收住，放下舢板，吩咐水手将那人救上。亏得心口尚温。医治醒时，已是次日早晨。玉太郎细看那人模样，好像熟识，蓦地想起，向那人问道："足下莫非中国义士李安武么？"

李安武甚为诧异，呆了一呆，答道："在下便是。请问恩人尊姓大名？从那里认得卑人的？"

玉太郎道："足下记得八年前与家父犹太郎会晤么？那时我才十二岁，在小学堂读书，每遇休息回家，足下尝与我踢球玩耍，足下记得么？"

李安武听这一番说话，便道："世兄便是玉太郎么？"

玉太郎道："是。"

"令尊先生好么？"

玉太郎道："足下去后四年，家父已经去世了。"

第三回　梦月悼贤妻

当晚各自安寝。只有龙孟华满团心事，兜上胸膛，万分难解。看看黎明，始蒙眬睡去。恍惚见一轮明月，向空中照耀，那四面的楼台亭阁，都像那水精铸就的一般。霎时间，忽听洞箫宛转，鹤声嘹亮，万道旌旗，从月宫里飘贴出来，无数的红男绿女在那里歌歌舞舞。正是看得热闹，斗然左角上一幅芙蓉旗尾，被风吹荡，闪出一位仙女。定睛一看，原来非他人，就是自己妻子凤氏。那凤氏也不住的秋波含泪，望着龙孟华。龙孟华大声喊道："你于今为何到那月中去呢？"

凤氏答道："我于今已到这月中来了。这月中的好处，是千言万语都说不尽的。大约世界上所有一切的苦恼，此处都一点没有。夫君，你若有情，何不也搬到月中，一同享受？也免得在世间受那些没来由的苦处。况且我如今已生一子。"

随命侍女将一个孩儿抱出，果然生得异常俊秀，不由得心上喜欢。将身一纵，仿佛像平空着翅一样，因自忖道："天下的事真正有出于意料的。记得前次在新加坡安华栈里，酒后狂言，今日果然应了，你道奇怪不奇怪？"

顷刻间，飞到天空，离地也不知多少路程。低头一望：只见那督抚司道衙门里面，一个个都是三头六臂，牛头马面。吓了一惊，不由自主，直从那天空扑将下来，大声喊道："不好了！不好了！"

第四回　定居新加坡

却说龙孟华在梦呓中六喊"不好"，身子便在卧榻上"扑通"的一响，濮、李二人都被他惊醒。知道他为的妻子，也就装睡，不惊动他。谁知龙孟华竟放声大恸，两人才推枕起来。玉太郎生性沉静，晓得这事是急切劝不回的，便默坐无言。李安武按捺不住，便道："龙大哥，你只管恸哭什么？难道令正就哭得转来的？"

龙孟华便将凤氏如何贤德、如何恩爱细细的诉说了一场，就道："我龙氏自祖父单传三世。我妻子跟我逃难，已有了三月身孕，谁料他竟葬在李龙腹中！这都是我自己无德，连累着祖宗绝了香烟。"

李安武道："令正决不见得就死。万一已死，三年五载后另外续弦，岂不是一样传宗接代么？"

龙孟华道："象我这样福薄，又未必再遇到这样贤德、这样恩爱的妇人；便遇到这样贤德、这样恩爱的妇人，我也决不敢拿我这薄福的身体连累着好人了。"

说话时，仍是恸哭不止。李安武听得不耐烦，大踏步走向粉壁左首，取出日本宝刀一把，到卧室外草场上舞了一回。折转回来，大声说道："龙大哥，我们做丈夫的人，应做的事业很多。倘是为着儿女的恩情，短去了英雄志气，还算什么男子汉！龙大哥，你是明白人呀。"

龙孟华经他一番责备，那哭声也就渐渐的停止。

从这之后，龙孟华在李安武家中住下，帮他打理公司业务。

李安武的家在新加坡岛上，当年名叫松盖芙蓉。这松盖芙蓉，自从同治十三年便归英国保护，中间有个兰箸河。兰箸河的两岸，大半是我们中国人居住。就中有个小小村落，在兰箸河北岸，离开松盖芙蓉的会城赛郎都不远，叫个突而其斯村。李安武的家就在突而其斯村。

龙孟华自接办公司后，倒也十分顺手。但是靠着兰箸河，每到夕阳西下，散步河堤，想起当年落水的地方，那满河的潮流滚滚，好像他满腔的血泪；那满岸的花红柳绿，好像他满眼的芒刺。每日到公司办事，无事的时候，便在李安武的别墅中徘徊。有时同白子安对饮，有时便是独酌。到得酒酣耳热，高起兴来，或是填几首词，或是做几首诗，倒也十分有趣。只是所做的诗词，一半为的国家，一半是为的凤氏。

第五回　气球赴纽约

光阴迅速，一共是住了七年。那日是中历十一月十五日，龙孟华自到南洋，整整是八年了；梅岭上的绿梅已是开得满枝赛玉，香气扑人。南洋的地气最暖，那雪是经年瞧不见的。这夜一天好月，照得满山洁白，那花枝也就仿佛在雪中一般，约着白子安同走到待雪亭上，席地饮酒。

酒到半酣，抬头一望，只见天空里一个气球，飘飘摇摇，却好在亭子面前一块三五亩大的草地落下，两人大为惊诧。看那气球的外面，晶光烁烁，仿佛像天空的月轮一样；那下面并不用兜笼，与寻常的做法迥然不同。忽然叮当的一声，开了一扇窗棂，一个人从窗棂里走下。那人生得仪容不俗，举止堂堂，看见这里梅花盛开，便也从容赏玩。回头一望，见亭子里有人饮酒，不便造次，便走向亭前，脱去帽子，深深的弯了一弯腰。正要开言，那里面的人也急忙还了一个礼，冲口问道："玉太郎足下，是几时从贵国光降的？"

玉太郎定睛一想，原来和他说话的人，便是八年前在岳丈家中会过的那湘乡龙孟华，连忙答道："龙先生，久别了。在下是今日六点钟从东京起程的。"

龙孟华道："怎么这样神速？"

玉太郎道："便是坐着气球，所以比别样神速。"

龙孟华道："这个想是足下自造的了？"

玉太郎道："正是！费了五六年的心力，才得告成。"

玉太郎引龙孟华走到气球里面。那机器的玲珑，真正是从前所没有见过的。除气舱之外，那会客的有客厅，练身体的有体操场，其余卧室及大餐间，没有一件不齐备，铺设没有一件不精致，两人的眼睛都看花了。谈叙了片刻，忽听得汽轮鼓动，那球早腾空而起。低头下望，那些房屋都同飞走的一般。两眼尚未转睛，那汽轮陡然停住，已到得贝路摩奔山第一个峰头了。

乘气球兜了一圈，回到家里，继续喝酒。

却说龙孟华正在酒席上面，听得有人给他道喜，自己摸不着头脑，暗暗诧异："我龙孟华自从在湖南杀人报仇之后，逃到南洋，把个妻子都冲散去了，难道这喜事天上掉下来的么？"

定睛一看，看得那个跑差的头上戴着一顶外国呢的帽子，衣裳塞在带子里头，寄在一部踏车上，气喘吁吁地说道："那位是龙孟华龙老爷？小人是学堂里打发来给龙老爷道喜的。"

龙孟华发了一个怔，问道："是那个打发你来的？"

那跑差回道："是账房里海步红海师爷叫我来的。"

龙孟华问那跑差道："你道的是什么喜？"

那跑差回道："海师爷却没有讲明。有个纸头，呈上来请老爷观看。"

说罢，便从衣袖里掏出一张纸头来。龙孟华接来一瞧，原来是一张外国报。龙孟华向来读的是中国书，到得南洋来，虽然认得几个"哀皮西地"的字母，会拼拼字音，那字义却是全然不懂的。

龙孟华找到一个翻译，开口译道："这个是纽约地方寻人的告白。那告白中说的是中国妇人龙凤氏，原籍湖南湘乡县，丈夫名叫龙孟华，系八年前在兰筶河遇险，至今未有消息。凤氏蒙美国的女士玛苏亚先生护救，现住纽约华剌利街第五十六号门牌玛苏亚先生宅里，生得一个儿子，取名龙必大，于今年已八岁，一心要寻他父亲。"

李安武深深地一揖，道："恭喜，恭喜！龙先生的小儿，这样的年纪便这样的孝心。龙生龙，凤生凤。我们圣人的说话真是一点儿不错的。"

玉太郎热心地说："我用热气球送你到纽约去找令郎及尊夫人吧！"

说走就走！龙孟华一心要访他妻子的消息，请玉太郎将那球行到华剌利街第五十号左右，和玉太郎同去察看，无奈已是瓦砾场了。

遍问左邻右舍，都说这火是前七日起的，玛苏亚先生已同着一个中国妇人到别处去了。玉太郎问是何处，有的说往欧洲的，有的说往非洲、亚洲的。龙孟华听得玉太郎翻译，那心上不由得一阵酸痛，哇地吐了好几口血，几乎把心肝都呕出来。玉太郎生怕他旧病复发，急忙和他上了气球。

龙孟华道："我横竖这命是没有的了，玉太郎足下，你看我平日交情，将这球放到火山旁，将我向火中一兜；或是放到海洋里面，将我往海中一掷，我死后魂魄也还感念足下呢。"

玉太郎道："这话是从何说起？你休心烦，我代你仔细商量，定教你夫妻见面，父子同堂。"

第六回　环游伦敦城

却说玉太郎劝龙孟华的话，不过是眼前替他解解烦恼，实则自己胸中也毫无把握。本来自己打算，他刚与濮玉环小姐完婚，为的是新婚总要游历，不如借此和龙孟华到处玩耍玩耍，一者可以散散他的心；二者倘然遇着他的妻子，也未可料；三者万一不遇，到那十天、半月之后，他的伤心也可减去几分。

计议已定，便句龙孟华道："龙先生，谋事在人，成事在天，我们不可不尽人谋；只管怨天，终是枉然。既然有人说到欧洲，且到欧洲寻觅一番；欧洲没有，便向非洲、亚洲寻觅一番。你的意下如何？况且我这气球，不像那火车、轮船迂缓，你是知道的。"

龙孟华无可奈何，也只得听他劝说。

到得第二日九点钟时刻，龙孟华尚在梦中，忽听人声嘈杂，蓦地惊醒，已到英国伦敦都市。这伦敦都市的热闹，竟与纽约不相上下。

玉太郎与夫人濮玉环坐在窗前。濮玉环开窗一望，只见下面的电汽车、马车、东洋车一齐停在一段地方，一个个仰面相看，齐声喝彩。你道是什么缘故？却原来伦敦气球公司接得纽约气球公司的德律风①，晓得日本国出得新式气球。一个风声传了过来，那满都市的博物学士、天文学士、地理学士以及各种的科学生徒，没有一个不摩拳擦掌，想看这新式气球的样子，以便仿效制造；并且政府里面亦派专差到日本查访，或是重价购买，或是派人学习，生怕这利权落在日本人手里，将来通商交涉便处处吃亏。他们所争的就是这个。

当下濮玉环正在看得出神，忽见远远来了一辆马车，停在百余丈之外，隐约看见一个外国妇人和一个中国妇人从马车出来，远远的在那方站着，因拉玉太郎的手，指着说道："那里莫非就是龙先生的夫人么？何不叫他一望？"

玉太郎赶忙走到龙孟华卧室，高声叫道："龙先生，恭喜！尊夫人现在那边了，我的朋友海留巴找到她了，叫我们去帕留安尼花园会她。"

到得帕留安尼花园，这里风景绝佳，凡是英国的士女以及各国寄寓的绅商，大半在此聚会。三太郎前番环游地球，曾到这里流连了好几回，因叫车夫径送到那里。

---

① 电话机（telephone）的旧译。

这日天气晴和，游人云集，上等客座都已坐满，由堂信引到一个中等客座。看那舞台上面正在舞得热闹，是英国的皇太孙和德国的公主对舞。那公主生得腰肢一搦，皮肤胜雪，裙袖飘摇，仿佛天仙化人一般。大家齐声鼓掌。接着便是英国的水师提督和伦敦第一著名的交际花对舞，大家又是齐声鼓掌。

玉太郎取出千里镜，朝着四面闲望。望见海留巴坐在东首客座上，和一个妇人讲话，吩咐堂信算还茶帐，径到海留巴座上招呼。龙孟华此番却活动好些，脱帽拱手，并没失礼；但是语言不通，仍烦玉太郎做翻译。

那妇人名叫玛利亚，是美国纽约人氏，就是海留巴的夫人。玉太郎为他是纽约人，便问："纽约女士玛苏亚夫人可认得么？"

玛利亚道："就是家姊。先生几时认得的？"

玉太郎道："并未见面。但因有事，须要访她。"

玛利亚道："家姊家里现被火灾，十日前曾到舍间，同了她一个义女，匆匆搭印度皇后力轮船到非洲去了。"

玉太郎道："她义女是那处人？名叫什么？"

玛利亚道："是中国人。原名却不晓得，现叫玛苏亚第二。"

玉太郎道："令姊到非洲有什么公事？"

玛利亚道："也没什么公事。她有个朋友，在脱兰斯法尔南境金烛巴亚尔村的女学校教书，想去访访她。"

龙孟华听他两人的话，自然不懂。濮玉环代龙孟华道喜，说："尊夫人已有消息了。"

龙孟华不知底细，濮玉环约略告诉了他的踪迹，登时喜气洋洋，催玉太郎出去。

三人同出。到了气球，玉太郎指墙上地图道："脱兰斯法尔是我旧游之地。金烛巴亚尔村的女学校，那年还在新造，未曾完工。龙先生休要着急，今日已晚，横竖是明日的事。今晚权到墨多耳伦馆吃饭，明早再讲罢。"

于是三人同到得墨多耳伦馆里。只见电光雪白，人声鼎沸，笙箫管笛，比起汉口的海市春、上海的海天春还要热闹得好几倍哩。龙孟华为的心上有事，也没心流连光景，斟上酒来，只管痛饮。酒吃多了，觉得有些头昏，就倚在榻上躺着了。沉沉一梦，到得酒醒，揉眼一看，不知是那时已上了气球。玉太郎推门道："龙先生昨夜畅饮，今日可曾睡醒？"

龙孟华道了一声醒，问："开机没有？"

玉太郎指着窗外道："这下面不是金烛巴亚尔村的女学校吗？"

龙孟华探头一望，满腔欢喜。洗了脸，用了点心，和玉太郎夫妇下了气球，将三个名片递给门房，说要会玛苏亚先生。门房道："这里并没玛苏亚先生。"

玉太郎自知失误。在伦敦时，未曾问得玛苏亚的朋友名字。便道："玛苏亚先生是前十一日在伦敦起程，到这里会他朋友。他朋友的名字，我却忘了，烦你代我查一查，看是来了没有？"

那门房打开号簿一看，点点头道："来却是来了。"

第七回　孟买错逢妻

却说玉太郎到得金烛巳亚尔的女学校门房，听说查玛苏亚已来，心中很为欢喜，便央那门丁道："玛苏亚先生既经来此，即烦通报一声，说他义女的女婿现要求见。"

门丁回道："玛苏亚先生虽然来此，但他并不住在这里，无从通报。"

玉太郎暗暗吃惊，替龙孟华心中懊恼。复又央道："请问玛苏亚先生的令友是否在此？敢求通报一见？"

那门丁将他们的名片递了进去。传话出来：着他三人权在客厅坐坐，等到十一点半钟下课再会。玉太郎随将门房所说的话告诉了龙孟华。龙孟华又是希望，又是惊怕，甚为难过。看那钟刻要到，便立起身紧紧候着。

看见一位女教习进来，大家都举手为礼。女教习问道："那位是玛苏亚第二的夫婿？"

龙孟华一言不发，经玉太郎代达。女教习将龙孟华打量一番，代玛苏亚第二暗里伤感。玉太郎因问她尊姓大名，女教习道："姓哈克生，名勃雷，和玛苏亚是伦敦旧同学。玛苏亚遭了火劫，带他义女想往亚东地方寻他外孙；便道过我，匆匆的已上了英国的邮船去了。"

玉太郎问："到亚东那里？"

勃雷道："并未讲明。大约英国邮船三五日间必到日本，先生可到那边查访。据我朋友义女讲起，说她丈夫已在兰箬河被难，却如何尚在世间？可惜龙先生迟到几日，不能和他早早见面，消这数年的愁闷。"

玉太郎道："正是！这龙先生的运命乖舛。不知他的儿子可曾有什么消息？"

勃雷道："消息半点儿也没有。可怜玛苏亚第二的眼泪已哭得干了。"

因指濮玉环问道："这位是先生的夫人吗？"

玉太郎道："是。"

勃雷和濮玉环谈了好些话，问他在什么学堂读书，学的是那种专门；濮玉环约略告知。勃雷甚为起敬，留他三人茶点。

濮玉环道："龙先生性急如火，不能在此奉扰。改日再见罢。"

勃雷送他们出来。那满院的学生都拥在门口，指天画地的，有的说这气球巧妙异常，有的说将来定然更有进步，讲得热闹。见勃雷出来送客，晓得这客一定是气球主人，个个属目，个个都脱帽相敬。

上了气球，玉太郎才将那凤氏现往亚东的话说出。龙孟华甚为发急，催将气球开往亚东。濮玉环道："如今且不用着慌。大约今夜十点多钟，邮船必到孟买，我们可将气球赶到孟买码头，等得邮船一到，上船查访，必然就有头绪。"

玉太郎吩咐开机。但听机轮响处，那天空的一个落星石扑面飞来，亏得机轮避的快，没有碰着：只觉无数的沙砾洒在球壳外面，呛呛琅琅的响，大家都十分害怕。龙孟华正在开窗凭眺，被一阵细沙迷了眼睛，喊声"不好"，两手揉了好一会儿，才把眼睛睁好。看看沙尘已尽，那一片日光之下，楼阁参差，车马络绎，好生繁华。玉太郎吩咐停了机，用了茶点。

那时刻才有四点钟，随邀龙孟华并濮玉环到下面玩耍。齐巧劈面撞着几个英国兵，吃得酒气熏蒸的，东倒西歪，嘴里哗剌哗剌的乱唱。龙孟华有事在心，闷头前走，不提防被他碰倒。那兵丁倚酒谩骂，反怪龙孟华挡了他的去路，举棍要打，被几个巡捕瞧见，才缓缓拖开，几乎遭他的毒手。玉太郎夫妇从后赶上，拉着到茶坊小坐。

坐尚未定，一个印度的小孩儿手里捧着许多报纸，拿着几种向座上一兜，转头便走。玉太郎和濮玉环随手取阅，濮玉环将所阅报纸用指头一戳，给予玉太郎；玉太郎接着一瞧，是中历本月初一日告白，说："华剌斯街第五十六号住宅已经被火，现拟到脱兰斯法尔南境金烛巴亚尔女学校暂住，倘遇得孩儿龙必大，即烦送至该学校。谢金照中历十一月初六日原告白；另给舟车费三百圆，决不食言。"

玉太郎仔细一想，妻还未寻得，儿子又走失了，这个消息不便告与龙孟华，徒然添他的烦恼，顺手便搁在一边。

只见濮玉环拿着报纸点头微喜，向龙孟华道："龙先生，今夜准备和尊夫人相见了。"

龙孟华猜不出头脑。玉太郎扯着那张报纸，道："这是嫂夫人的寻人启事，说是本月初十日已由金烛巴亚尔女学校起程，到孟买石兰街女教堂暂住。有人寻得儿子龙必大，请即送至该教堂。谢金数目统照前议。"

濮玉环道："不如折回气球。横竖那轮船夜深才到，龙先生也好略略休息，预备十二点钟上轮查访。倘然遇着，便迎到气球同住，一者可以舒写龙先生的忧愁，二者我们也好瞻仰玛苏亚先生的威仪。"

玉太郎道："话虽如此，但寻龙必大的告白已说明送往女教堂，我们且到女教堂问问。倘若先生的世子已经到堂，岂不更妙？"

这句话把龙孟华提醒，连忙道好。坐了马车，同到女教堂门首。

龙孟华并未投帖，大踏步向大门闯进，被管门的喝住，问他来干什么；龙孟华嘴里说的是中国话，那管门的一句也不懂。亏的玉太郎夫妇已跟了进来，投了名片。那管门的问："会那位先生？这里是女教堂，寻常男子是不准乱闯一步的。"

濮玉环道："并不会那位先生。因为有件寻人的事，须要拜托贵执事：倘若人已送到，便请好好收留。"

那管门的问："是寻的何人？与本堂有何交涉？"

濮玉环随将报上所载的话讲给予管门的听。那管门的忙答道："是玛苏亚先生的事吗？前夜已有电报到此。这里的房子以及常年经费，原是玛苏亚先生独力捐助的，这事自然留心。"

濮玉环问："那孩子可曾查得踪迹？"

管门的回道："并无踪迹。听得玛苏亚先生和他义女玛苏亚第二今夜便抵码头，届时尽可来访。"

濮玉环指着龙孟华道："这位便是玛苏亚第二的丈夫，想要寻他的儿子，所以才这般着急。"

说罢，折步出门。看看夕阳西坠，映着槟榔树的梢头，异常耀目。那槟榔树的左角站着几个日本人，在那边闲逛。玉太郎定睛一望，他的亲戚就在里面，赶到面前和那人讲话。濮玉环自和龙孟华在树旁等候。龙孟华心上不耐烦，那人的话偏又絮絮不休，十分焦急，又不便催玉太郎走。树头上的红光渐渐收了，飕飕飓飓的起了阵儿清风，那东边的一轮皓月已从海边涌出。那人还拉住玉太郎的手，邀他到行里吃茶，玉太郎道："不须吃茶，那边还有人等着呢。"

那人才放了手。龙孟华埋怨道："为何说得这样长久呢？"

玉太郎指着教堂的钟说："此刻才六点零十分，离着十二点钟还远呢？不须着急。怕旳是十二点钟后，那话头还更要长久呢。"

龙孟华自己也觉得性急，坐着马车，同上了气球。

用过晚餐，约略坐了片刻，大家归入卧室。龙孟华原想养养精神，靠着枕头，硬把两只眼睛紧闭；无奈心头只是烦闷，月光射着窗棂，冲着眼皮儿怪痒，浑身的汗如雨注。没奈何，仍旧坐起，拨开电灯，把箱子里的书搬到桌上，翻了几番。不料这脑气筋全不灵动，眼里看着书，心里仍盘算着英国的邮船。兜开这本，另换了一本，还是这样。不到一点钟，把满箱的书都翻个历乱。堆了满桌子高高低低的，像一座卖旧书的摊头一样。觉得有些困倦，胡乱伏在几上打盹。鼾声雷动，把隔壁的一个丫鬟搅醒。

那丫鬟瞧一瞧钟，已快到十二点，急忙来叩玉太郎的门，报了时刻。玉太郎和濮玉环都坌了衣服。洗了手面，听那钟刚敲十二点，忙推开龙孟华的门。只见龙孟华的头还歪在桌上，额角上还抹了几块墨，玉太郎并濮玉环都不禁发笑。

龙孟华自己也好笑得紧，连忙整衣洗面，静听汽笛。不上半点钟，听得远远里呜呜地一阵响，三人下了机器椅，在码头静候轮船泊岸。三人跳上船板，找着账房，查那搭客的号簿，却不见玛苏亚的名字；走出来向各舱问讯，总是没有，三人甚为惊骇。看那搭客下的下，上的上，龙孟华两眼睁着，玉太郎问他："尊嫂瞧见么？"

他只管摇头，一言不发。那汽笛又呜呜地响了，轮船上水手来催闲人出去，三人无法，只得回到码头。问起管码头的巡捕，巡捕道："玛苏亚先生？我辈合埠头的人都认得他的，只怕坐的不是这个轮船罢。"

玉太郎道："他讲明坐的是英国邮船，怎么不是呢？"

巡捕道："你们错了，这是印度皇后轮船，并不是邮船。听得电报局里说，尚未接得邮船的电信，大约今夜是不来了。"

濮玉环在旁听着，想要转告龙孟华，又怕龙孟华着恼；想要不告，又怕他胡乱猜度，转觉不便，只得径行告了。龙孟华跺脚叹道："苍天啊！苍天啊！你难我龙孟华也算是难到尽头了，怎样还不放松些儿？那满世界中间王侯将相，虽然好的不少，那虎狼蛇蝎似的伎俩，据我眼里所见、耳里所闻的，实在也不为不多，偏偏将我这班人的脂膏供他那一班的快活。宫室住的是华美，衣服着的是新鲜，妻妾养的是团聚，子孙生的是繁衍，说不尽的快乐都堆在他那一班的身上。这却是何道理呢？难道你是全然不管的么？"

说罢，将所执的白木杖向那石地上乱击，击得个寸寸都碎。巡捕怕他发狂，要送他到医院验看。玉太郎代他解释了一番，巡捕才站在一旁，看他们三人上气球去了，十分惊讶。

晚餐之后，玉太郎将气球复往码头伺候。那看码头的巡捕看见球到，忙用手向上招了几招。那时龙孟华正是睡着，玉太郎和濮玉环下球，问巡捕的话。巡捕说："今天接着邮船无线电电报：邮船开出非洲之后，走了一日，遇着雾；耽延了许久；雾后开船，开着将到印度洋的时候，齐巧遇着流星迸碎的石头，将烟囱打断，船上的人，有的安坐不动的，有的在船舱外面被些石块打伤的，有的跌翻水里的，有的坐着海里的小渔船逃走的。不知玛苏亚先生怎样。据石兰街教堂的女教士说，还没接着玛苏亚先生的信呢。"

两人听了这话不妙，赶忙上球，也不惊醒龙孟华，便开机向印度洋外缓缓走去。

第八回　玉太郎述奇梦

却说玉太郎在气球中得一奇梦，醒时已是午牌时刻。看见濮玉环在旁边案桌上焚着一炉的沉水香，拿着一本洋文书，在那里观看。玉太郎

告与濮玉环道:

"我今天早上精神疲惫,慌惚云端里飞下一个天使,说我这气球有许多不完全之处:第一是不能脱出空气;第二是不能离开地心的吸力;第三是脱出空气、离开地心的吸力,不能耐得天空的寒气;第四是纵然耐得天空的寒气,被那地球外的旋风也吹得张皇无定,不能称心所欲,任便走往各世界。有这四件的大欠缺,便像死囚牢守监狱一样,任是大仙大佛,总逃不出这个圈套的。

"当下我想那天使的话委实不差,便请教他有什么法子,他只是笑而不答;我便再三哀求,他才开口道:'法子你是一时领略不到的,我且带你见见别种世界的光景。远的世界一时也难到,我且带你游玩那月球世界。未知你意下如何?'

"我说:'愿意得很。'他便将我轻轻一拂,便觉我的两胁下生出两只翅膀来,那翅膀扇了几扇,登时到得一个所在,真正是黄金为壁,白玉为阶,说不尽的堂皇富丽。就中所有的陈设,并那各样的花草,各种的奇禽异兽,都是地球上所没见过的。

"正在看得有趣,里面陡然走出一个人,向天使说道:'你是从什么肮脏世界,引了个肮脏的人,来到此间?我们这个社会虽然算不得是什么高等,那一种龌龊卑鄙的恶根性却还没有呢。'说罢,举起那拂尘帚子,劈面拂来,拂得我眼花缭舌。亏得天使用衣袖遮住,那人恨恨而去。天使用手紧紧地拉着我,一路飞行。

"飞到一个牌楼,上面写了六个大金字,那字体龙飞凤舞,我却全然不识。天使翻译告我说道:'这是地球栖流公所,你的父亲派在那边管门。'引着我迈步前进。果见我父亲,仿佛还是从前的样子,和我世伯东里兴昌君都站在那里,不出一声,只把眼睛朝着我,微微一笑。

"我想上前施礼,被天使拦住,说:'这里不是用得私情的地方。'我便跟他进了一座殿,殿上坐着三个大人,天使指点道:'这中间一位是如来释迦,东边一位是孔氏仵尼,西边一位是美国总统华盛顿。这三位算

地球上有数的人物，经本世界选定，做公所的三首领。其余的各种执事，均经三首领简派。真要算得至公无私的了。'

"天使走到三首领前，行了三鞠躬礼，三首领都慌忙回礼；天使着我也行了三鞠躬礼，三首领也慌忙回礼。礼毕下殿，转到殿堂左角，挂着金字大红牌，牌上填着多少名字。中间有个牌，是唐女士的父亲唐北江先生；另外一面牌是北江先生的四门生。那龙孟华先生做的诗并令尊大人做的碑文，都粘在下面。

"正要朝下细看，那天使把手一招，说：'你将来终是这里的客民，不必留恋。'用力一推，推我在万丈深坑之下。恍惚天使亦跟了下来。这万丈深坑也挂着一块黑漆牌，牌上写的，据天使说来就是'天囚'两字的意思。做了罪魁，便永不超升的。

"天使和我讲完，忽然电光一闪，将身体腾到空际，道：'十年后再会罢。你那两翅无用，还给我罢。'我刚要回话，那天使已不知去向。为的没有翅膀，在那黑坑里寸地难行，受尽了无限苦恼。看得一班恶鬼围着许多的好男子、好女人，在那里勒索他们的银钱。看得不耐烦起来，把身上佩的宝刀拔出，刀光闪处，那班恶鬼都吓得惊慌。有的落下头颅的，有的跌坏手脚的。那些男男女女都齐声合掌，感谢我的大恩。就里有个女人，说是他儿子龙必大还锁在一处地方，求我也救他一救。话犹未了，猛听天空里放出几个霹雳，把这黑坑都打做没有，我心窝里扑地一跳，就此也醒了。你道这梦奇是不奇？"

濮玉环道："这是你日夜劳乏，神经不固，所以才有这场噩梦的。你且安息一番，莫弄坏了身体。"

玉太郎道："我也是这般想。但我嘴里怪渴得很。"

濮玉环忙斟了一杯雨前茶，递与玉太郎道："坐着打盹，很不舒服，不如卸了衣裳，到榻上躺躺去。"

第九回　二玉策妙计

玉太郎心下发闷，和濮玉环商量道："像这样查法，查到什么日子呢？"

濮玉环也没有法子，但说："这事只可耐些性儿。"

玉太郎道："我们有甚不耐性？只怕龙孟华醒来，那性儿是不能耐的，却是如何是好。"

濮玉环道："正是呢！前次为了英国邮船没到，尚病得九死一生；倘若他醒后，再不得消息，怕他性命决然难保。"

玉太郎踌躇了好半晌，说道："法子倒有个在此。"

濮玉环道："既有法子，便当请教施用。"

玉太郎只是笑而不答，起身说道："我要到药房里走走，你若没事，不妨也到药房里坐坐。"

濮玉环看他鬼鬼祟祟的不肯说，只得跟到药房。看那金刚石的方桌晶莹夺目，便说："这个真是稀世之宝！"

玉太郎道："这算什么稀世之宝？那龙孟华先生的夫人，才算真正的稀世之宝哩。譬如现在龙先生的病，只等他夫人一到，便立刻消除；倘是他夫人不到，便把金刚石砌成一座房子，能够医好龙先生的病么？"

濮玉环道："你适才说有法子，又怎样不开口呢？"

玉太郎道："你瞧见龙孟华夫人的照片没有？"

濮玉环说："也没有瞧见。"

玉太郎道："这就没法了。"

濮玉环道："既要照片，怎不到龙先生的卧室一找呢？"

玉太郎道："我也是这样想。但是龙先生那年曾落在兰箸河里，难道他的照片还藏在身上么？"

濮玉环听他说得在理，料得照片是断然没有的，也就罢了。

玉太郎和濮玉环同看龙孟华，龙孟华依然两眼朦胧。玉太郎便在桌上翻阅了半天诗稿。看那诗题上面有一首叫做《哀凤飞》，又有一首叫做《题凤氏追影图》，陡然触起，心里忖道："龙孟华既然题了这首诗，一定是出水之后，摹写那凤氏的神气，绘出一图，当做纪念的。但他那图却没有瞧见，或者在他行箧之内，也未可料。"

复又忖道："无故查人的物件，于公理上终究讲不过去。"

折到卧室，玉太郎和濮玉环商量。濮玉环道："这事是龙先生的生死关头，只要能救出他的性命，便查他的行箧也不为无故。"

玉太郎想了一想，随同濮玉环到龙孟华卧室。玉太郎因将龙孟华的行箧搬出，唤了机器匠，开了锁，揭去箧上的盖头，却满满的藏了一箧书，还有几块石印。中间有块石印，是上好鸡血石雕的，玉太郎不认得中国篆字，给濮玉环瞧了瞧，濮玉环指着道："这是'翔龙舞凤之章'六个字。石印的旁边是'孔子降生二千四百八十九年正月朔凤镌'十七个字。"

玉太郎道："这凤氏倒算是中国的美术大家，难怪龙先生这样的伤心。"

濮玉环道："你找的图画有了没有？"

玉太郎道："这箧里却没有。想是藏在枕箱里。"

玉太郎又轻轻地将龙孟华抱起，另换了卷书给他枕好。亏得枕箱没有上锁，揭开盖来，内中共有四卷画轴，捧了出来。那第一轴题的是"显考讳瑜伯府君"，第二轴题的是"显妣虞太夫人"，第三轴题的是"内舅玉堂凤公"，都是遗像。第四轴题的是"凤氏追影"，下面注着"龙孟华更生后稿"七个字；打开一看，那凤氏果然是绝妙佳人。濮玉环看那旁边的诗，字字哀艳，句句悱恻，不由得自己也落下泪来，起身说道："我的心头怪酸，不忍再见这个画，再读这些诗了。"

说罢，用手巾揩着面上的泪痕，回到卧室躺下。

玉太郎把行箧锁好，仍把枕箱换给龙孟华枕着。折到药房，拿出凤氏的轴子给濮玉环瞧。她瞧了一遍，问："旁边注的字是什么意思？"

玉太郎告诉了一遍，濮玉环道："我却有两个法子：第一个法子，是给他个死无对证；我画幅玛克亚先生并他夫人的像，藏在一个篾子里，就说这篾子是在海滩得到的，等他悲痛了一番，索性等他祭奠一番，那悲痛的心思或反可以淡些，你道这法可好？"

玉太郎道："你那第二个如何？"

濮玉环道："第二个法子，是给他个釜底抽薪。他所以害这许多病，转这许多念头，都是为凤氏玉洁冰清，是个有才有德的妇人。如若那凤氏迎门卖俏，和娼妇一样，或是从前好比一块玉，后来却落在粪坑；从前没有瘢点，后来却另抱琵琶，只怕凤氏虽然有绝代的美貌，绝世的妙才，他也未必再放在心上了。照我的愚见，就画一幅美人春睡图，画一个少年男子坐在凤氏榻上，做两下调笑的光景，说这是从那照相馆里买来的。给龙先生瞧见，那病儿也包准不再发作了。你道这法好用不好用？"

玉太郎俯首沉吟，犹疑不决。心下想道："原来李安武前番不肯说，就是为的这个缘故。其实我那濮玉环是开通到底的，这些话又有什么要紧？譬如天上一轮明月，岂是那几朵乌云便能够遮住他的光彩的？"

想了半晌，向濮玉环道："此计甚妙，待我仔细商量，拣用一条罢。"

第十回　月府游行图

第二日，他们把气球飞到李安武的别墅。李安武正好在家，随即来访。

玉太郎将濮玉环与他商议的救孟龙华的计策与李安武说了一遍。

李安武道："他那第一法太狠、太辣；第二法又太鄙琐，太亵渎。我想这两个法子都使不得。虽然照着心理学论起，这话也很有道理，但是一个洁白无瑕的好人儿，凭空说他无故溺死，又凭空说他琵琶别抱，这却是何苦呢？前番我听说龙必大生的时节得一预兆，是月中童子。如今何不捏一段海外奇谭，说是玛苏亚母女两人到了鼠尾洲登岸，被月里一位女善士领着许多的金童玉女正在那里徘徊，可巧童子队里的队长就是龙必大，凤氏和龙必大见了面，便同玛苏亚一齐上升；上升的时节，留下一块石上的真影，算做那里的胜迹。现在照相的法子日精，我这里便画一幅《月府游行图》，图后缀他一篇洋文，用照相法子照到石头上面。对着龙先生，就说这石头是从鼠尾洲石壁上采得的。你道这法比那两个怎样？"

玉太郎拍掌道："真正妙法！"

濮玉环也拍掌赞好，并毛遂自荐，说："图画学我略知一二，就由我来画一画罢。"

濮玉环向那金刚石桌上，先把凤氏留影轴子取出。想到天文台地方最僻静，于是上了台，打开轴子，细细凝思。想那凤氏面似芙蓉，眉如杨柳，百般的好处。整整的一夜不曾安睡，只在画几上打着一个盹。

迷迷糊糊，到了七八点钟才醒。丫鬟送上面汤排上早饭，濮玉环问起玉太郎，丫鬟回道："今早和李先生查探别岛去了。为的太太要画画，所以没有惊动。"

濮玉环觉得满腹的精神，叫丫鬟收拾了画几；提起笔来，上面先画一轮明月；下面画月中的女士，领着凤氏并凤氏的义母及儿子的光景；旁边还陪着些童男童女。到得午刻，才画得一半，丫鬟又送上午饭，濮玉环一心在画上，也不追问玉太郎查岛的消息。饭毕又画，画到灯电气上了才完结。自己细细地瞧了一遍，不禁眉飞色舞，暗暗赞道：这幅画可以当得写生两字了。

李安武回了球，那球仍开到印度洋去。同上了天文台，看那画的《月府游行图》，不禁赞道："濮嫂果然是个画图学大家：怎么画得这样入情入景？但那后面还要作篇记文才好。"濮玉环道："正想做篇洋文的记文。"李安武道："不如中国文的好，叫龙先生自己也可以领略些。"玉太郎道："就作中国的篆书，岂不更妙？"

濮玉环沉吟一会儿，一篇文章已经做好。因问玉太郎道："昨天所查见龙先生的石印在那里？"三太郎道："还在龙先生的篋里。你要么？我取来便是。"濮玉环点头答应。不上一刻取了来，濮玉环取在手里，仔细揣摩，晓得这石印是摹的石鼓文，齐巧石鼓文是自幼临惯的，便濡毫漫漫的写出。讲给玉太郎、李安武两人听了，李安武道："果然是一篇妙文！我虽不识中国的文字，那意思是很明白的。"玉太郎也不觉赞了几声好。濮玉环道："人家赞罢，你又赞什么？"玉太郎道："这是天生的一种美术，有目共见，有耳共听。当真好，自然要说个好！"濮玉环自己也得意得很。当时用过了石印，便交给李安武道："李先生，你的石片现成么？"李安武忙回道："现成，现成。"忙从箱笼里取了出来。那石洁白光华，恰好像座团圈妙镜。濮玉环道："费李先生的心，就把这画照上石片罢。"李安武连忙动手。

正说话间，机器匠禀道："气球已到李脊洲的南面了。玉先生要开到那里去？"

玉太郎道："开到鼠尾洲歇住罢。"

机器匠答应去了。顷刻间，已到鼠尾洲。这鼠尾洲的尾巴上地势很高，到得末段的地方，竟竖起一座高峰，直插在云霄之内；下面临着大海，甚为雄阔。玉太郎指着一块石壁向濮玉环道："我有妙计了！你前次所想的法子还没想到呢。"

转过面来向李安武道："李先生，你那石片且慢些动手。"

两人忙问什么缘故。

第十一回　留影石壁上

却说玉太郎指着石壁，说有妙计，引着濮玉环和李安武到石壁下一望：见那座石壁直上处约有三五百丈，朵朵莲花似的，参差不平；当中有一段霉白晶莹的，像座天然明镜。玉太郎点头道："我想这天然明镜上，尽可将这幅《月府游行图》留影在上。等得龙先生醒来，我们便将球放到这里，叫他自己找到，岂不比那留影在石片的法子更加妥当么？"

濮玉环道："此计果然大妙！"

便把球放到石镜的半腰。李安武把那幅画上了玻璃药片。收拾停当，太阳已渐渐西沉。齐巧这石镜朝着西面，李安武蘸些药水，把玻璃药片安上。不到半点钟，那画已留在上面。玉太郎道："李先生真不愧为绝技！你看这些人物景致，不是处处都同活现出来的一样？"

濮玉环道："这画的上面，还要略略点缀。"

玉太郎道："怎样点缀？"濮玉环道："我想用药水写三个大篆字，叫做'凤飞崖'；大篆的下面，用双钩的大洋字一排；篆字的末尾，题'凤氏草'三个小篆字；双钩洋文的末尾，题'玛苏亚书'四个洋文的小字。你道好与不好？"李安武抢着答应道："这个很好！就请濮嫂动笔。"

说罢，走到药房取出一瓶药水，放在濮玉环面前。濮玉环也折回卧室，取出一枝大笔并两枝小笔，饱蘸了一大笔的药水，写出"凤飞崖"三个大篆字。那字的直径约在五六尺上下，古朴中间却含着一种妩媚的气象。丢下大笔，用小笔在"崖"字旁边注了"凤氏草"三个字，又钩成翔龙舞凤之章一个图书的样子。濮玉环从来没写过这样的大字，觉得有些吃力，便向李安武道："李先生，那三个双钩的洋文，须得你费心了。"

李安武答应着，一挥而就。玉太郎赞叹了一番，看那太阳已落下大半，便邀李安武、濮玉环到了大餐间，一同用过饭。将龙孟华的原画并他夫人镌的石印，仍归在原处。一夕无话。

次早天明，玉太郎尚未起身，听得丫鬟叩门，濮玉环道："这早来干什么？"丫鬟道："李先生要请老爷商量要事。"

玉太郎接口道："有什么要事，这早便要商量？"

丫鬟道："什么事却不知道。但据药房里小厮说，李先生已起身多时了，专候老爷呢。"

玉太郎急忙着了衣服，到药房会了李安武，问："什么要紧的事？"

李安武道："龙先生至迟到今夜一定要醒的，他的夫人还没有消息。我们虽然安排那石镜上的画，但是果然查到，岂不更妙？我尽这一天的力量再查一查，所以邀玉先生并令嫂早些起来。"

玉太郎道："李先生要算得热心的了。既是这样，我们且巡一两处，再用早点罢。"

李安武道："这却不妥。从这一带查过去，那山上的瘴气很多，非独要用茶点，并且还要吃几杯酒才好。我是已经吃过了，你和你嫂夫人快些准备要紧。"玉太郎折回卧室，和濮玉环胡乱用些早点，又呷些白兰地酒，和李安武开球，到得司常煞儿岛落下。

今天查探了许久时刻，李安武揭表一看，向玉太郎道："现在已九点零七分钟了，我们须早些回去。"

玉太郎便拉了濮玉环，一同上了球。因为玛苏亚母女的踪迹始终没有查到，觉得毫无兴致；并且所游历的许多岛屿，风俗恶劣，没有一处看得合意，倍加沉闷。李安武配了许多药水，约玉太郎同到龙孟华卧室，用寒热表验龙孟华的热度，向玉太郎道："龙先生真正是天生的情种！怎样洗了心后，已经十日，那心竟还比寻常人热得许多。"

随手又取出一面透光镜，看那红血的分数，竟占去十分之七。递与玉太郎一照，玉太郎本懂些普通生理学的，见了也诧异道："李先生的话真个不差！"

李安武解开龙孟华的胸膛，替他揸了好几处药水。只见龙孟华蓦地睁开眼来，向李安武一望，说道："我的病不是已经好了么？怎么还用药水呢？"

玉太郎代答道："病是好了，这药水原是醒你的觉的呢。"

龙孟华指着墙上的钟道："我不是六点半钟睡的么？到这时刻才过了五个钟头，怎么就用药水叫醒我呢？"

玉太郎知道他心下尚未明白，含糊不答。龙孟华又道："英国邮船昨日没有到，今天一定要到的了，怎么他们不到码头等候？"

玉太郎又含糊着不答。龙孟华道："我肚中觉得很饿。"

李安武早吩咐厨房备了些龙孟华合宜的饭菜，并斟了两杯酒。龙孟华吃完，觉得身子疲软，仍旧上床睡了。

睡到明日八点钟光景醒转来，见玉太郎、濮玉环在那边讲话，龙孟华接着问道："玉先生，我昨天问你的话，怎么句句不回复我？"

玉太郎忙叫小厮替他舀了面汤，向龙孟华道："龙先生且用过茶点再谈，这话很长呢。"

龙孟华盥洗过了，用了茶点，玉太郎因将他睡后怎样的情节、睡了几何时、查探几处地方，并李安武受惊各事，一一告知。龙孟华一言不发，只把两眼儿睁着，像木偶一般。濮玉环又将石兰街教士的话细细的叙述了一遍，龙孟华陡然触起心事，两眉皱了一皱，身子也就瘫了；陡然向枕头上一睡而下，面朝里边，一句话也不讲，那眼泪却像滚瓜似的掉了下来。

李安武走进了卧室，见龙孟华这样光景，知道他心里伤感，无可劝慰，只得向玉太郎提起石镜岩的事来，并问："玉先生，你告诉他没有？"

玉太郎道："这事怕他寻出破绽来，我想稍缓两天，托名查探到那边落下，等他自己看出才好。"李、玉两人讲的是英国话，龙孟华自然一句也不懂，自己在暗里转念头。你道他转的什么念头？他因为他的儿子龙必大，生前的预兆是月中童子，这话本属荒唐，但是前番自己也做得一梦，梦见凤氏已升到月府，生了一个儿子，算来这事或者有些道理，也未可知。想到这里，不胜的羡慕。复又转一念道："凤氏是和我很有情义的，她怎肯抛却了我，独住在月中呢？难道她到了月中，把前番的夫妻一场都忘记了么？况且她既然能到月中，必然也能从月中再到地球；就不能再到地球，难道一封信儿都不肯寄我？"

想到这里，不由得肝肠寸断。当下李、玉两人讲了一回话，讲完了，也各自默默。想要劝他，实在是无言可劝。

正在相对默然，忽然龙孟华从床上一跳而下，拿着一面手镜，自己照了一番，诧异道："我究竟还是在世间，还是在梦里？诸位休要瞒我！"

众人齐声道：'龙先生，你好好将息。青天白日，怎么说是做梦？"

龙孟华道："我适才听见凤氏讲话，怎么眼睛一睁却瞧不见呢？"

玉太郎道："这是你心上的虚火。龙先生，你好好将息要紧。"

龙孟华道："我不信你们的话，我要出了球找一找他。"

玉太郎道："现在这球不是开着机器走吗？"

龙孟华抢步走出，揭开球门一指道："我那凤氏不是明明白白站在那下面么？"

说罢，不由分说将身一纵，纵到一个万丈深谷之中。众人不及提防，大家都吓做一堆。

第十二回　投谷下重泉

却说龙孟华人球里跳出，玉太郎等惊慌无措。停了半晌，才猛然省悟，喝住气球，忙叫折回原路，寻觅龙孟华投下的地方。不料那球走得很快，已下来了一千余里。看准钟头，对定子午针，到了一个山谷上面，低头一望：那山谷里面平排着无数的尖锋石头，土名叫麻来沙来谷，就是石帆的意思。石帆下面黑漆似的，瞧不见什么踪迹。

玉太郎叫把球搁到将近石帆的左右，放下机器椅，和李安武、濮玉环下去探察，竟是一无所见。忙拉铃把机器椅缩上了一半，陡见那里面放出两个大火球，一阵腥风飕飕射将上来。亏那机器椅缩得快，回头一瞧：却是一条大白蟒，头大数百围，张着一张吞舟的大嘴，从下面冲了上来，想把这全球吞下肚皮。

玉太郎急命把气球上升，那蟒蛇也趁势赶上，为的用力太猛，竟碰断了许多石帆。齐巧一个石帆锋利得很，直刺在咽喉里面；蟒蛇忍痛不过，一个转身，把那几百枝石帆尽数扫光，蟒蛇亦登时毕命。

玉太郎挥泪不迭向那石帆叹道："龙先生，这都是我辜负你的！你跟我气球同出，不能跟我气球同归。我许你十天之内夫妻见面，骨肉团圆，竟弄得个死葬蟒蛇之腹，连那尸骸都没处寻觅。这不是我辜负你，是谁辜负你呢？"说罢，和濮玉环俱放声大哭，李安武也陪着挥泪。

玉太郎吩咐小厮备了一桌祭菜，玉太郎亲自斟了一杯酒，奠向空中，说道："龙先生足下：我与足下朋友了一场，今日竟不能相会了！记得我那内姑丈李安武先生曾和我讲起，说先生的品格是玉粹金坚，先生的文章是经天纬地，后来没有遭际便罢，有了遭际，定然能替我们亚洲建一番功业。先生这番大祸，叫我怎对得亚洲界内无数的兄弟？我今奠你这杯酒，情愿你再生人世，做亚洲第一等豪杰；情愿你夫人凤氏母子相见；情愿你世兄龙必大撑着你的志气，吐你生平的一腔热血。"

奠罢了酒，满球上大大小小没一人不流泪的。

玉太郎、濮玉环同到卧室休息。玉太郎道："我们总须竭尽心力，查龙先生的夫人及他的儿子。万一查到，我将他儿子教导成人，龙先生便在九泉之下，也当瞑目。倘若是丢开不查，怎样对得起先生？便是李姑丈那面也交代不下的。你的意下何如？"

濮玉环正在对镜理发，听了忙答应道："我也是这般想。但我们须替龙先生留个纪念才是。"

玉太郎道："怎样留纪念的法子？"

濮玉环道："那边不是有几十棵大树么？我想就在那大树上面刻划几个大字，你道怎样？"

玉太郎道："这法很好！"

随即把球落到那山冈之上。只见那山冈土石相间，那石头的形状奇奇怪怪；有像狮子搏象的，有像大鹏展翅的；有些矗立像巨鳌回首的，有些横插像六马滚尘的。那石缝中间都是些香草芝兰，这时虽没有花开，却都是翠叶扶疏，一种幽静的气象，教人胸次都开阔了好些。朝北一面，平列着无数参天古树，枝干都蛟龙一般的蟠屈，上面是百鸟翔鸣，下面便紧靠那石帆的洞穴。濮三环踌躇了一番，拿起大笔，朝着树上钩出"中国义士龙孟华先生之大纪念"十三个大字；玉太郎拔出宝刀，向那双钩的地方，将树皮铲去；李安武也帮着铲了些树皮。

等到铲出了字迹，那时已过了五点钟。上了气球，慢慢开机，在空际徘徊了一番。忽然左面飞出几对白鹤，直扬翅向天空冲去。玉太郎凝神一想：这鹤是从那里来的？定然左右有什么巢穴。目不转睛，只见飞出的几对白鹤衔了些长蛇回来，直向远远的一个山旁落下。

跟踪寻去，看见那座山南临大海，山崖里却有一个大谷。这谷的深度也不知几何，有几处交藤平空的架着，交藤的左面，横插了几株翠柏；这翠柏的周围，约在百尺左右，那鹤巢就在柏枝上面。玉太郎把球落到将近鹤巢的树枝，那些鹤却见了人丝毫不惊。

陡听得树枝叉处，仿佛有人呻吟的气息。低头一看：果然有个人，着的是西洋衣服，端端正正锤在那几十枝交藤之上。放下机器椅，把那人一抱，移到球里仔细瞧来：面部上涂了许多血迹，帽子也没了，却原来不是别人，就是前番铲树纪念的龙孟华。

玉太郎忙叫小厮请李安武来看。李安武问他："有什么痛苦？"

他只是不答。李安武用药水替他洗尽了血迹；看他额角上略略有些伤痕，渗上些药粉，又收拾了一番，伤痕立刻平复。李安武复问道："龙先生，你受了大惊了！"

龙孟华道："我并没受什么大惊。我明明看见贱内在下面招我，我下去寻她，觉得身子飘飘荡荡，浑如柳叶一般；被一只白鹤横空飞来，将翅儿向我额上一梢，便梢得血流被面，昏沉过去，不省人事。是谁把我抱上来的，我却丝毫没有觉得。"

玉太郎道："是我抱你上来的。龙先生，以后务须自重，不可把有用的身体平白弄坏。你知道你是睡在什么所在？你睡的乃是几十枝枯藤，那下面阴风飕飕，泉声澎湃，竟是个万丈深潭；深潭的外面，还通着大海。倘若稍差几寸，这性命已不知到哪里去了。先生试退一步想，譬如令夫人前次没有消息，并不知道在外遇救，不接着纽约的日报，先生也要安心度日；如今接着纽约的日报，知道令夫人前番遇救，你为他一时查探不到，便自轻生，倘若日后查探出来，令夫人不见先生，教他何以为情？况且世兄又立志寻父，那性质自然很好，若遇先生不着，教世兄又何以为情？大凡人生世上，最亲密的莫如夫妇，哪一个不是情致缠绵，情愿同生共死？但这情字也要立定界限，就使中途分手、永不见面，也不过逢年遇节到他墓门前面挂一个花圈，洒一番清泪，断没有相从地下的道理。况且令夫人尚在人间，怎样你反自寻短见？"

一场话把个龙孟华说得无言可答，想了一会儿，心转过来，起身谢道："先生之言，谨当刻骨！但恐一时性急，制不住这个身子，还求先生从速查探。自今以后，在下所有的日月，尽出先生之赐，生死不忘，谨记在心上了。"

玉太郎道："先生休要如许客气。今夜且好好安息，明早再探令夫人的踪迹罢。"

龙孟华却镇夕不眠。盼到五点半钟，心上辘轳护似的，再熬不过，唤个小厮，想请玉太郎。那小厮被他唤醒，两眼儿尚在眯着，问："龙老爷要茶么？"

龙孟华道："茶是要的。玉老爷起来么？"

小厮道："怎样天还没亮老爷就起来呢？他比不得你龙老爷。"

那小厮说到这句，觉得有些不妥当，接道："龙老爷是起早惯的，我家老爷至早也要七八点钟才起呢。"

说罢，舀上面汤，倒了一杯茶。龙孟华洗了面，举起茶杯，细品那茶的滋味。想到这茶是湖南出的，自己离了湖南许多年，旧时朋友没有一字儿来看我；我想盛一碗麦饭，筛一壶清酒，祭扫我先人的坟墓也不可得，岂不是枉度了一生么？一面叹息，一面又想起适才小厮的说话，是明明说我单栖身子，不比玉太郎双宿双飞，不由得暗暗悲悼。算到人生在世，了无情绪，把那轻生的念头又勾了起来。坐立不住，仍旧是榻上躺躺。记起日前玉太郎相劝的话，和李安武劝我的话，总是一样的道理；但是看得破，忍不过，只惟临到他两人头上也是这样呢。一阵的胡思乱想，反迷迷糊糊地睡着了。

忽听玉太郎推门喊道："龙先生醒么？我们想开球了。"

龙孟华揉眼一看，晓得时刻不早，赶忙下床答应道："我醒已多时了，适才又睡着的。"

玉太郎道："怎样不招呼我呢？"

龙孟华道："怕的惊动不好。"

玉太郎道："有甚惊动？以后只管招呼。"

说话间，听得机轮已动，龙孟华指着窗外说道："这里好个所在！怎样不把球停一会儿？"

玉太郎喝住了球，两人同时落下。龙孟华流连了半晌，看见树上刻着几个大字，念道："中国义士龙孟华先生之大记念。"惊讶道，"这是谁人刻的？"喊玉太郎道："玉先生，这树上的字你瞧见没有？"

玉太郎正在一边看盆里的兰花，觉得芬芳扑鼻，不忍丢手；接着龙孟华一问，提起这树上的字，知道是瞒不过的。正欲回言，看见濮玉环也从空落下，便指道："这就是他刻的。"

龙孟华问起刻字的原由，自己叹息了一番，对那树说道："在下薄命，连累你受这剥肤的灾难。想你从开辟直到于今，也不知经历了多少风风雨雨，今日为着我这落难之人，把我的贱名跟着你千秋万代永永不朽，这就是在下祸中得福了。"

吩咐小厮们倒了一杯酒，向那树作了个揖，坐在树旁一块怪石上，俯首沉吟。忽然地又折回球上，取出一副笔墨，做了一首诗，用双钩大字钩在那十三棵大树上面。约莫钩得两点钟，方才钩完。玉太郎、濮玉环替他铲去空白。

等到铲完，已是下午时分，约了李安武一同树下饮酒。濮玉环道："先生这首《哀树吟》，可与这树并称不朽了。这树是从古至今，长在这无人荒岛。先生这首诗替他流泪，正是替自己流泪；替他断肠，正是替自己断肠；不独是自己流泪、断肠，也是替中国古今豪杰尽数的流那没奈何的泪、断那千回百折的肠。先生今日可痛饮一场，消那满腔的块垒。"

玉太郎随斟上一杯，龙孟华略略谦让了一句，便一饮而尽。李安武也斟上一杯，龙孟华也一饮而尽。李安武指着树上的字问玉太郎道："这又是那个做的？"

玉太郎道："便是龙先生做的。"

李安武诧异道："龙先生又会做文章么？我在医院时，听得敝业师哈先生说过，龙先生的心就是做什么八股文章做出来的心病，这个莫非就是八股文章么？真正使不得，真正使不得！请先生把我的话翻译了劝他要紧。"

玉太郎道："这不是八股文章，却是一首诗，尚无妨碍，他做的并不是五言八韵。我劝他以后少做罢了。"

龙孟华靠着那谷旁的古树，触起凤氏飘流的光景，不觉对景怀人，又想做一首《忆妇吟》，被玉太郎劝住，才没有动笔。濮玉环在树根之下亦徘徊了一回，看见日光渐渐的斜了，向玉太郎道："我们牢守这里做什么？同上球，开动机器，还可走一点钟。"

第十三回　凤飞崖寻画

　　却说龙孟华和玉太郎商议，将气球逼近光圈，仔细瞧了一遍，独自念道："凤飞崖。凤氏草。怎样叫做凤飞？怎样又是凤氏？那凤氏又不是什么飞仙，怎能向这个悬崖绝壁写这三个大篆字？底下平列着一排洋文，这洋文虽不认识，但他旁注的三个小字，照字母的拼法拼音读起来，的确就是玛苏亚。咳！这玛苏亚是我妻子的恩人，又是我妻子的义母，他也不是什么飞仙，怎能够也在这里钩出这许多洋字呢？"

　　一头想着，便一头看那下面的画，自言自语道："这明明是凤氏的模样，怎样却影在这石壁上头？他的手里还挽着一个小孩子，这小孩子的样子我也怪熟得很，原来和梦里所见的那个月中童子竟是一副面庞，一定是我儿子龙必大了。这龙必大的左手还拉着一位女教士，想必是玛苏亚先生了。玛苏亚先生的上面，却还有位女仙；女仙的部下，又有许多的仙童、仙女，都仰着脸儿看那上边的一轮圆月。"

　　看画已毕，看见后面又有一篇记文。"文章做的好，同那字迹写的好，真是我凤氏的手笔。后面一块图章，本是当年在湖南刻的，一样两方，不料凤氏经受了许多磨难，这图章还没有遗失。"

　　龙孟华想到凤氏竟抛了自己，和儿子游行月府，便不由得淌了两行眼泪；想到凤氏及儿子至今无恙，到月府里面开辟了一个新世界，使我龙氏后代香烟永永不绝，又不禁笑逐颜开。一阵想，一阵看画、看字、看图章。偏偏的天不作美，猛然飞来一片乌云，将那落不尽的半轮红日全行遮没。龙孟华还只管两手摸着鼻尖儿，靠着那团圈石镜，四下里窥探，玉太郎忽地拍了他一下，喊道："龙先生，明日再看罢。是什么希奇景致？黑暗里还这样的出神？"

　　一个小厮禀道："大餐间各式已齐备，请老爷和龙老爷进去用饭。"

　　玉太郎随挽了龙孟华的手，进了大菜间。龙孟华也忘记让座，竟向左边第一座坐下。濮玉环见他态度异常，故意问道："龙先生看的什么？讲给我们听听呢。"

龙孟华仿佛是没有听见；濮玉环又接问一句，龙孟华答道："你们猜猜看，天下事竟有这样奇怪的！"

濮玉环问："什么奇怪的事？"

龙孟华道："姑娘知道么？我那凤氏并我的儿子龙必大，都好好在那里，并且如今还聚在一处。可惜我这笨重的身体，不能插翅相随。"说罢，不胜叹息。

濮玉环问道："令夫人和世兄聚在什么地方？怎的不能相从？"

龙孟华道："这话说来奇怪得很。现在已聚在月球里面，和玛苏亚先生是同在一块儿。"

濮玉环道："龙先生莫又错认了。前番说令夫人和你见面，你便跌落在深谷中间，几乎丧命；这番又说令夫人已到月府。有什么真凭实据？还是接着令夫人的来信？"

龙孟华道："真凭实据的确是有的。"

玉太郎插嘴道："既然龙先生有了真凭实据，龙先生万福，令夫人万福，令世兄万福，玛苏亚先生万福。在下满斟这一杯，代龙先生贺喜。"

李安武问玉太郎道："玉先生为什么进酒？"

玉太郎告他进酒的缘故，李安武起身道："既是这样，我也应得进一杯。"

龙孟华酒落欢肠，自然是绝不推辞。因为别人进他的酒，他又回进了一杯。自己又举起瓶来斟了好几杯，略略的有些微醺。吃了小米粥，用了咖啡，挽住玉太郎的袖子，笑嘻嘻说道："那石壁上的字画，玉先生还没瞧见吗？我和你出去看看去。"

玉太郎被他拉了出去，只见石壁映着球里的电气灯，虽然有些光亮，究竟不十分清楚，便和龙孟华说道："待我带了电气花再来看。"

龙孟华才放了手，站在球口，等玉太郎带好电气花，果然光芒四射，看得爽快。玉太郎装做不懂，说道："这画里的男男女女，我一个都不认得。"

龙孟华指着说道："这是我的内人，这是我的小儿，这一位是我的大恩人玛苏亚先生。"

玉太郎只是摇头，装做不懂，指那后面的字问道："这个字又不像贵国的文字，是画的什么呢？"

龙孟华道："这个叫做篆字，是我们中国古代通行的。"

因从头至尾念一句，讲一句，指天画地的正在讲得高兴，忽地李安武也闯了出来，指那洋文说道："这个字我都识得，是玛苏亚先生的亲笔。我们医院里有玛苏亚先生送的一块牌，和这上面的字却是一样。但不知道余外的字是说些什么？"

玉太郎一一告诉了，李安武也装着欢喜的模样，替龙孟华捲手。

龙孟华这时候的快活非同小可，眯着眼，吩咐小厮道："也请太太出来瞧瞧呢。"

小厮答应去了。一霎濮玉环出来，故意细瞧了一遍，向龙孟华道喜，并道："令夫人这字画真正是希世至宝！我们明日用照相的法子，还要多摹几张呢。"

龙孟华同玉太郎从头至尾又看了好几遍。玉太郎为的时候不早，催龙孟华到卧室。龙孟华道："玉先生自便，我一时还睡不着。"

玉太郎吩咐小厮："好好伺候龙老爷。"自己却同濮玉环进了卧室，李安武也回到药房。

龙孟华到了卧室，也不和玉太郎答话，拿钥匙开了箱笼，取出那块图章，丢向玉太郎面前，说道："你看这图章上的字，比那石壁上的字是一样两样？"

说着，复又揭开枕箱，取出凤氏留影的卷轴，挟在手弯里，朝外便走。玉太郎拉他不迭，跟了出来。那时间，东方才有些微明，壁上模糊，一字儿也瞧不清楚。龙孟华一手展开图画，一手捺向石壁，在那里对看。

玉太郎拉住龙孟华的衣袖，请他安睡；为的用力稍猛，把那画"撕"的一声成为两段，一段仍在龙孟华手里，一段落在石壁的底下。龙孟华跺脚喊道："不好了！不好了！怎把我的画撕毁了？玉先生须和我下去一寻。"

说时迟，那时快，龙孟华一把拉住玉太郎的手朝下跳去；亏得玉太郎膂力还好，将龙孟华紧紧拉住，说道："龙先生莫急，待我取得电气花来替你寻。"

龙孟华道："既是先生不肯同去，我也不侵犯先生的自由权，我便自己去寻。"

玉太郎知道他着急，又不便放他，用手一挟，挟他到卧室里面，叫小厮请濮玉环商议。濮玉环道："龙先生休慌，我穿件衣服，和先生同去。"

龙孟华挣扎要出去，玉太郎紧紧不放。只见濮玉环浑身光彩，曜得龙孟华目光闪烁，喊道："玉先生快快放手！濮姑娘身上怎这般光亮？"

玉太郎将他放下，道："这叫做五彩电光衣。你莫性急，跟着他同去，岂不妥当些？"

濮玉环从衣袋里取出两面电气花，分给了两人；吩咐机器匠，把气球缓缓落下。

濮玉环走在前面，看那石壁下朵朵莲花苍翠可爱，却不见什么图画。那球轮已平到海面，机器匠把球稳住。龙孟华心急如火，瞧见海边上有一带石坡，和玉太郎道："我们且到石坡上找一找。"

玉太郎只得依他，濮玉环也跟上坡来。那坡是沙石结成，没甚树木遮拦。三人细细地瞧了一遍，不见踪迹。龙孟华跑得大汗淋漓，说道："这边还有个山洞呢，请濮姑娘好歹前去找一找。"

濮玉环进了山洞，两人跟着。听得里面水声淙淙，走近水边，只见那水热气上腾，原来是天生温泉，四围都是些五花宝石。玉太郎拾了一块，向龙孟华道："那图画一定是飘到海中去了，决不能到这山洞里来的。"

龙孟华无可奈何，放声大哭。哭得玉太郎濮玉环心都乱了，陪着一齐伤心。

李安武正在药房制药，忽听外面隐隐有哭声，甚为诧异：雄道这里还有火家居住？问了小厮们，才知道是龙孟华的哭声。急忙下了球，循着哭声，寻到洞门。移步进去，但见龙盖华坐在温泉旁的宝石上痛哭，玉太郎和濮玉环各站在石头上，在那里揩泪。李安武大声喊道："时候不早了，你们还没早餐，在此伤心干什么？"

玉太郎当将失落画轴的情由告诉与李安武。李安武道："失落画轴值得什么？也要这般伤心？玉先生，你且把龙孟华劝住，我自有道理。"

玉太郎道："李先生，你有什么道理？"

李安武附着玉太郎耳边说：如此，如此。

玉太郎摇头道："这法使不得。你知道石印虽巧，比起人工到底两样。这法使不得！"

李安武低头一想，说道："有了！"

玉太郎忙问："有什么法子？"

李安武指着濮玉环道："便请令夫人替他续了下半截，岂不就是一样么？"

玉太郎点头道好。

李安武便走到龙孟华面前，知道他是劝不住的，掏出一块药水手巾兜头一盖，那哭声便登时咽住。打了电铃，招呼了几个小厮，把龙孟华抬出洞门，扶上机器椅。李、玉二人跟进了卧室，拿他手掌剥开，把上半截的画交给了濮玉环。濮玉环回到卧室，将那画一看，好好一个美人面孔，齐着那樱桃嘴上裂去大半，心上撞鹿似的乱跳，想着凤氏命苦，连个画儿还不得和她丈夫常常在一块，不免流下许多眼泪来。

玉太郎料理龙孟华安睡后，折转卧室，看见濮玉环呆在一旁，面垂双泪，便问道："你又伤心些什么？赶紧用过早饭，还到天文台上安心补画要紧。"

濮玉环拿出汗巾，揩去了泪痕，点头道是。洗过脸，用过早饭，上了天文台，摊出纸头，慢慢摹写。直到午餐，才摹写完结。仿摹龙孟华的字体，补写了下面的字，玉太郎又盖上翔龙舞凤的图章。裱糊停当，天已向晚。约李安武一同来看，李安武道："好个补画的妙手！但是纸色还约略有点参差，待我取些药水渗成一律，便和原画没有二样。"

说罢，向药房里取出几瓶药水，向面盆里调匀，渗了一番，果然上下的纸色一样。玉太郎又叫小厮们抬龙孟华到洞里去，将那上半截的画仍插在他的手里，那下半截补的画便安在洞门外面一块青莲石的中间。

李安武揭开龙孟华的手巾，把药瓶向他鼻尖上一摇，登时醒了转来。看看手里仍是半截画，被玉太郎挟出洞来，龙孟华道："不用挟了，那边像有什么纸头似的。"

玉太郎拿他放下，问："有什么纸头？"

龙孟华也不回言，走到青莲石左边，取出那下半截画，仔细的一对，向玉太郎道："原来画在这里！怎么前番找不着呢？但这画已经……"

话到这里，声音咽住，呜呜咽咽的又哭了。那哭的声音，和那海潮的声音，纵横澎湃，搅成一片。三人劝他也不听。

第十四回　石洞暂安居

却说龙孟华为的凤氏留影已经划成两截，仿佛和已经敲破的鸳鸯镜、已经弹断的凤凰弦一样，所以哭个不止。那时天已昏黑，海中的潮涨得黑山似的，卷将上来。玉太郎急命将龙孟华扶上了球。

李安武代他捧着那上半截画，濮玉环捧着下半截画，走进大餐间，忙交与龙孟华。龙孟华道："这画敢烦那位代我补好，便和我凤氏再世恩人一般了。"

濮玉环道："龙先生休要再哭，这事我便效劳。倘若再哭，把我的心都哭酸，手都哭软，那就无能为力了。"

龙孟华道："但得濮姑娘代我补好，我便百般都依你吩咐。"

说罢，便将画交给濮玉环，濮玉环吩咐丫鬟送到天文台。恰遇细崽送上晚餐，便大家同吃。独有龙孟华对着那叉儿、刀儿，缩手不动。濮玉环问："龙先生为什么不吃？"

龙孟华推说腹中尚饱。玉太郎在旁道："龙先生，你整日没吃，怎样腹中尚饱？既然这样，大家便一齐不吃。"

濮玉环道："我补画原是为的龙先生，既是龙先生有心辟谷，这画补给谁看？"

折转头叫丫鬟："把龙老爷那画还了龙老爷，免使我这里白费工夫。"

龙孟华连忙摇手止住那丫鬟，说道："我便依着濮姑娘的话，努力加餐。"

吃完之后，各回卧室。濮玉环自到天文台，补好那幅画。一面卷画轴，一面想道："今夜是我们中国的除夕，怎样没有做些除夕的纪念？"

原来濮玉环爱国的心最热，前几年游学日本，遇到中国的四时节令，定要悬挂国旗，上写孔子降生若干年，旁注祖国万万年字样，招集许多同学，开了会堂，演说些爱国爱同胞的道理。

这年除夕，为了龙孟华的画，濮玉环便把这事忘了，心下很为郁闷。同了一个丫鬟走下天文台。刚到扶梯中段，见得下面站着一人，连忙把脚步缩住。定睛一望，原来就是龙孟华。

龙孟华为的这画，心中着急，已在扶梯下等候了四五点钟。盼到濮玉环补好下来，近着问道："有劳濮姑娘！我那凤氏在月府中间，也定然感激你的。"

濮玉环道："说甚感激的话！画已补完，龙先生好好带去罢。"

随命丫鬟把画交与龙老爷。龙孟华道了一声谢，迈步自去。

濮玉环回到卧室，看见玉太郎睡得酣然，也便和衣而睡。玉太郎蓦地惊醒，问道："你怎样睡得这般迟？那画补好没有？"

濮玉环道："画却补好，但是今日忘记一件大事没做。"

玉太郎道："什么大事？明日再做何妨？"

濮玉环道："你知道今日是什么日子？你想想看，可是我们中国的除夕？"

玉太郎道："我倒忘记了。记得五年前你在东京的时节，曾经开会演说，说得你们中国的同学没一个不热血满胸，便是我们国里的学生也个个的叹息。于今这个地方，语言不通，风俗诡异，纵有满腔血泪也无处去洒，这件事只好权搁一边。倒是凤夫人的消息；还要确实打探一番，才不负此一行呢。"

濮玉环点头叹息。又唧唧哝哝谈了许多话，方始安眠。

次晨，濮玉环从箱笼里取出一幅龙旗来，叫丫鬟插在球顶上面；又从悬崖上采得许多柏叶，编出几个圈儿，分挂各处。自己和玉太郎到龙孟华那边道喜。

只见龙孟华端坐榻上，两眼犹如钉住一般，注在画上。忽听得二人道喜，倒吃了一惊；问是何喜？玉太郎把中国元旦告诉了他，他才恍然大悟。屈指算道："我儿龙必大去年八岁，于今已是九岁了。他同他母亲在月里逍遥，不知元宵时节可能到这世界上一走？"

濮玉环道："龙先生只要耐心等候，令夫人、令世兄一定回来的。我想回松盖芙蓉过新年，未知龙先生意下如何？"

龙孟华道："且慢开球！我还要到石洞去游一游。"

说罢，卷起画轴，用绒毯包好，叫小厮肩了一张藤椅，自己挟了绒毯，带了一副文房四宝，下得石坡。

玉太郎夫妇跟进了洞门，见他把绒毯打开，摊在藤椅上面，取出画轴，就在洞里的墙上寻个空隙，钉上一枝螺丝钉，悬挂停当。齐巧这藤椅前面，天然长的一块彩石，平面三角，便将文房四宝一一罗列清楚；回转身，向玉太郎夫妇长揖道：

"深蒙玉先生、濮姑娘的大恩，千艰万险，寻我那凤氏的踪迹。如今才寻着了这凤飞崖，晓得我妻、我子并我那义母玛苏亚先生，都由这里升到月府。这虽是玛苏亚先生的洪福及凤氏的义气所感，倘非两君义重如山，我龙孟华只身飘零，怎能到此？天下的事，最怕的是一误再误。想凤氏自从结发以来，跟着我奔波逃难，不知误了多少光阴。兰箬河分手后，又平白耽搁了十年，不知吃了多少凄惶，触了许多悲感。若是月府里当真回来，不能和我见面，岂不是错中生错，我竟做了天底下第一的负心人么？我到了这个地步，千思万想，也没有别项计策，情愿一心一意，牢守着这凤飞崖。生时便做这凤飞崖的鳏夫，死后便做这凤飞崖的孤鬼。遇着凤氏，便同到月府；遇不着凤氏，便来世再生，也到月府。既是姑娘要回尊府，烦寄语令尊大人、令姑丈大人以及白君子安，但说龙孟华现住凤飞崖，各事无恙；只是此生已拼作灰心之木，誓死不回；怕的此后会面无期，愿祝诸君千秋万岁，各各自重，勿相记念。玉先生、濮姑娘，龙孟华就此分别，不能远送了。"

玉太郎听到这里，心上很为懊恼。想要劝他回去，是决然无用的；不劝他回去，单剩他一人在此，怎生是好？因拉濮玉环出洞商议，濮玉环道："这事须和李先生商量，或请李先生陪他住在这里，拨给几个小厮，一个厨房，住上一年半载；待我们查岛完毕，再作计较。你道怎样？"

玉太郎点头道好，吩咐跟来的小厮看好了洞门，随上球进了药房。告知来意，李安武一口应承，收拾些应带的药水并书籍什物，送到洞里。

玉太郎向库房内检点了三间橡皮房子，叫小厮抬下石坡，和机器匠到洞中装好：一间是龙孟华的卧室，将龙孟华原有的物件一齐搬入，龙孟华自取所挂的画，所用的笔墨、绒毯、藤椅，按次摆好；一间是李安武的卧室；中间是客厅，布置得十分齐整。洞门口遮了几扇屏风，左首是厨房，右首是几个仆役的床榻。那浴房是不用另设的，就在那天然的温泉左右，安放了几个浴盆、几副浴身的水管。

当下龙孟华巡阅一周，十分满意。送玉太郎夫妇出了洞门，玉太郎夫妇举手告辞，李、龙两人各取手巾扬长相送。看那气球渐渐不见了，才进洞休息。

第十五回 龙凤终重逢

龙孟华和李安武从此在这洞中住下。说来凑巧，一日，一老翁来访，竟探知凤氏下落。

这天，一老翁乘船上岛观景。下得船来，走不上三里，已到石镜岩的下岸。老翁抬头一望，望见"凤飞崖"三个大篆字，惊骇异常，便自附石攀藤，像飞猿一般，靠着镜旁的一块莲花石坐下，细细看那字，望那影画，读那后面的一篇记文，心上奇怪。又攀藤附石地走下来，问龙孟华道："这画上的一位少年女子并那记文上所称的凤氏，就是足下的夫人么？"

龙孟华道："正是！但是彼此不见已经十年了。"

老翁道："足下愿见令夫人么？"

龙孟华道："怎么不愿见？但他已到月府，怕的一时不能回来。"

老翁道："自有老夫做主。敝庐不远，请到那面一谈如何？"

龙先生听到这句，喜气洋洋，是不消说；李安武也替他十分欢喜。折回原路，重上小船。

走不多时，那小船已进了山底的石洞，石洞左右，都是些珊瑚玉树。老翁燃起鱼膏灯烛，照得那洞壁上五彩光芒，非常夺目。约莫走了十多里，猛然看见天日。

老翁命随从苍头停了船，将那船拴在一株古梅树上，大家走上草堤。沿堤一带，平列着几千株梅树，这梅树受了洞中清和之气，开的花，红的像朱砂，绿的像翡翠，白的像羊脂美玉，一年四季，没有一日无花的。

梅花落到水面，水面的清香一阵阵被风吹了过来，和那水中鱼虾的鲜洁，正要算得地球上独一无二的了。

老翁引他们走了几条石径，但见两旁果木成林，结实累累。就中有一种荔枝，叫做冰酥荔枝，老翁摘得几十颗，给他三人吃了，觉得胸中异常爽快。转过了果林，便是一所天然石室，题着三个字的横额，叫做"飘飘庐"。

飘飘庐的东角，一座珊瑚亭，也是天然生就的，题着"红尘不到处"五个大隶字。亭外是一带竹林，听得竹林内仿佛有读书声、和那竹梢的翠鸟，并亭角的流泉，此鸣彼应，觉得十分清脆。龙孟华听着口音有些熟悉，甚是奇怪；再听所读的，匆促间不辨是甚书。急忙走入竹林里面，却又被几重怪石遮断，寻不着出路。老翁笑道："龙孟兄，你休这般性急，随着老夫从这小桥上走过去。"

众人看那小桥，也造得奇怪，是一株银杏横穿两岸的。渡过去，又转了几个弯，才进得一座石门。

龙孟华忽见他妻子凤氏，正倚在梧桐下面，坐着读书；急忙抢先几步，走到面前。问讯了几句话，便抱头痛哭。

老翁叹了一口气，叉着手走出石门。停了半晌，龙、凤两人这才住了哭，一面揉着眼睛，携了手同渡过小桥，想寻见老翁同申感谢。便由苍头引进了飘飘庐，不料老翁已枕了石头，鼾声大作。龙、凤两人便同苍头说："你家老爷既睡，醒时烦道谢一声罢。"

苍头道："这里比不得外间，不用拘这些俗礼。你们快快去罢！"

众人也不便停留，当由苍头引路，循着原路出去，坐原船仍到石镜岩。

第十六回　凤氏漂流记

　　却说龙孟华等四人从飘飘庐回到石镜岩，恰遇玉太郎、濮玉环坐气球来访，得知龙孟华凤氏夫妻团聚，十分高兴，急忙握手为礼。

　　大家用过晚饭，团坐在橡皮屋的中间，谈起凤氏遇险的情由。凤氏沉吟了一番，还未开言，便先自流泪，接着又是一阵号啕大哭，哭得众人心都酸了，才慢慢叙起。

　　原来他母女自从邮船遇险，搭了一只小渔船。才进了舱门，便见房舱里面挂着几把斩马刀，站着几个虬须大汉，口操外国语言，向他母女身上打量了一回，走到船梢，咕咕哝哝讲了许多话。开出去走了几十里的地方，一个船主走进舱中，娄索他们的路费。母女两人无可奈何，只得将身上所有的钞票、并两个皮包里所藏的物件，尽数给了他。不料他贪心不足，要将两人贩卖到什么盘珠岛。两人见得势头不好，出了舱，便向海中一跳。玛苏亚跳的不凑巧，被船上的锚挂住了头发，玛苏亚急忙拔出卫身枪，登时将自己打死。凤氏趁了海水，抱着一枝折断的船桅，昏沉沉的听他淌去。

　　淌了三四日，淌到一个崖底黑洞，被遁轩老人瞧见了，教两个苍头救醒了他。凤氏见那老人衣冠古昔，气宇不凡，忙福了两福，谢了救命之恩；老人便带他到洞中留养，又同他说道："你在这里不须烦恼，闲了便看看书，自然的胸襟开阔，眼界光明，饿时但吃那树头的果子，就可充饥；渴时只喝那梅花湾里的流水，便能解渴。我这洞中清净得很，除却老夫和两个苍头之外，并没什么外来的异种。至刀兵之事，是从来没有经过的；你既然来到这里，应该守这里的法律。这里的法律，单单的只有两条：第一条是这里的飞禽走兽，都异样的驯良，没什么虎豹豺狼和什么鸱鸮恶鸟，不许残害生命；第二条是这里既没什么欢乐，也没什么懊恼，就是有伤心之事，等闲不得哭泣。你愿守这个法律，就留你住在这里。"

凤氏低头一想，想得这身子已不是这世界上的人，还有什么牵不断的情丝、割不断的罗网？便答应了一声"愿守"。

老人道："你既愿守，便算了一家人。倘是无故破了法律，一定要驱逐出洞，决不姑宽。你须要拿定主意才好！"

凤氏又答应了一声"是"，那老人便派了一个苍头，领他到珊瑚亭一带玩耍。住了几十天，为的有约在前，并没流半点儿眼泪。今番碰见了丈夫，情不自禁地痛哭起来，所以登时驱出，不能相容。

当下凤氏将情节叙完，大家都陪着叹息。玉太郎等依旧同上气球，龙、凤两人就在橡皮屋里谈了一夜，眼泪汪洋，也没一刻儿干的。抵到天亮，掀响电铃，上了气球，开到石镜中间。凤氏看了好几番，说："这画的神采、这字的笔仗，怎样这般的神肖？并且我母亲的形容、我孩儿的风采，没有一件不和真的一般。难道天下竟有这种奇事么？"

正说话间，濮玉环已披好外衣，从卧室里走了出来。大家问讯了几句，濮玉环生怕凤氏生疑，忙将这字画的来由告诉了一遍。

濮玉环道："如今别事且慢说，凤飞崖风景虽好，终非久居之地，据我愚见，不如早到松盖芙蓉的妥当。"凤氏道："深蒙姐姐的美意。但到松盖芙蓉，不见我的孩儿龙必大，有什么好处，不如还是崖下居住，时常看看石镜，反觉畅快许多。"

龙孟华道："我也是这般想，不愿回去。"玉太郎也劝了好些话，他两人只是不听。

第十七回　奇缘龙必大

玉太郎夫妻驾了气球，各处游历。

一天，他们的气球被一几只外来的气球围在垓心。看看那些气球的制度，比着自己高强得许多；外面的玲珑光彩并那窗槛的鲜明、体质的巧妙，件件都好得十倍。仿佛自己的是一轮明月，他们却个个像个太阳。仔细忖去，心下大为狐疑。

说是梦中，明明那海边红日还剩了半规，映在潮流的上面；若说不是梦中，自己来往东西洋面，环游地球也好几周了，到处的文明程度也约略都在眼前，断没有这样的进步神速。看了半晌，眼光也定了。只见对面的一个球里，走出一个十几岁的孩童，开了窗户，一手扭动机关，放出来一道飞桥。这飞桥的质料，论他的柔韧，好像橡皮，论他的光洁，好像水晶；两面又有红漆栏杆。两人踌躇了一番，生怕唐突，不敢上去；并且觉得自己的面目尘俗，衣裳丑陋、没一件可以比得上那孩童，不由得自惭形秽。亏得那孩童用手相招，晓得他尚无厌弃的意思，才慢慢走上那飞桥，进了那球。

见那球中的陈设，到处都和地球上的两样。地球上最贵重的是金刚石，李安武得了一张石桌，便算得无价至宝，这里却铺作地屏。

算算到球的时刻，天光已经昏黑，这里周围墙壁和桌椅台凳一切物件，却自然的放出一般异彩，比着电灯还要明亮几倍，直把两人看得目瞪口呆。

跟了孩童，走进了一座大厅。原来厅上的人，个个都只有十几岁，更有几个小女孩子，年纪约在八九岁左右，瞧着他们另有一种天仙化人的趣味。见了两人进来，大家都和他笑语，无奈两人只是不懂。

还未坐定，忽见龙孟华和凤夫人，凤夫人的手里搀着一个小孩，小孩手里又挽着一个女小孩。两个孩子彼此说笑得有趣。虽然不懂他的语言，但觉莺声叮叮，比不上他的清圆；琴韵悠悠，说不尽他的幽静。

坐了片刻，忽然邻球内奏起乐来，惊得那女孩回头一顾，推开这小孩的手，折回了邻球。一曲未完，那十几只气球登时已直上青霄，飘然不见；单剩那缥缈余音，依稀在耳。玉、白两人如醉如痴，一言不发。

停了半晌，听那小孩和龙孟华讲起中国话，才恍然大悟。细看他的面庞，和石镜上画的仿佛，只有衣裳同那邻球一样，定然就是龙孟华的儿子。齐声问龙孟华道："这位想是令世兄么？"

龙孟华为的父子初时见面，喜欢极了，忘记招呼着向众人施礼，接着玉、白两人一问，赶忙站起来，答应了一声是，吩咐龙必大向玉、白两人见礼。说："这位是玉先生，那位是白先生。"

龙必大从容走过来，各握了一次手；玉、白两人都不胜羡慕。玉太郎问："世兄几时到那气球上去的？那气球是甚人制造？和世兄讲话的那位小姑娘是什么国里的人？讲的是那一国的话？"

龙必大约略回答了几句话；他母亲怕的他倦了，教他暂时休息，替他细细的讲了一遍。

原来这龙必大自从那年因失火逃出家门，搭着火车，上了轮船。这轮船到了一个埠头，停歇了一日。那埠头在大海中间，风景很好。龙必大下了码头，爱那山水的清幽，一路的游耍。走到一座山，名叫椰子山。这椰子山高耸数千仞，苍翠如环，葱茏万状。山上有几道瀑布，汇成一个方湖，名叫玉盘湖。龙必大徘徊湖畔，看那湖水，和着明镜一般的皎洁，照着自己的影子，不由得一阵心酸。想到他与母亲的生离死别、两不分明，淌了许多的眼泪，坐在那湖边石上，独自沉吟。齐巧对面飞出几阵鸬鹚，仿佛是一天白雪，映在波心，钩起他清游的兴致；站起身来，望那鸬鹚，已经不见。顺着湖岸转上山坡，觉得胸中有些饥饿，攀那椰树上的果子，吃了数枚，斗然精神健旺。上了山腰，忽然那山峰分成两道：一面是丹崖翠嶂，壁立云端；一面是绝壑深潭，下通海峡。龙必大毕竟是年纪尚轻，脚力疲软，便枕了一块石头，假寐了许多时刻。

正在睡得浓足，猛然被人撼醒。揉眼一看，恰恰遇着一位女孩，和他讲话，他只摇头不懂。为那女孩面容秀丽，气象温和，便挽着手儿起来闲步。

那时已是月色满天，照着两山中间的瀑布，这身子像在水晶宫阙似的。那女孩蓦地回头，指着后面的十几只气球，做着手势教他上去。

他却一时高兴，忘记轮船要开，冒昧的跟上那球，便在那球逗留了几十日。起初是言语不通，过了几天，便渐渐懂他们的语言。那女孩名叫库惟伦，翻译起来，就是凤鬟两字的意思。

凤鬟的一家总共三十余人，却是个七代同堂。那第七代的祖父、祖母，年纪都在二百岁左右；引龙孟华进球的那位孩童样子的，是凤鬟的六代祖。凤鬟有个姊姊，名叫华惟伦，是云鬟两字的意思。还有两位兄弟：一叫勃耳兰，是采芝两字的意思；一叫勃耳芙，是采莼两字的意思。这四人的天性和蔼，学问高强，朝夕教龙必大读书。龙必大天姿英敏，他们很是喜欢。凤鬟尤格外亲热，时常把天文的道理讲给龙必大，替龙必大取了一个名字，叫做莫布兰，是虚崖两字的意思。

龙必大问他住在什么国度，她便指着月亮告诉道："从这里到我的家乡，须走得百十个钟头才到呢。我那家乡不像这世界的龌龊；我的父母很想还到家乡，怕我们弟兄姊妹沾染这世界的气息，便于教育之道大有关碍。大约不久便须回月亮。我母亲想携带你一同回去，为的你性情骨骼和我们家乡的子弟尚属相宜。你愿意不愿意呢？"

龙必大表明了寻父母亲的心事，那凤鬟也不勉强留他，告与自己的父母知道。

可巧这日游到这凤飞崖，从窗棂里瞧见了凤氏，龙必大告知凤鬟。凤鬟知道离别不远，不免露着留恋的光景。但是人家骨肉，自然要让人家聚会，那有侵犯他自由的道理？随告知了父母，请凤氏到了自己的球上。龙孟华和濮玉环也跟着过来，谈叙了半天，才告辞而出，并约定后五年仍在这里聚会。

玉太郎听这一般的情节，想道：世界之大，真正是无奇不有。可叹人生在地球上面，竟同那蚁旋磨上蚕缚茧中一样的苦恼，终日里经营布置，没一个不想做英雄、想做豪杰，究竟那英雄豪杰干得些什么事业？博得些什么功名？不过抢夺些同类的利权，供自己数十年的幸福。当初我们日本牢守着蜻蜓洲一带的岛屿，南望琉球，北望新罗、百济，自以为天下雄国；到得后来，遇到大唐交通，学那大唐的文章制度，很觉得衣冠人物，突过从前；不料近世又遇着泰西各国，亏得明治天皇振兴百事，占了地球上强国的步位。

但这个强国的步位，算来也靠不住的。单照这小小月球看起，已文明到这般田地，倘若过了几年，到我们地球上开起殖民的地方，只怕这红黄黑白棕的五大种，另要遭一番的大劫了。月球尚且这样，若是金、木、水、火、土的五星和那些天王星、海王星，到处都有人物，到处的文明种类强似我们二倍万倍，甚至加到无算的倍数，渐渐又和我们交通，这便怎处？想到这里，把从前夜郎自大的见识，一概都销归乌有，垂头丧气的呆在一边。

龙孟华为的喜从天降，没有转到这个念头，问他儿子讨出一部月球里的新书，在案桌上问他的字母；濮玉环、白子安也围着观看。独有凤夫人，想到那凤鸷的好处，念念不舍；想要攀做婚姻，又怕儿子的程度比他不上，心上又惊又爱，不住的盘旋。大家坐得久了，各到卧室休息。龙孟华同他的妻儿仍到岩下居住。

濮玉环到了卧室，等候玉太郎许久不到。着丫鬟去请，他耳膜里像没有听见，呆呆的坐着，皱着眉头，斜着眼睛，没得半句话儿回答。丫鬟请了三五次，总是这般的模样。濮玉环等得不耐烦，怕玉太郎中了什么风魔，或是脑筋里受了什么重伤，本来头上的妆饰已大半卸了，赶忙挽一挽鬓角，径到玉太郎面前，说："时刻不早，怎不去睡？"玉太郎依旧是只当不闻。濮玉环心上着慌，摸不着什么头脑，忙着小厮请了白子安。

白子安诊看了两三刻钟，天将亮了，脸上的汗珠和霖雨一般的落下。折回药房，取出那电气折光镜，向他头脑上一照，跌足叹道："不好了！不好了！这病症我是无能为力了！"

不料开错了一条线路，到了非洲，正对着德拉古阿的海洋，进了脱兰斯法尔。

濮玉环心上着慌的了不得，开窗一望，气球到了非洲，只听下面像有人呼唤，那声音觉得很有些熟悉。落下机器椅一望，原来是玛利亚女教士。玛利亚见他举止异常，语言无次，问他："为着甚事操心？"濮玉环将玉太郎的病约略说了些。玛利亚道："不嫌老朽，颇可效劳。"濮玉环听了这句话，急忙拉着玛利亚的手，请他上球。

第十八回　急疾访良医

玛利亚瞧了玉太郎的病，说："这病须劈开脑壳，方可医治。我这里没这副器具，赶到孟买，请哈老先生一看便好。濮姑娘不必焦虑。"一路讲，一路已开足机轮，到孟买医院落下。玛利亚亲自下球，请了哈老。

只见玉太郎呆呆坐着，像木偶一般。哈老诊了病，掏出药水，用水节打进了鼻孔，玉太郎登时闭着眼睛。白子安帮着扶上床，贾西依捧着面盆，伺候哈老。哈老振起了精神，拔出七寸长的匕首，从脑袋上开了一个大窟笼，用药水拂拭了三五次，在面盆里洗出多少紫血。揩抹净了，合起拢来，立刻间已照常平复。再用药水向他鼻子尖头上一点。忽听得哎哟一声，玉太郎已从床上跃起。见得众人围着他，他却用手一挥，向众人讲道："这里系光明世界，你们龌龊世界里的人物，为什么也到这里来呀？"

濮玉环听他讲的都是糊涂话，不由得哭声大作，拉着玉太郎的手，颤巍巍的说道："你是个聪明人，怎糊涂到这般模样？"

一阵哭，把满球上的人都弄得心鼻悲酸，五中无主。玉太郎蓦地惊醒，道："你们都在这里烦恼什么？"

白子安把他病后情形说与他听了，他才恍然大悟，劝住濮玉环的哭声。

濮玉环挽着玉太郎的手，到卧室坐下。问起病原，玉太郎一一告知。

并道："我为那月里飞球的事，一时间神经扰乱，仿佛自己身子已经跟到月中。见得许多的学校里面，真正是人才济济，如山如海的一般，便是本地球的中西大哲学家、大科学家，也在那面游学呢。后来到了一个所在，他门前系万株玉树，孔翠翱翔。我徘徊树下，听那孔翠的鸣声，不由得心神俱荡，动起思乡的念头。乘风飘荡，飘落在一个洋海中间；波浪掀天，觉得呼吸都十分不快。

"只见迎面走来一位老者，胡须过膝，手执云幡，幡上写的是'混沌地主'四个大金字。那老者指着这四字，向我说道：'你这厮为何这般的愚蠢？丢却那光明世界不住，却来这混沌世界做什么勾当？'说罢，将云幡一麾，麾出无数的长鲸大鳄，张着那吞舟的大嘴，直扑前来。我便尽力狂奔，奔到一片极广阔的大陆。惊魂才定，又来着许多的毒禽猛兽，漫山蔽野，没一处不是那锯牙钩爪，围绕得十分紧密。那时呼天无路，入地无门。想到美国是本地上最文明的国度，不如径到那边，苟延残喘。

"刚要举脚，忽然前番的那位老者拦住去路，大声说道：'你这厮怎这般恍惚？既然到了烦恼界里，为何不安受烦恼？你想逃到美国，你知道这里是什么地方呢？'我被他一句提醒，抬头一看：原来前面就是美国的议院，上面插着一面大美国的花旗；花旗下面，听得一片咆哮的声音，仿佛那万雷齐放，大海潮翻；那四面却堆着没量数的白骨。老者指着白骨，笑嘻嘻向我道：'你既要到这里凑数，莫说你是个客民，就是这里的主人翁也是要挨受苦楚的呀。'

"我听他讲这几句话，不由得火上心头，气如泉涌，拔出宝剑，迎那老者劈面一下。不料那老者漾起云幡，飞来一个霹雳，将我猛击。登时风雷四起，飘飘荡荡，依旧到了月中。我正满腔的喜欢，猛觉鼻尖上像针刺一般，揉眼一看，谁知道还是一梦。"

濮玉环道："你且安睡罢，莫又激动了脑筋呢。这文明进化的事，虽然要勇猛前进，但不可过于勇猛。弄坏着身体，算来不是进步，反是退步呀。"

说着，便盖上绒毯安睡了。

睡到次日的晌午，两人才慢慢醒来。丫鬟送上面汤，梳洗已毕，机器匠已在外面伺候，问开球的方向。玉太郎吩咐开到凤飞崖。刚到崖前，齐巧那遁轩老人从石镜出来，手里拿着一封书信。拆开信封，却是龙、凤两人的留别诗，读了几遍，心下狐疑。问老人这信何来，老人道："老夫今天偶然高兴，从兰花涧底附石上岩。不料到了岩中，这天然的洞府已被你们无端的凿破。才到洞口，劈面又遇着一群气球。这封信是一个姓龙的交与老夫。老夫还有一事求：望将这凿破的伤痕重新修好，免得这洞府中间容受那外间的浊气。你们是愿不愿呢？"

玉太郎道："这个自然应命。但有一言相问：那姓龙的现往何处去了？"

老人道："系由气球直往天空去的，听说是要到月中，老夫却懒得细问。"

玉太郎道："老先生为何不同去呢？"

老人道："一切世界，无非幻界。我受了这幻界的圈套还不够？又到别样幻界干甚呢？"

说着，便折回原路，仍从兰花涧下了飘飘庐。

这里玉太郎听着老人说话，很有道理，一路沉吟，和濮玉环转下石坡。只见那些丁役正在橡皮屋内嘈杂，两人进了屋，才各自散开。玉太郎问龙孟华等何往，阿莲回道："龙老爷和他的太太、少爷，都乘着气球，说是到月里读书去呢。吩咐我们将什物看管，交与老爷。不料他们争着要分，我和阿桂呼喝不住呢。"

玉太郎道："那气球是甚时复来的？"

阿莲道："是今天早上来的。"

玉太郎埋怨着濮玉环道："为甚昨夜不赶紧开机？落后了几点钟，便无缘到月中游学，你道可惜不可惜？"

濮玉环也是这般想。无可奈何，相对着叹息。立定了主意，便在岩前开了制造厂，研究这气球离地的道理。同玉太郎商量，玉太郎说："李安武不久便到，我也想回家一走；并且开了制造厂，也须采办些物件，添募几个工人呀。"

濮玉环点头称是。当晚便将石镜崖补好，趁晓开球。

不料事不凑巧，一日恰遇中国中秋的节令，玉太郎另用新法试球，身受重伤。李安武医治无功，濮玉环很为着急。看看命在须臾，大家都慌做一堆。忽报"门外来着一位锦衣童子，手持书信，闯进门来，语言不通"，濮玉环忙请了进来。

见那童子的装束，和前次月里飞球的一律；接下书信，确是凤夫人的笔墨。因指着病人，挽那童子代他医治。那童子也不回言，赶步出门，急打电铃，回向自己球上去了。

正是：

可叹座中无扁鹊，枉从海外觅华佗。要知后事如何，且听下回分解。

《月球殖民地小说》至此戛然而止，未完待续。

120 年后，华语科幻星云奖组委会发起续写活动。且看：六篇获奖《月球殖民地小说》续写文章，看这些 21 世纪的少年英俊，是如何揭开荒郊钓叟鸿篇巨制后半部之谜的！

史雨昂续本：月球移民地纪事

作者简介

　　史雨昂，笔名 DaDa 黑鹅，济南市作家协会会员，星辰杯系列赛事创始人暨赛事主席，钝评奖委员会成员，曾任首届高校科幻平台理事和编委会成员，曾任《舱外》科幻杂志文学编辑。在鲲鹏青少年科幻文学奖、首届四川省"迎世界科幻大会，促想象力提升"青少年科幻创作征集活动、"娘子关杯"全国青少年科幻文学作品大赛、"未来战争科幻"征文大赛、江苏省青年科普科幻作品大赛、蝌蚪五线谱龙门赛、年度科幻星火奖、四川省教育信息化与大数据中心科幻类文学作品征集活动、星火杯、星痕杯、朝菌杯、上海高校幻想节等比赛获奖。多部作品发表于《中国青年报》《中国青年作家报》《小小说选刊》《微型小说选刊》《科幻画报》《零重力报》《奇想》《舱外》等报纸和刊物。

故事梗概

　　《月球移民地纪事》共有七回约一万六千字，其中前五回延续《月球殖民地小说》原著章回体形式和语言风格，承接《月球殖民地小说》玉太郎受伤的情节，讲述了得到月球人帮助，之后和濮玉环、唐蕙良、鱼拉伍一同前往月球，并得知了之前做过的奇梦的由来和改进气球四大欠缺的方式等故事，而故事背后的多元宇宙世界观也逐步显现，第六回是用现代语言展示另一世界月球基地的风貌，并解释了《月球移民地纪事》的书中世界与《月球殖民地小说》的书中世界产生联系互动的原因，第七回则是回归原有风格，为故事收尾。

第一回　凤夫人求助领事馆，锦衣童子救玉太郎

却说玉太郎用新法试琼身受重伤，一位锦衣童子传信，濮玉环原以为是登月的凤夫人派人来救，见童子并无此意，还赶步离去，只得匆匆复看书信，才知月球上有个月人国，龙孟华全家在月人国是寄人篱下，处处小心，需遵守国内法纪．否则会被清掉月上记忆遣返地球。

书信内容较多，个别字体似是学了月人国的习惯，简化不少，但字形仍然相通，可以认出个原字来，濮玉环救夫心切，囫囵吞枣看完内容，得知凤夫人想着儿子龙必大与凤鬟的缘分刚起，不想在别国犯了规矩，又心系地球上的家国人事，每日郁郁不安，只能同龙孟华一起游览月人国的新事新物和社会气象，以消解心中烦闷。

儿子龙必大孝顺贴心，从凤鬟那里得来万通镜，远超仙人法宝之妙，薄薄玉板收拢万千气象，不仅可以观察地球上的任意角落，还能与他人随时随地打德律风，若要出门，可以转换尺寸以便随身携带，衣食住行样样皆可凭此解决。语言习俗不通时，有驻镜小仙代劳解释交涉，若小仙尚未学完地球人之习惯引来麻烦，还能唤来凤鬟协助，甚是便利。

凤夫人正是从这万通镜中发觉玉太郎受伤，情况危急，早知月人国富生善心，广接地球上的名家义士，打算前去领事馆求助，巧见刚至月人国的孔文孔武，因为之前龙孟华用万通镜关心李安武时得知了其义举，

就主动向前互通姓名，同行的龙孟华后跟进来，见孔氏兄弟自是满心欢喜，带领着熟悉月人国的新生活，后才得知在月球失了肉身的名家义士虽能成为月人国公民，却也失了回地球的权利。领头的月童子也只喃喃着"时空稳定""线性自洽"等不明其要义之由。

龙孟华自守规矩，自知在他国领土上不便多劳，领文武二兄弟先去安置，凤夫人原本想等丈夫回来再去求情，却被路过的另一月中女仙搭话，方才得知月人国人人平等与男女平等已是共识，求人办事无须由丈夫同前去，凤夫人也就入乡随俗，直接被女仙领入仙官办公室中，讲了事情来由，希望能获月人国相助。

那仙官听得是救助地球上研发气球的科学家，原是十分爽快地答应了，可一见玉太郎的名字，询问起他的家境国别来，确认是来自日本的贵族世家后又显出一副不情愿的样子，推托说玉太郎若真是助人类文明发展的科学家，肉身坏死后意识自会前来月人国，无须浪费资源前往地球救助。

一旁女仙见了此等表现，劝说仙官几句，遣词造句皆有地球中华之习惯显现，可是语法上大不相同，语音又不能全识，凤夫人难懂其意，只大致听得什么"世界发展线路不同"，说完，仙官似是被讲通了。

女仙像是比这仙官地位还高些，或是月人国文化习俗上官民相亲相近，这仙官终是松口答应凤夫人的求助，这才派锦衣童子前来协助。

方才读完凤夫人的来信，濮玉环仍是疑惑，这锦衣童子送信后只是急打电铃回向自己的球中了，也无其他帮助，担忧是月人国对日本国人不知何由的反感，想刻意阻难，但丈夫玉太郎已是命在须臾，不由得半分拖延，濮玉环只得跑出门外寻这童子踪迹，却迎面撞见抬着一椭圆金属盒的鱼拉伍和唐蕙良，童子跟随其后，朝濮玉环挥手喊道：

"桑得斯，忒啊你摩多利马斯噶。（濮さんです，部屋に戻りますか。）"

见濮玉环没有反应，那童子露出犹疑的表情，又自语道：

"她诺交哇霓虹金瓦里瓦新噶？（彼女は日本人ではありませんか？）诶艾啊马奇该得修噶？（AIが間違っているのでしょうか？）"

屋内的玉太郎听到童子的话，却含含糊糊地做出了反应，用尽最后的力气半喊道："誰か親友が私に会いに来たのですか？"

濮玉环这才反应过来这童子说的话应是日本语，就向童子解释，说玉太郎是入赘濮家，自己未精通日本语，童子一听濮玉环说的话，转了转眼珠，又开口说道："噢，原来你也是中国人，南方的吧？这边古方言翻译版本还没更新，估计你还是听不懂我说的话。"

说完，濮玉环虽然不懂童子的意思，但隐隐约约能从中听出他说的似是祖国北方的方言，随后行了传统礼节，敞开半掩的木门，携鱼拉伍和唐蕙良把这有一人多长的椭圆形金属盒子搬进屋来。

童子随后掏出应是凤夫人在信中提到的万通镜，对准躺在床上的玉太郎，发出一道蓝白色电光，穿透全身，金属盒"叮"的一声打开，散出白凉的仙气。童子想要说什么，说了半句之前的北方言，又说了半句最开始讲的日本话，都觉得不妥，转眼瞧见帮忙的鱼拉伍，喃喃道："帮我查一下，20世纪的英语与现代有区别吗？"镜中小仙立刻回答："该世界整体演变速度较慢，如果仍处于主世界19世纪阶段，则会含有大量中古英语成分，比如用'thee'表示'you'。"

小仙说话时，鱼拉伍似是听懂了其中几个单词，眉毛往上扬了扬，童子见状就用手指着玉太郎朝鱼拉伍说："普雷斯布润黑姆银黑尔。（Please bring him in here.）"

鱼拉伍兴奋地点点头，随后把童子的意思翻译给濮玉环和唐蕙良听，唐蕙良不由得感叹月人技术水平之高，竟能通过这小小的万事镜让人通晓多国语言，若是用在海南大学堂还有普智女学堂上，让大家通读中外经典，自是能大开民智，感叹完后就同濮玉环一起，把嘴唇像是要开始褪去血色的玉太郎抬进金属盒里。

又是"叮"的一声，盒子自动关起，电光一闪一闪，濮玉环透过盒子外层的玻璃看到玉太郎的脸色松一阵紧一阵,一会儿是红光照耀又一会儿是蓝光照耀,心想龙必大不会也是因这才能取得月球人的关系,却又担心太郎与之前有什么大变化,只得揪心地在旁陪护。正是:

月上降来神童子,柳暗花明又一村。要知后事如何,且听下回分解。

第二回　月人国多帮地球事,奇梦双双得仙人解

却说从月球下来个锦衣童子,带椭圆金属盒将玉太郎装入救治,仅仅过了三十六分钟后,盒子传来三次"叮"声,外壳自动打开,有一银板向上弹起。玉太郎顺力站起,精神活泼,完好如初,甚是多了几分的清爽,与濮玉环相拥欲泣,却被那童子打断,不耐道:"为什么这个世界的人都爱哭?"

濮玉环虽不知其意,但仍从发言吐字中猜出童子所言提及"哭"字,心想应是他舟车劳顿奔赴万里路程前来帮助,夫妻陷于脱难之喜,自是对他有所轻慢,故与玉太郎一齐行大礼感谢恩人。那童子却摆摆手言道:"别价了,我们可不喜欢让人下跪。"

虽说语言不通,但人类自古动作之含义多有相通,玉太郎想着这月人国有先进之技术,必然源于先进之思想,断是不爱迂腐等级礼仪一套,同濮玉环转为鞠躬之礼,随后做出端碗吃饭之动作,以示挽留童子共进午餐之意。那童子却粲然道:"哈哈哈哈哈,那时他们就是叠叠乐仙人了啊,哦,对不起,这太地狱了。"也是摆摆手,摸出万通镜撅下里面的电铃,打算登上大气球返回月球。

玉太郎见状十分慌急,忙从口袋中掏出自己近时来总结的气球改良要义,期望能得锦衣童子点拨。那童子也只叹气,似是不愿,又望得那玉太郎眼神热切,与推动人类文明之发展的各大科学家一模一样,应是

受到感动，故再摸出万通镜来，向驻镜小仙吩咐了几声，随后用日本语和玉太郎叽里咕噜地谈话。

濮玉环不懂日本语，只得帮忙把金属盒再从屋外抬出来，和鱼拉伍还有唐蕙良肃站一旁猜测两人神情所透之意。只见那童子全程轻松自然，玉太郎却如先生面前的小学生，恭敬地听着，时不时露出或惊讶或欣喜或恍然大悟的感觉来。

说完，载童子的大气球上下来一个银光闪闪、通体光滑的铁人，举起两只纤纤玉手，却轻易将那大金属盒抬起，运送上去。童子也向玉太郎挥手致意，回到大气球之上，关上舱门，那气球却也不走，只是停留在半空。

唐蕙良知道这月人国的知识思想多能助国家广开民智，自是想多学习，按捺不住靠上前询问玉太郎刚刚交谈的内容，也是又惊又喜。

原来童子不是从地球上来的，却知道许多地球上已经发生之事，见玉太郎确实为义士，和濮玉环一起制造出超英吉利王国技术的气球，对人类文明之发展大有帮助，还知唐蕙良广办女学，有断指陪父的孝事，虽对月人而言太过惨烈，但也是中华传统之大义士，而那鱼拉伍虽曾怀揣龌龊之法，试图造凤夫人逝世之谣或污人清白来解龙孟大心病，非豪杰也不周成，但也算出于妄心，念在无大过，又有与狮子断臂搏斗之勇，也是勇士一名，故邀请四人同上月球游览一番，各学先进知识助文明之发展。

唐蕙良听此心中定是激动难耐，不由得控制情绪。濮玉环心细，想到丈夫刚才神色复杂，便又询问到这惊讶神色的缘由，玉太郎说到这热血激动，向濮玉环回忆之前的两次奇梦，一次是同龙孟华寻凤夫人，刚得知玛苏亚和凤夫人坐邮船遇流星迸碎的石头袭击，换坐小渔船离开时，在梦中遇到云端旦飞下的天使，提及了飞船四件大欠缺：第一是不能脱出空气；第二是不能离开地心的吸力；第三是脱出空气、离开地心的吸力，不能耐得天空的寒气；第四，纵然耐得天空的寒气，被那地球外的旋风也吹得张皇无定，不能称心所欲，任便走往各世界。

那时玉太郎请教天使有什么法子后，天使便让玉太郎两胁下生出两只翅膀带他游玩那月球世界，此梦境为真。原来那时月人国便有仙人想要助玉太郎改进飞船欠缺，不知用了什么技术，将玉太郎的灵魂抽离出来带上月球，后来的所见所感也都为月人国的真景色，遗憾的是玉太郎尚不能理解太多，只能自补，转为梦思，有了不少差错。月人国说不尽的富丽堂皇是为真，黄金为壁，白玉为阶，所有的陈设，并那各样的花草，各种的奇禽异兽，都是地球上所没见过的。

至于后遇的诸客人，玉太郎解释说："他也只是见我神思不稳，恐误解梦中所遇，故用那可以稳定灵魂的拂尘助，却被理解成他嫌我是从肮脏世界引来的肮脏的人，有龌龊卑鄙的恶根性想要逐我。"玉太郎说到这儿，不由得向在场的其他三人感叹，月人国的先进思想定是海纳百川，不会无端排挤，也是自己误解了月中仙人好意，不免愧疚。濮玉环随后安慰玉太郎，说这井底的青蛙再博识也不能知井外的事物，这识途的老马再可靠也不能知千年后的路，玉太郎方才舒心些，继续回忆那次奇梦。

说是之后天使带玉太郎的灵魂前往地球栖流公所，玉太郎已逝的父亲藤田犹太郎在那儿做了审核日本国人是否能升入月人国的掌事，世伯东里兴昌君做了副掌事协助，玉太郎并非逝世后的灵魂，恐沾了这些逝后灵魂的影响不得回地球，故天使阻拦父子相见，只是带他去栖流公所内查看了一番，遇的如来释迦、孔氏仲尼，还有那美国总统华盛顿都是真人，他们是公所内领导那尚不适应理解月球生活的灵魂们的三首领，至于那殿堂左角金字大红牌挂着的姓名，则是尚需寻得的名家义士的灵魂，唐女士的父亲唐北江先生以及随先生的四门生都在其中。

唐蕙良听到这儿，不免感动落泪，痛谢老天终是体恤为国为民抛头颅洒热血的义士，只是不知父亲唐北江和四门生的魂灵月人国是否已经寻到，想到未来父女团圆，自己又能养亲尽孝，唐蕙良的泪珠越落越大，滚滚烫蕴含着赤心，鱼拉伍及玉太郎濮玉环夫妇忙来劝慰，只得让玉太郎把他那奇梦回忆完。

而玉太郎摆手叹道自己这一次的奇遇，有许多同真梦混淆。那日带他灵魂去月球游玩的天使就放他回地球了，遇见龙必大和凤夫人的情节则是他寻迹心切自做的梦，混在一起，才被濮玉环解成日夜劳乏、神经不固所致的噩梦，而那个奇梦，便是龙孟华梦见儿子龙必大在月球上的梦，可惜他思念妻儿过度，未曾注意其他事情，也就没有被玉濮夫妇关注。

四人正说得兴致勃勃，那悬停在半空的大气球中又传来话，应是在催促尽快打点行李上船，这鱼拉伍和唐蕙良都是奔波惯了的人，无须再备什么行李，只是这濮玉环毕竟是大家小姐，催促着几个用人整理最基本的物件。玉太郎插空写了封短信，让小厮转交给李安武说这四人的去处。正是：

月人点醒梦中奇，老天不曾亏义士。要知后事如何，且听下回分解。

第三回　气球四大欠缺得补，书中世竟入现实世

却说玉太郎、濮玉环、唐蕙良、鱼拉伍四人备好行李，一同上了童子的大气球，登上电梯。只见内部银光闪闪，十分整洁，不像玉太郎那气球下挂的机械室里的复杂，只有几块玉板大屏，里面各驻一小仙辅佐工作，正中央的最大玉板上映出此地在地球上的位置，位于西南海岸的松盖芙蓉同新加坡国一样是球面上的小点，而这濮府再大也不过是点中的小点，竟能被如此精确地在这球面上定位。玉太郎也就顾不上礼节克制，向那童子询问其中奥妙。

童子只言在这地球上的定位全靠名为"卫星"的技术，如同长在宇宙中朝地球俯瞰的天眼，随时随地把那看到的画面传输到这玉板上。玉

太郎追问这凭空传输是如何办到的，童子纠结一会儿讲出"无线电"的技术，见玉太郎仍是不懂，便引了那迫使玛苏亚自戕的船长被雷劈的例子，玉太郎便明白，那次船长遭雷劈按凤夫人的解释，是人身上的电气触了虚空的电气，那么"无线电"的技术或许也是靠着看不见的相连电气线传输了画面，也就明白这月人国为何能得知地球上的事情：原来天上全是月人国造的"卫星"天眼，正全天候盯着地球看呢。想到这儿玉太郎心里不免一阵心惊，回忆之前令自己犯心病的想法，在心里又是咀嚼琢磨：月球尚且这样，若是金、木、水、火、土的五星和那些天王星、海王星，到处都有人物，到处的文明种类强似我们千倍万倍，甚至加到无数的倍数，渐渐地又和我们交通，这便怎么处？怕不是像鱼拉伍拿绿气弹炮轰野蛮人一样对待。

玉太郎深知科学技术发展的重要，又虚心请教童子如何改进自己气球上的四大欠缺自主登月，表示就算登不了月，用于优化技术在地球上普及交通也是极好，又鞠躬虚心请教。那童子就耐心解答玉太郎想要填补上的这四大欠缺：

第一是这不能脱出空气，童子提到有一尼莫船长，手下有条鹦鹉螺号潜水艇，全长七十米，宽八米，面积共为一千零十一平方米，体积共为一千五百点二立方米，在海底潜行好几天无须浮上海面。这鹦鹉螺号潜水艇脱出空气靠的是两点，一是密封的内壳，用工字形的蹄铁将内外壳相连，保证房间的空气不会跑出来，也不会被其他气体污染。二是巨大的压缩空气储存柜，将原有新鲜的空气压缩储存，内壳缺空气时便来取用，也有小型化空气密封罐，多是用于个人探索海底，在他们那儿叫作"潜水员"。

玉太郎津津有味地听着，不免叹道自己眼界浅薄，竟不知地球上有尼莫船长这样伟大的发明家，想求童子做中间人，让他与尼莫船长相识，但那童子却说尼莫船长生活在代号 JV-1 的现实世界里，玉太郎应该没机会相见了，这"JV-1 世界"全称叫"Jules Verne-1 号原世界"，是由他们月人国源头来的世界里，因一个叫儒勒·凡尔纳的科幻作家写的《海底两万里》而存在的世界。

童子的话把玉太郎搞得一头雾水，明明说的每个字自己都认识，连起来却又不知其意，难道说这地球还藏着新世界？这科幻书中的人物又为何说是现实里的人？他愣了片刻，不好耽误童子的解惑，只能先听童子解决气球的第二欠缺。

话说这气球的第二欠缺是不能离开地心的吸力，童子说在尼莫船长所在的 JV 世界还有一奇人名叫巴比康，他是美利坚合众国巴尔的摩城大炮俱乐部的主席，突发奇想提议向那月球发射一枚炮弹，建立地月联系。法兰西国的一个名叫米歇尔·阿当的冒险家便提议建个空心炮弹，让人坐在炮弹里头去月球，这个法子若是用在月人国来源的世界，需要长达二十公里的炮管发射，即便真能建出来，炮弹中的宇航员也会被当场震死，可是在那 JV 现实世界里却又行得通，只要让物体的升力足够快，便能离开地心的引力，而这星球都是有引力的，就像那被月球引力束缚在轨道上的空炮弹，若不是靠一颗在太空游荡的火流星，那三名冒险家还回不到地球。玉太郎所用的气球本质上也是这般道理，只不过升力还需提高。

玉太郎虽明白那引力说的就是吸力，但听这童子讲的话还是如云山雾罩，不懂其义，且不说那 JV 世界里为何也有个美利坚合众国，单说这同在地球之上却有着不同的物理规则，就让他怎么也想不明白，只得先追问如何提高气球升力摆脱地球吸力的办法。听完玉太郎的追问，童子又说自己来源的世界有一科学家名叫康斯坦丁·齐奥尔科夫斯基，提议用以燃料为动力的"火箭"成为宇航的工具。所谓"火箭"，对玉太郎而言，就是地下会喷火的铁塔，在铁塔底部堆上足够多的燃料，用点燃的火气推动铁塔飞去月球，却如那观光用的热气球把火倒过来推着东西飞。明白办法后，玉太郎转念想到，这寻常烟花飞到半空就需要装上满满一桶火药，那这铁塔若是想要成功飞到月球，又需要多少燃料？便朝童子鞠了三躬，二次追问。童子笑了笑，只说是燃料间的推力转换效率不同，与其考虑堆叠多少量，不如考虑如何提高品质，正笑着，又眉头一皱，严肃更正说这只是月人国来源世界的物理，但 JV 世界中的月球尚能有稀薄空气，这个世界的火流星可以砸伤油船，鱼拉伍过了许久还能成功接起被狮子咬下的断臂，在他们世界统统是不存在的，这源于大宇宙物理规律分布的不均匀，所以具体办法还需自行探索。玉太郎听后便再拜了拜以示感谢。

接了玉太郎的拜，童子接连授了他补上气球后两个欠缺的办法，这第三欠缺是不能耐得天空的寒气，但若能密封内壳更换保温材质便可迎刃而解；至于第四欠缺是被那地球外的旋风吹得张皇无定，童子建议玉太郎可到美利坚合众国寻一对莱特兄弟，在龙孟华与凤夫人遇险兰箸河的前一年，这莱特兄弟便让名为"飞机"的交通工具飞到空中，这地球大气之中分为对流层和平流层，对流层多复杂天气，而平流层相对平静，若是玉太郎不强求跨一百五十年科技之发展登月，脚踏实地改善现有交通，可以将气球升到平流层进行长途旅行，临近目的地时再下降，既能保证安全也能缩短航行时间。玉太郎听后恭谨地点头，谨记于心，感谢童子授业解惑之恩。正是：

月人国中科技盛，万千世界藏玄机。要知后事如何，且听下回分解。

第四回　众人游览参观月球，多元世界奥妙初露

却说玉太郎向童子请教了补上气球四大欠缺的法子，却又疑心童子所提的，在同一个地球上却有多个世界是何缘由，正想着，只见所乘飞船已到月人国。俯瞰这豪华城市，比上海，乃至东京纽约，都要繁华千倍，大路交通，屋舍俨然，多为冲天大厦，闪着点点星光，其间多有繁

华聚会之处，却又井然有序，不出规矩，多为雅士交流，城市上空由透明玻璃天幕护着，又隔一层金光电网，不仅能弹开侵袭的陨石，还有伪装效果，让地球人无法用望远镜观察月人国城市。

童子将飞船停泊在空中港口，玉太郎又细见许多悬浮飞车，乘客安坐其中却又不见车夫，大街上人员身着各色服饰，无一定制，显个人之特色，红男绿女，热闹非凡，在飞船上见过的银色铁人穿插其中，或是与人文雅交谈，或是各司其职维持城市的干净与秩序，在地球前几大城市市中心才能见到的电光广告在这里随处可见，浮光掠影，走马观花，惹得人天旋地转，不知从何看起，忽闻面包软白香甜之气，又遇烤肉浓香扑鼻，车水马龙，熙熙攘攘，却又不乱，自有内在理性之秩序，天宫与天堂也不过如此。

玉濮夫妇挽手下船，鱼拉伍和唐蕙良紧随其后，仰头环视这繁华世界不过片刻，又听得有人唤名。原来是龙凤一家前来接应，这鱼拉伍作为医师，自然是想见识学习月人国医术，拉着龙必大手的凤鬟即刻打算带她到取名为"月球基地中心人民医院"的地方参观；这唐蕙良投身教育，知道救国救民必须广立学校启发民智，就由龙必大带着参观月人国的学校；濮玉环之前与凤夫人结拜为异性姊妹，这次相遇自是叙旧，打算一同游览月球市场；剩下的玉太郎自然是和龙孟华先是去拜见月人国的长官，答谢救命之恩，说不定顺带还能解玉太郎心中的困惑。

一说凤鬟带鱼拉伍去了医院，"人民医院"四个红灿灿的大字刻在门口的白色大石上，两边来回少见车辆，经凤鬟介绍才发现车辆竟都是飞空停在顶楼的几层停车场上，便利了交通，又留出下方供人自由行走，不时有闪着红蓝目光的大车从楼中飞出，或是载着急症病人返回。鱼拉伍原以为医院任意开放，却被凭空升起的银柱挡了去路，后知是这掌事的小仙察觉鱼拉伍身份可疑，经凤鬟担保才顺利通过。

进入医院内，只见左手建筑古色古香，沿袭了中国传统建筑的外貌，外立扁鹊、华佗、张仲景、孙思邈、李时珍等名医的塑像，用笔墨书法写着"现代中医与传统中医综合区"，右手建筑简约时尚，颇有欧美艺术馆之风，用简化的中国字外附英文字母写着"现代西医区"，外立希波克拉底、弗洛伊德、南丁格尔、奥斯勒等西方名家塑像。鱼拉伍在印度跟着老师学习时左右两边塑像人物大部分都已经见过，又问这西医为何不设"传统西医"，凤鬟回那古代的传统西医，多是放血和炼金，还有用蜡烛熔化落下的蜡衣判断病人情况，若是"天使之翼"便能治，若是"裹尸布"便不能治，剩的精华不像中医还能单列传统中医这一项来，就融入统称现代西医。

鱼拉伍点头受教，见这中间楼外立的塑像十分陌生，凤鬟又解释说中间建筑外立的都是对现代中国建设有大贡献的，鱼拉伍却从中见到一名为白求恩的外国人雕像，不由得惊讶一下，多停了几秒，又跟着凤鬟进了主楼，只见里面排着的是一圈又一圈的玉板，板前却不聚人，只是不断自动闪烁着病人取药的讯息，被玉板围着的大黑铁柱内有铁鸟抓着袋子来回飞翔。凤鬟解释说现在看病多是在家由名为"AI"的技术进行扫描识别，稍微复杂的病才远程联系大夫，确认好药方再由名为"无人机"的机械飞空送入家中，那玉板名为"显示器"，用来展示加密过的取药单，方便核实与修理问题，现今的月球原住民得病的很少，多是为得"亚健康"状态的保养，至于那左右两院，多是服务于新来月球的地球人，值得参观的是主楼往上走的休养舱。

鱼拉伍跟凤鬟登上电梯，进入二层的休养舱区，见到了同救玉太郎几乎一致的椭圆金属盒，只是体形上大了一圈。凤鬟说这休养舱可以疗救绝大部分疾病，也能用在健美身形或是姣好面容，只是有些源于生活习惯的修正需多些时日慢慢调养，故专设了这一大区，至于玉太郎先前那命在须臾的伤势对月人国的医疗技术而言不过是小菜一碟。鱼拉伍听后叹道，若这月人国真是与未来有关，未来也会如月人国这般发展，那么像他这样的医师不得失了业？凤鬟却安慰道，在月球，专业的医师多面向私人服务，或是随月球开拓大队出征，需求量不减反增。听到这儿，鱼拉伍便安心许多，表示希望在月人国学习先进医术，也不奢求能直接把这最先进的休养舱带回地球推广开来，只希望能促进地球医术的发展，以救治更多同胞。凤鬟则是笑答，打算带鱼拉伍同正在参观学校的龙必大和唐蕙良会合。

二说龙必大带唐蕙良参观月球学校，说是学校，实则是一栋孤零零的小楼配上不大的庭院，失了她心中学校气象大气磅礴的期望。龙必大却站在楼外，掏出万通镜来，邀她上课。唐蕙良自是一头雾水，说这大街上无师生也无教室课本器材，何来上课一说？龙必大便解释道，在月人国学生都是在家里用万通镜上课，老师与学生虽是相隔千里，却像那"卫星"技术一样，有瞧不见的电气线连着信息，必要的知识打能上学的年龄起，就都能通过名为'知识植入'的方式装进脑袋里，得知却不理解，所以上课也就是老师帮助学生理解并运用已在脑海中的知识，这上学为的是求知实践，不为那文凭的薄纸一张，就没有利用学历固化社会地位的欠缺。

唐蕙良无奈地摇头，说，这月人国最先进的科技与教育虽是高效，却难被地球上的学堂学去。她又询问月人国之前的教学景象，龙必大思考了一会儿，答道，那月人国原住民实则都是从另个地球上来的，那边原先也实行传统教育，小学教授语文、数学、英语这三门主科，上了中学又不断加了物理、化学、生物三大理科，政治、历史、地理三大文科，构成最基本的知识框架，国民都能识字，通识人类文明各基础学科大体的知识。

听完，唐蕙良郑重地点头，夸赞月人国先进之技术果然来源于先进之知识思想，竟能让国民都识字，通识世界古今，还有那名为"义务教育"的制度更是值得学习，不像他们那只有交得起学费的少爷才能上学堂私塾，女学堂的建设还要受尽波折。

正说着，遇上了带鱼拉伍前来会合的凤鬟。四人一交流，凤鬟便补充道，这知识学习离不开实践，月人国由来的另一世界的未来中国仍有着办大学校园的传统，只是这月球原住民原本都是以各科的院士教授为主，也就没有办传统学堂。唐蕙良疑惑未解，说，这另一个世界从何而来？凤鬟想了又想，便打算带几人去地球栖流公所查看一番，解释这世界间的奥妙。正是：

众人初入月人国，气象万千尚需学。要知后事如何，且听下回分解。

第五回　新法螺奇遇石头记，明希豪森解困特隆

却说凤鬟要领龙必大、唐蕙良、鱼拉伍去那地球栖流公所查看，登上了无车夫的银车，飞空而起，车内如履平地，十四分钟就到了目的地，未等众人赞这月球飞车的神速，只见公所外有老月仙斥责童子。凤鬟向前问斥责缘由，原来是这童子刚进公所工作，不熟启发地球人的工作事项，仓促把一个姓徐的编辑主任的灵魂抽出来，却忘了管那失控的肉身，径直走到海里去。童子没注意，只管带徐先生的灵魂遨游，又没安定神思，让他误以为正在太阳系遨游，把医院当成水星，把动植物园当成金星，又混杂了自己的梦境，失了原来的效用，好在那得到特许返回地球的贾宝玉，正在海里驾驶猎艇追捕大海马，刚用电击炮取得胜利，上浮时遇到了漂在海上的徐先生，两人交谈甚欢。宝玉便托徐先生出版了一部《新石头记》讲述自己后来的故事，那徐先生又写了篇《新法螺先生谭》把自己真实见闻与梦境混在一起转述出来，虽然多有不同，但总归起到了启发民智的效用，凤鬟就以此为由替童子解了责骂，带众人进公所大厅，只见里面并排整齐摆着好几列万通镜，凭空显出那蓝白相间的球形立体地图。仙人童子在前操作，选中适于启发的地球人，趁酣眠时向他大脑发送讯息，搭了无形的长梯，接引灵魂游览月球，感受先进科技之妙，启发民智，提振强国之信心。

唐蕙良见父心切，顾不了学习这向大脑传输信息的技术，只记得那天梯也非神奇，只是让人在自个儿梦境中也造出了月球，月球上多个分身，即可同步畅游活动，而这抽取灵魂当分身的技术又跟什么叫"元宇宙"的技术有关。唐恍惚听完后便朝殿堂左角寻那写着父亲和他四门生姓名的金字大红牌，寻得后又是心慌，经凤鬟问询童子得知，像这般义士的灵魂游荡人间，就义时不得获取大脑存储灵魂的"神经元"，只得另用技术跨越时间传回濒死的一刹那，才能将这灵魂请回月球。月人国行这事一是为的厚待名家义士，二是为从中获取讯息挑破历史迷雾，三是为帮那些愿意继续推动人类文明之发展的人回地球取得新人生。唐蕙良自知好事多磨，可那滚烫泪珠还是噙满眼眶，凤鬟连劝了好几句才收住，打算先继续自己的计划学习月人国，再回到地球建设学堂。

正说着，巧遇龙孟华和玉太郎从电梯走出来，原是这月人国的大长官今日正好在这公所工作，接待了龙玉二人，费了半晌的工夫解释了这书中世界为何又是现实世界的奥妙，龙孟华平日只会文学，不通哲学与物理，听的是晕头转向，迷迷糊糊，只得用庄周梦蝶也是蝶梦庄周的话来解释，后由玉太郎娓娓道来。

玉太郎先是举例在德意志国的汉诺威有一乡绅名叫明希豪森，之前在俄罗斯和奥斯曼当过军人，退役后经常同人讲述自己的奇闻经历，写下了《明希豪森奇游记》，因那代号 JV 的世界里很少有关于汉诺威的事情，男爵便渐渐融进这个世界生活了，还与尼莫、巴比康交了朋友。话说回来，这明希豪森有次行游时不幸掉进一个泥潭，四周旁无所依，于是其用力抓住自己的头发把自己从泥潭中拉了出来，你们说说，这在我们世界是可行的吗？唐蕙良率先摇头，说这万物皆有所依，陷入泥潭只能靠外物把自己拉出来，怎能靠自己拽自己头发出来？玉太郎点头赞同，再问道，说这万事万物皆有因有果，那你从中找出这第一个因和最后一个果吗？鱼拉伍摇头。玉太郎回道，这便是明希豪森男爵的三重困境，可这困境又是解开另一困境的关键。

众人凑上前，难忍好奇，玉太郎却又举了另一例子，说是在拉丁美洲的阿根廷国布宜诺斯艾利斯市有一位诗人，名叫博尔赫斯，再过二十九年就要写下一篇《特隆、乌克巴尔、奥比斯·特蒂乌斯》的科幻小说来，讲的是虚构的百科全书中的特隆世界逐渐进入现实，像是指南针，属圆锥体等，逐步取代现实世界中的存在，若是这在现实真的发生了，我们该怎么理解这个缘由？

眼见众人沉默不语，却又热切地盯着玉太郎的嘴巴，他便又提到了那个明希豪森男爵遇到的困境，说我们这世界的第一因若是其他世界因果序列中的普通一员，不就好找了？这一花一世界，一叶一菩提，也就是龙兄说的庄周梦蝶又是蝶梦庄周，多个世界互为因果这不讲得通了？而那每个作虚构文章的人，便是识出这因果位置的坐标，成了新世界的第一因，再向前向后形成完整的新世界，因果链又不断往两边延伸，故找不到头和尾，所以这书中世界都是现实世界，现实世界又都是书中世界。

听到这儿，龙必大惊呼道，我们这个世界又是哪个世界的书？又是怎样缘起的？刚喊完，忽听得背后传来凤夫人的声音，原来是凤濮姊妹逛完市场也来拜见月人国长官，现跟着长官下了电梯，神色甚是凝重，说是与众人有那顶破天了的大事商量。正是：

庄周晓梦迷蝴蝶，姜公钓鱼自有意。要知后事如何，且听下回分解。

第六回　我的月球基地旅行，2054 年 5 月 18 日

这是我第一次登上月球基地，心中很是激动，毕竟自己只是一名普通的小说作者，平日写写科幻小说或者连载的科幻网文，混出点名头，没想到竟然能和各国顶级的科学家一起前往祖国建设的月球基地。

早上八点，我被定好的闹钟吵醒，微微用力从床上挺起来，翻越下床，横穿我自己的地下住所，看着洗漱用的废水经过滤后流入厨房边的生态温室，再克服心理障碍摘下温室里的一根嫩黄瓜咀嚼起来，又吞了两块冻好的面糊块，权当早餐是在地球上为减肥吃的素煎饼。

吃完早餐，我又吃了两颗补给良性细菌的胶囊，避免身体微生物群系紊乱，出门前还要穿好防辐射服补充防辐射液，预防宇宙射线导致的皮肤病。

就这样，我通过运输管道来到了室外基地下面的生活城镇，抬眼望去，人造的柔和阳光勉强唤醒了我的身体。

到月球参观的第一站是供水站，整个基地的水资源仅有三成依赖于地球进口，剩下七成全部源自月球极地冰矿，供水站的工人会用特制钻头获取位于月球表层下方的冰块，加热消毒处理成日常用水。细细参观一轮后，由于我不是什么专业人士，只能发出最简单的赞叹，真是像在地球上旅游一样，拍了一大堆非专业照片，再前往参观的第二站，那里是负责开发表层矿产的矿区。

乘坐电梯升到位于表层的观景区后，我看到了漫天的星辰，以及离我最近的地球，在冰冷的宇宙中显得尤为温暖，再低头俯视就是矿区，那里有上千辆自动挖矿车正在有序作业，存于月球表层的硅、铝、镁等矿物质导致许多月球小镇都是由采矿业发展而来，现在基本已经实现自动化。之后，我又去了接待顶级富豪游客的观景区，被认为是那种不愿抛头露面的低调有钱人，便不敢用自己的真名社交，害怕这事传回地球会引起误会。

逛完这三站，说是要分给我的任务还没有派下来，坐在观景区喝了杯微醺的鸡尾酒，心想祖国对月球的开拓正是重要时刻，有时来往人员要在连着太空电梯的中转空间站排队一周才能登上前往月球基地的接驳飞船，可自己一路畅通无阻，甚至有专人护送，可见祖国对自己的重视，可一个科幻作家对月球基地建设又有什么直接的重要作用呢？就算是构思和宣传即将到来的星际移民开拓时代，这事也能在地球上完成，若是文艺采风，又显得太过奢侈。

我抬眼望向深邃的星空，看着属于人类文明技术结晶的基地穹顶勾勒出无数个淡蓝色的三角画框，里面的星星随机排布，爆发出奇异的闪光。就在我借着醉意迷思时，突然看见一颗子弹形状的飞行物从穹顶飞过，惊得我站了起来，以为遇见了外星飞船，定睛一看，却又在这飞行物的舷舱内明明白白地看见了三个身着西方传统服饰的人，正拿着笔在草纸上记录着什么。

眼前的景象要比我遇见外星飞船还要神奇，正猜测是不是穹顶投放的文化影像，竟又看见一个巨型热气球飞了过来，下面坠着的是有一栋别墅那么大的房子，这个飞行物即使放到地球上也是不可能存在的，更像是存在于《八十天环游地球》或者《飞屋环游记》这样的科幻作品或电影中，想到这点时，我的脑袋莫名眩晕，大量信息涌进来，我看见自己似乎有着其他许多人生样态，有的成了干国际贸易的小商人，有的成了电子信息工程师，还有的是和爱人一起平静地经营一家中医药店铺并卖些中药茶饮用作补贴，如同做梦，感觉许多个世界眼前的画面并拢成万花镜，共同行动，而那许多个其他的我似乎在此刻也有着同样的感觉。

就在我即将因为这难说的感觉而跌倒时，一位身着黑西装的中年男人不知从何时出现，搀扶住了我，转眼细看，认出这位正是之前向我下达登月邀请的领导。他在我后颈上贴了一个金属圆片，使我顿时恢复过来。

他朝我平静地问好，指着天上又飞了一圈的子弹飞船和大热气球说：

"您看这两个飞行物像是哪本书里存在的？"

"前面那个……难道是儒勒·凡尔纳写的《从地球到月球》？"我定了定神，先是看向那个子弹形状的飞船，想起里面见到的三个身着传统西方服饰的人，立刻想到这番情景，与《从地球到月球》的续集《环绕月球》中的情节完美吻合。

"对，那你看这后边那个像是哪本书里的？"

我原本想回答《飞屋环游记》，想起这是部四十五年前的电影，看这夸张的搭配，又思索了一会儿，猛地想起很早前的清朝科幻来，回答道："《月球殖民地小说》？可是，这部作品还没写完啊。"

"对，可是这并不影响一个充满古早科幻韵味的幻想世界的诞生。"他边说边掏出一本小小的书籍，封面写着《特隆、乌克巴尔、奥比斯·特蒂乌斯Ⅱ：1840—1912 年中华后记》。

"这个年份，不正是清朝末年？"我知道博尔赫斯在《小径分岔的花园》作品集里的《特隆、乌克巴尔、奥比斯·特蒂乌斯》，却不知道这篇科幻小说还有第二部，皮格利亚的《人工呼吸》应该也没有提及或被这样评价过。"

"对，那你想不想让这部小说写完？"男人带我坐在观景区的环形卡座里，抬头望着静默的宇宙，用极度平静的语气向我解释足以颠覆绝大部分人时空观的最新研究。

我原本就是科学幻想内容的创造者，接受这些研究结论的效率自然要快一些。他说了十七分钟，我就大概明白了月球基地迟迟没有进入第二开拓阶段的原因——五个月前，月球上有关空间坍缩的等比例缩小模拟实验造出了一个极小却又极致重的黑点，牵引周围时空发生扭曲，像是在脆弱的泡泡壁上凿出个小口子，证实了科学界对平行宇宙和多元宇宙的主流猜测，同时又解决了哲学上线性时空观的一大认知困境，也就是最初的因与最后的果——其实不同的宇宙间互为因果，最直接的例子就是由作家创作的文学世界，当一位笔名叫荒江钓叟的作者脑海里浮现起一对逃难夫妻因撞船而失去联系的同时，一个多元世界中的一对逃难夫妻便正好乘船遇到失控的邮船，而那个多元世界的真正第一因便是由此开始，之前新的过往与之后新的未来就此产生，多元世界现实里发生的情况是启发另一世界作者灵感的因。同时，另一世界作者灵感也是导致多元世界发生这一事故的因，所以说是互为因果，又像是两根平行的、无限长的绳子相遇打了个结，以这个结为坐标确立起点。而那个极重的黑点联通了处于不同宇宙的人的感官，所以我才能在刚才看到源自《从地球到月球》和《月球殖民地小说》的飞行器，目前这种情况仅发生在黑点周边区域，也仅仅是作用在感官上，但谁都不能保证未来是否会维持现状，所以祖国带头成立了研究组，想进一步探索其中的底层机制规律。

虽然我明白了这异常现象发生的缘由，却还没有解答心中为何自己会被邀请到月球基地旅行的疑惑，我对面坐着的中年男人只是重复了刚才的问题："你想不想让这部小说写完？"

我愣了几秒，突然意识到男人的用意，只回答了一个"想"字。接下来，男人带我前往那个黑点所在的研究站。我被这神奇的发现冲昏了头脑，忘记询问自己世俗的保障，只是配合完成了一系列检测，随后脑袋上套住了一个巨型白色头盔，远远地面向位于研究站中心的黑点，启动头盔仪器后就陷入了昏迷。

再次醒来后，我发现自己身着清末时的服饰，坐在书桌前，桌上铺了一层纸，仅在右边写着几行字："月球殖民地小说　第一回　李安武避难芙蓉国　龙孟华遇险兰筈河"，而我左手边摆着一份《万国公报》，大标题是："英吉利王国与日本国竞相发明飞行气球。"转眼看了下日期，是一九〇三年六月。我知道，龙孟华和凤夫人将于一年后前往松盖芙蓉国，他们会在兰筈河上因邮船撞击遇险失联。

第七回　双甲子回头看纪略，月球上书写新篇章

却说那月人国大长官向凤濮姊妹分享了自己的经过，凤夫人才知与丈夫的生离死别造就新的世界可能，若是让长官用未来的技术阻止龙凤

夫妇遇险兰箬河，这世界走向便与月人国来源的世界一致，这也是后来的月球仙人童子为何对玉太郎所在的日本国抱有厌恶的缘由。

免去夫妻分别之苦的机会摆在眼前，凤夫人自是要与龙孟华再商量，不能自作主张，而龙孟华又听到夫妻若不在兰箬河遇险后的世界发展：松盖芙蓉国连带相关一切事物消逝，中华四万万同胞要饱受四十一年寒夜的摧残才能重见光明。

想到这儿，龙凤夫妇坚定信念让月人国长官不对过往历史做改变，离开地球栖流公所，同玉濮夫妇、龙必大、凤鬟、唐蕙良、鱼拉伍及孔氏兄弟一起同住同游月球，过了几日再拜见月人国大长官，求得特殊引渡义士的权利，把那李安武、白子安、濮心斋等人接上月球，又待玉太郎寻了其父，凤夫人查到玛苏亚之灵魂上月人国的权利，乌泱泱十几口人在房间里商量未来的打算。

这玉太郎最为激动，说是要回地球干三件事，一是宣传和平仁义之思想，推动经济新体系的建立，二是用先前锦衣童子教授的办法补上气球的四大欠缺，让地球人能靠自己的力量飞上月球，三是广结义士，统统接引到月人国开拓建设新的移民地，若是日本国还是走向那军国主义之末路，还能以月人国当这反击的大本营。濮玉环表示要同丈夫一道完成这三大事业，也要同唐蕙良先生一起，多建研发科学技术，启发社会科学新思想的学堂。

唐蕙良见此便舍弃了寻父灵魂的念想。李安武也强调自强，习文练武，学习月人国先进的器物、制度与思想，烧了原先那奸佞权臣当道的腐木屋子，像月人国由来的世界一样，让百姓做国家的主人，建为百姓的强大军队，止戈为武，就不会再有外寇侵略欺凌。李安武说完，龙凤夫妇、濮心斋、白子安等人接连表示赞同，表示愿从这松盖芙蓉国开始共建大业。至于那鱼拉伍，却仍心怀忧虑，说是要回欧洲结交义士，疏通各国利害关系，力挽狂澜，得了众人的支持后又开怀起来。

日月如梭，转眼从二月到了五月，月人国大长官正在港口散步，见到从地球飞来十几艘密闭的、两侧挂大气球调节方向的铁塔状飞船，满载地球上的热血青年，用从月人国学来的"无线电"技术发讯息，说是要带地球义士一同建设月球殖民地，领头人正是玉太郎和濮玉环。

月球大长官见状，只是微笑点头，回到办公室，坐于书桌前，在那白纸上写下《月球殖民地小说　第二部》。他望着"殖民"两字思量许久，想到自己的世界对掠夺侵害原住民的殖民行为达成反对的共识，由玉太郎和濮玉环带来的热血青年也多是为同胞建设新时代而来，就用毛笔划掉原定的题目，重新写下《月球移民地纪事》几个大字来。

（全书完）

马传思续本：月海幽魂

作者简介

马传思，中国作协会员，中国科普作协理事，中国科幻研究中心特聘专家。作品曾获第十一届全国优秀儿童文学奖、第十四届文津图书奖、首届少儿科幻星云奖等，编剧科幻动画短片《烟火》入围曼彻斯特电影节最佳动画短片、中国国际新媒体短片节、哥伦布国际电影动画节等。代表作《冰冻星球》《奇迹之夏》《蝼蚁之城》等。

故事梗概

本作从一名青年科学家的视角，对《月球殖民地小说》的故事进行续写。龙长生带着族长交给他的线装书《月球殖民地小说》，和族谱里记载的一个关于龙必大的未解之谜，登上了月球，却被同伴告知了偶遇幽魂的蹊跷事。随着月震发生，龙长生驾驶的月球车被巨石击中。等他醒来后，那本书中的龙必大居然出现在他面前，他也由此踏足月球上的蒸汽城市，并巧遇月球女孩库惟仑和日本发明家玉太郎。随着幽魂现身，龙长生最终知晓了关于自己和月球文明的真相。

引　子

　　老白从观测站的窗户朝外望去，昏暗的天幕上，那颗蓝色星球显得那么遥远而黯淡，边缘浸没在一层淡淡的光晕中。

　　"今天是地球上的除夕吧？"一个声音从他身后传了过来。不用回头，老白就知道是阿木。他和阿木是这个监测站里仅有的两名工作人员，已经在这里驻守了一个月。

　　"是呀，这个时候，地球上正是阖家团圆的日子，祭祖、守岁、挂灯笼、放鞭炮，可热闹呢。"

　　"我们日本受到中华文化的影响，这一天也很喜庆，大家会在这一天吃过年面，祭拜神社，还要看红白歌会。"阿木是个三十多岁的日本人，脸上总是挂着标志性的谦卑笑容，他在嫦娥基地工作了两年，中文已经非常流利。

　　老白把目光从阿木身上移开，掠过那些冷冰冰的检测仪器。"我们曾经是全人类的骄傲，而现在，地球上的人类恐怕都忘记了我们吧。人类的悲喜并不相通。"他喃喃说着，心里不由得生出几分落寞。

　　"三十多年前，嫦娥基地刚建起来，那是全体月球人的高光时刻。话说当年的我，就是听着月球课堂的直播课长大的。"阿木摇了摇头，感慨地说，"等到我后来也来到月球，才发现这顶冠冕已经失去光芒。看看我们现在都在研究些什么？月球震波检测、月壤成分分析、月面移动实验室的建设方案……我不是说这些研究没有必要，而是它们都太小了，都只是些技术性工作。"

　　这时，检测平台突然传出一阵警报声，打断了两人的闲聊。继而，监测站也轻轻晃动了起来。

　　"这是近期检测到的第八次月震了。"老白一边观察相关数据，一边接着说，"虽然月球仍处于地壳构造活跃期，会随着月球表面萎缩而发生月震，但近期的数据还是有些不正常。"

晃动还在持续，监测站的门窗发出一阵异常的吱嘎声响。阿木的脸上快速掠过一丝紧张。"这几年陆续建起了几座氦-3 提炼厂，日夜都在月球的硬岩层上打孔挖掘，月震自然会越来越频繁。我都担心，观测站的房子能不能经得起这么频繁的月震，说不定哪一天就坍塌了。"他半开玩笑地说。

"你说月震有没有可能让一些隐藏在岩层下的秘密生命重见天日？那样的话，大概是月球基础科学研究方面的重大突破，月球也会再次成为全人类关注的焦点吧！"老白说完，自顾自地笑了起来。

"什么秘密生命啊，这颗星球上，就连最基本的原生生命形式都不存在。我们的出现，不过是一个偶然……"

阿木还在自顾自说着，这时，老白无意中朝窗外瞥了一眼，一个模糊的人影出现在他视线的余光中。老白心头一紧，赶忙转头看去，那个人影就悬浮在窗外的撞击坑上空，就像一片黏稠的雾气，汇聚成人体的形态。

"那、那是什么？"老白怎么也不敢相信自己的眼睛，惊叫起来。

阿木也看到了，他那标志性的笑容僵在脸上，似乎随时会碎成一地。

正　文

一

在前往文昌发射基地进行登月训练前，龙长生特意回湖南老家过了个春节，他已经十多年没有回过老家了，这次登月后，又不知道要过多少年才会回到地球。龙长生是龙氏家族的骄傲。听说他回老家的消息，不仅族人轮番到他家拜访，就连已经年迈而长年不外出待客的族长宏泰伯，也特意托人带来口信，让他前往宗祠。

龙长生以为是让他去宗祠祭拜祖先，就带着香火去了，到了那里他才吃惊地发现，族长和四五个管事的人早就聚集在祠堂门口，站在风雪里迎着他。

见惯了大场面的龙长生也有些受宠若惊，他隐隐感觉，这不仅仅是焚香祭祖。果然，祭拜仪式结束后，族长一行人将他迎进了宗祠后方，那是间存放着牌位和族谱的保管室。

族长用颤巍巍的手捧出那本用毛边纸编成的族谱，一股陈旧的油墨气味在鹅黄的灯光下缓缓飘溢开来。

"我们龙姓出自御龙氏，望出天水，在沅江一代传延了三百余年。长生，如今你将赴月球，成为我们沅江龙家登月的第二人，让我们宗族再次光耀门庭。"

龙长生不由得扬了扬眉毛。他虽然无意争什么第一人，但还是很好奇，因为他并没有听说过之前登月的宇航员中有姓龙的。"我们龙家人还有谁去过月球？"他问道。

族长翻动着族谱，停在其中一页，用枯瘦的手指着一行字。

"龙必大，父龙孟华。生卒年不详。"龙长生轻声念了出来。他觉得这个名字有些耳熟。

"龙必大，是龙孟华的独子。龙孟华就是我们沅江龙氏的族人，他在省城长沙犯了命案，逃去了南洋，和怀有身孕的妻子失散。几年后，在日本人玉太郎的帮助下，才找回了妻子。而他的儿子龙必大的经历更加离奇，是被月球人所救。再后来，龙必大就跟着月球人去了广寒宫。"

族长说着，又从身后的木架上抽出一本封面已经磨损的线装书，封面上赫然写着"月球殖民地小说"几个大字。

龙长生当然知道，传说总是真真假假混淆在一起，许多地方性和家族性传说为了突出祖上的显赫，会特意去攀附某些历史上的权势人物，比如说祖上是某朝皇帝的血属、是某大将军之后云云。但自己的族谱居然和小说家联系在了一起，这让他忍不住哑然失笑。

"这只是小说里写的，当不得真吧？"他迟疑地说道。

"这本小说一直跟着族谱一起，在我们家族里流传下来，不会是没有一点儿依据的。"一旁的玉光哥说道。刚才举行祭祖仪式时，他负责击磬和焚香。

"什么是真？一切世界，无非幻界。传说就是另一种真实。"族长浑浊的眼里猛然射出一道光芒。他用颤巍巍的双手捧起那本书，朝前递向龙长生，似乎是在交付一副重担。

此时，屋外的风雪声正一阵紧过一阵，昏黄的灯光下，真实与虚假的界限在消弭。族谱也只是一种写在纸上的传说，血脉里的回响却无比清晰。龙长生不由自主地伸出手，接过了族长递过来的书。

一个半月后，龙长生到达了嫦娥基地。接下来的几天，他在基地里进行了一系列适应性训练，并等待安排工作岗位。几个地球日后，按照基地的安排，他搭乘一艘小型飞船前往位于图马环形山边缘的一个三级观测站。

原本他有一个随行同伴——新能源专家徐才。但在临行前一天，位于风暴洋的一座氦-3提炼工厂的几台发电机组出现了故障，徐才被应急部门紧急抽调走了。于是，龙长生只好独自前往观测站，接替回基地轮休的老白和阿木。

老白在离去之前，把龙长生拉到一边，说出了他们遇到月海幽魂的离奇事。

"有视频影像吗？"龙长生半信半疑地问道。

"没有。这里可是月球，我们又不需要装户外监控来防范什么野兽或者恐怖分子。"老白半开玩笑地说。

"那你们后来有去实地调查吗？"

"当然有。我们是科考人员啊，擅长在野外发现想要的蛛丝马迹，不过，这一次我们没有发现什么有价值的线索。"老白坦承道。

龙长生目送着老白和阿木走进飞船。不一会儿，飞船缓缓离开观测站前的起降平台，消失在黑沉沉的天幕中。

龙长生自然不相信什么月海幽魂的事。他觉得，那更像是两个被太空幽闭症折磨的人产生的臆想。

二

龙长生每天的主要工作就是定时调取和分析各种观测数据，将异常数据上报给嫦娥基地。这项工作简单而枯燥。好在他有自己的乐趣：每天都花几个小时，驾驶观测站的那辆猎鹰号月球车，去设置在环形山周边的几个观测点进行例行巡视。人类还很少踏足月背，而观测站附近的图马环形山就是位于月背区域的一个巨大撞击坑，直径超过 180 千米，所以这也是一个难得的探索月背的机会。

接连几次出行后，龙长生就深深地意识到：虽然自己赋予了这件事以特殊的意义，却仍然无法掩盖它的枯燥。再后来，当他驾着猎鹰号在撞击坑里缓缓前行时，他总感觉自己正行走在一片时间的荒野上，感受不到一丝生命的气息。

好在观测站的通信系统工作正常，每天都会向他实时传输基地发布的各种新闻报道。这让他感觉自己距离人类社会并不遥远。可是有一天，龙长生接收到一则让他震惊不已的消息：日本科学家、诺贝尔奖得主汤川秀树在东京的寓所里自杀了，他的遗书上只写了一句话——"基础科学已死，富士山的樱花开了，我也该走了。"

汤川秀树是这个时代从事基础科学研究的泰斗，也是龙长生非常仰慕的前辈和标杆。龙长生曾经在一次国际会议上，和这位前辈交流过几句，印象中，那个身材精瘦、头发花白的老人，一说起当今科学前沿研究，眼里就散发着炙热的光芒。他这样早已名满天下的人会选择自杀，怎么也无法让人相信。难道他真的是因为看到了人类基础科学研究已经走入了歧路，毕生的理想和热望都破灭，才在一种彻骨的荒凉中，毅然走上了绝路？

龙长生开始审视自己在月球的这份工作，其实完全可以用机器代替。不仅如此，他回想在嫦娥基地那几天的所见，嫦娥基地是人类在月球建立的第一个大型科研基地，多达数百名科学家在开展多项科研工作，他们可是从地球科学家群体中遴选出的佼佼者。但他们的研究也都着眼于细枝末节，缺少足够的开拓性。他们缺少的不是野心，而是科学的瓶颈限制了他们，绳套已经套在每个人的脖子上，只是汤川秀树率先做出了抉择。

这么一想，龙长生的心境变得无比萧索，孤独感开始滋生。他回想以前读过的诗文，那些描写孤独的所谓千古名句，什么"君恰来时我欲归，沅江秋雨正霏霏"，什么"岁月不堪数，故人不知处，最是人间留不住"，以前总觉得它们写尽了人世的孤独与陌生，而现在，当他在这颗星球的阴影中踽踽独行，抬头看着星群在苍穹深处闪着黯淡的微光时，才明白面对这寂寥的宇宙，那些诗对孤独的描写还是太过表面，完全不足以表达一二。

无聊之中，龙长生把那本线装书从行囊中取了出来，翻来覆去读了几遍。那是一个没有写完的故事。至于为什么没有写完，一种通常的解释是作者在创作中遇到了某些问题，比如生活发生了剧变。在当年那个兵荒马乱、生灵涂炭的时代，有太多的偶然足以压垮一个人。

如果是以往，龙长生也许会认同这种看法。但现在，当他坐在位于茫茫月海边缘的小小观测站中读这个故事时，他的思维变得特别活跃，有了新的想法：或许，这个故事之所以没有写完，是因为作者面对了某种不可名状之事物，以至于陷入无法言说的境地。

月球上的夜晚即将来临。嫦娥基地传来消息，由于近期月震频发，基地人手不够，得等到这个月夜过去之后，才给这个观测站派来新的工作人员，那时龙长生就可以回到基地轮休了。

龙长生要赶在月夜到来前，前往剩下的两个观测点进行检查。

虽然位于月背，但图马环形山的大部分区域属于日照区，视线良好，龙长生的旅途非常顺利。不过，那两个观测点都位于日光无法照射到的黑暗区，那里的天地间笼罩着一片黯淡的阴影。

龙长生让猎鹰号保持匀速，缓缓驶入黑暗区。就在进入的瞬间，一直开启着的通信系统里传来一阵嗞嗞啦啦的声响，一段不清晰的播报传了出来："月震……赤道地区……"与此同时，一阵轻微的震动传递到猎鹰的感应系统。

龙长生只是稍稍迟疑了一阵，就恢复了冷静。这些日子里他已经检测到数十次月震的发生，由于月球特殊的地质构造，大部分月震的强度都很低，不至于产生极大的破坏力，所以他已经见怪不怪了。

前方不远处就是撞击坑边缘的高地，观测点就设在那里。

四周的震动还在持续，龙长生留了个心眼，猎鹰号没有朝高地入口直线前进，而是走了一条之字形的迂回路线。可即便如此，当猎鹰号抵达高地下方的一座陡岩时，意外还是发生了：一旁的陡岩突然剧烈抖动起来，继而，岩体纷纷破碎，朝龙长生的视野里扑来。

龙长生急忙来了个紧急刹停，然后快速朝后倒车，但已经来不及了，一块巨石重重地砸在猎鹰号的前舱盖上，伴随着一阵警报声，猎鹰号不受控制地发生了侧翻，剧烈的撞击随之而来。在一股猛然袭来的剧痛中，龙长生发现四周的一切在缓慢变形、旋转、破裂，时间和空间归于黑暗……

三

龙长生睁开眼，柔和的光亮扑入眼帘。他轻轻活动了几下身体，并没有感到胸闷气短，身上也没有发现伤痕。这让他心里轻松了许多。不过他脑袋还是晕乎乎的，不知道身在何方。

他又闭上眼缓了缓神，然后才再次睁眼四处打量——这是一个素白的房间，和他之前睡觉的房间几乎一模一样。但很快，他的目光触及了对面墙壁上的一幅水墨山水画，只是画面模糊不清，似乎被烟雨笼罩着。

龙长生的脑海里突然蹦出"扶桑看日图"几个字。那是他在那本线装书中看到过的一幅画名。这时，原本模糊的画面开始变得清晰起来，烟云渐渐散去，露出几株遒劲的古树和一轮遥远的太阳。"扶桑看日图"几个大字的笔画线条也渐渐显现出来，下方还现出"八大山人"的落款。

不明所以的龙长生爬起身，走到门边，轻轻一推，门应声而开，出现在眼前的是一座小花园。一侧的花圃中种着凤仙花、绣球花，另一侧则种着数十株梅树，满树的梅花正静静开放，红的像朱砂，绿的像翡翠，白的像羊脂美玉。龙长生顺着花园中那条疏影横斜的小径朝前走去，空气中一阵暗香浮动，让他恍然觉得自己变成了画中人。

花园尽头是一排房间，房门都紧闭着。龙长生试着敲了几扇门，都没有回应。他一时不知道该去往何处，脑海中更是疑窦丛生：自己刚才明明在一次月震中遭遇车祸，怎么转瞬间就到了这个地方？

经过一阵思索后，他在脑海中列出了这样几种可能性：

一、这是嫦娥基地或者另外某个基地的疗养区，自己车祸后被救了过来。

二、这是一个华丽的梦境，自己正身在梦中。

三、这是一个虚拟现实游戏。

此外，结合老白曾说过的话，还有一种可能——自己遇到了"幽魂"，这是对方制造的幻境。但身为一名科学工作者，长久以来接受的理性训练让龙长生首先否定了这种可能性。

而在前三种可能性中，他觉得第二种也应该可以排除——所有的梦境都具有非理性和混乱的特征，而眼前的景象虽然看起来离奇，但每一处细节都那么真实和理性。

第三种呢？如果这是虚拟现实游戏，那自己可能一直坐在自己的小房间里，通过脑机接口，沉浸在一个精心设计的游戏中。那样的话，自己就压根没有登上月球，也没有回过老家，那个年迈的族长也只是游戏中的人物……龙长生不敢继续想象下去。

这么一分析，龙长生选择相信第一种可能性。"有人吗？"他大声呼唤起来。

他的呼唤果然得到了回应——房子尽头的转角处蓦然响起了一阵脚步声，继而，一个人影朝他这边奔了过来。

龙长生大喜过望，但当他看清来的人不是一个医生或者护士，而是一个十多岁的少年时，他又不免有些好奇。

少年奔到他面前，扬着脸笑嘻嘻地看着他。少年的脸上稚气未脱，嘴边长出一层细密的绒毛，头上戴着圆顶瓜皮帽，身上穿着一件式样老旧的短衫。"阿叔，你醒啦？"少年开口道。

"你是谁？"龙长生犹疑地问道。

"我是人。"

少年的话里带着一点儿这个年龄特有的玩世不恭的味儿。这让龙长生稍稍有些不快，他打量着眼前的少年，看起来像是从历史中走出来的。就像那本线装书中的龙必大——根据书中的描绘，他们的年龄应该差不多大。

"没错呀，阿叔，我就是龙必大。不过，在月球上我叫莫布兰。"

龙长生一愣，这个少年仿佛能猜透他的心思。这让龙长生心头涌起一阵强烈的恍惚，真实与虚假的界限又一次在他身处的时空中消弭。

"如果是这样，我们现在所处的，大概就是玉太郎的气球里吧？"龙长生说着，特意用冷冷的眼神看着少年。

少年咧嘴笑着，拍了拍手。"阿叔说得极是！我们现在就是在气球上。不过，这里是月球，玉太郎的气球还不够先进，没办法飞到月球上。"

"所以我们现在搭乘的是月球人的飞球？"龙长生也分不清自己说的到底是不是戏谑之言。

"正是，正是！我带你去廊桥看这天空中的奇景！"

少年说罢，转身顺着廊道跑去，边跑边冲龙长生招手。龙长生不由自主地跟着他，往前走去。

没多久，龙长生就站在了廊桥上，桥头的小亭子就像一座有着透明幕墙的观景点。龙长生想到了那本书中描写的飞桥。他叹了口气，仰头朝上望去，一个硕大的白色气囊漂浮在宇宙的幽暗深海中，气囊下端的燃烧室里，正熊熊燃烧着烈焰，冰蓝色的火舌如同凝固的海浪，映照着下方的荒芜高地和笼罩在阴影中的无边月海。

龙长生很久才把目光从远处收回，转回一旁的少年身上，现在他相信，刚才被他轻易排除的第三种可能性，就是他身处的现实。"所以，这真的是一个游戏？"龙长生舔了舔有些发干的嘴唇，问道。

"阿叔呀，游戏，或者梦，这些说法都可以。庄子不是说过吗？人生天地之间，若白驹过隙，忽然而已。"龙必大抄着手，笑嘻嘻地朗声念道。

"不，我不是这个意思，我说的是真正的游戏。这是一个以那本叫《月球殖民地小说》的书为蓝本编写的游戏。而你，你只是一个被编写出来的游戏代码，被赋予了龙必大的身份和形体。是不是这样？"

"阿叔，你这样说，可就有些不对了。"龙必大哈哈大笑起来，仿佛那是天上掉下来的一个大笑话。

龙长生并没有被他的笑话动摇。游戏中设定的角色不会产生自我身份怀疑，这是所有游戏能够进行下去的底层逻辑。

想通了这一点后，龙长生很快就找到了隐藏在这个游戏中的"金手指"——自己的意识。从一开始，只要他脑海里浮现出某种意识，这个世界就会出现相应的变动：他想到了《扶桑看日图》，那幅画就从混沌变得清晰；他想到龙必大，那个少年的身份就确定了；他想到月球人的飞球，果然自己就在月球上空乘着飞球翱翔。

龙长生还有很多疑问，最重要的一个就是：他自己到底是怎么进入这个游戏的。看来，要揭晓这一点，他需要把这个游戏玩通关。

"既然月球人拥有飞球这样可以进行地月旅行的交通工具，又带你见识了科技发达的月球文明，那你一定不介意带我去看看繁华的月球都市吧？"他问龙必大。

龙必大吸了吸鼻子。"对的，阿叔，当初我刚来到月球时，就被月球城市的繁华惊呆了，到处都是魔法般的科技，比起花旗国也要先进上百倍。我现在就带你过去看看！"

话音刚落，飞球就如同闪电一般，朝着月海深处飞去。

四

几乎就在转瞬间，一座宛如空中楼阁般的城市出现在龙长生眼前。到处高楼林立，流光溢彩，那些流动的车队和闪烁的霓虹，汇成跳动的脉搏。看起来，这和地球上的任何一座大城市并没有区别。这让龙长生有些不满意，他转头看看自己乘坐的飞球。"这应该是一座蒸汽都市，这才能保持游戏场景的一致性。"他这么想着。

果然，随着飞球进一步靠近城市，龙长生满意地看到，无数气球和飞艇正在城市上空飘荡，一堆堆火焰在空中静静燃烧；蒸汽列车在城市外环奔驰，如同吐着浓烟的钢铁长虫；街头巷尾则奔驰着一辆辆式样奇特的蒸汽机车。

站在观景台另一侧的龙必大回头笑道："我们下去吧！"

飞球缓缓朝着下方驶去，城市边缘有一座航空港，停泊着一排排蒸汽飞艇和气球，许多接送旅客的蒸汽机车正在有序地进进出出。

从停车场出来后，他们看到四处云旗招展，游人如织，一派热闹景象。看着来来往往的行人，和地球人并无二致。不过，在那本书中的月球人好像就是这样，救了龙必大的那个月球人少女，就是地球女孩的模样。龙长生这么想着。

这时，龙必大突然对着前面袅袅婷婷地走过的几个女生喊道："库惟伦！"

一个面容秀丽的女生回过头来，笑吟吟地看了看龙长生。当她看到龙必大时，她脸上浮现出亲昵的神情。"莫布兰，是你喔，快来！"她叫道，声音如同银铃般颤响。龙必大兴高采烈地朝她奔了过去。

看着龙必大的背影，龙长生不由得哑然失笑——自己刚刚想到了月球女孩，库惟伦就出现了，龙必大才招呼都没和他打一声，就被这个月球女孩引过去了。这都是自己胡思乱想导致的。

龙长生干脆顺着街道闲逛起来。街上行人摩肩接踵，一辆辆蒸汽机车在人群中驶过，坐在前面的驾驶员用大声吆喝代替鸣笛，车厢后方的黄铜排气管朝着上空喷出一股股蒸汽，空气黏稠而闷热。龙长生走了一阵子，就走出了一身汗。他竭力让自己保持冷静，想从行人车辆和路边的店铺里寻找一些异常线索，却不知道从何入手。

正在龙长生信步而行时，前方突然出现一阵骚动，许多行人都朝着那里的一个广场聚集过去。龙长生抱着看热闹的心态，也跟了过去。然后，他看到了那个停在广场中央的气球。

龙长生有些吃惊：气球和飞艇不是都停在城外的航空港吗？况且，眼前的这个气球看上去和他之前乘坐的月里飞球并不一样，稍小一些，式样也显得老旧，似乎刚刚经历过一次长途飞行。

龙长生猛然想起了一个人——在那本线装书中，一个曾经帮助过龙孟华的日本发明家——藤日玉太郎。莫非这就是他制造的气球？

刚想到这里，气球下方一扇隐藏的门缓缓开启，一个人影从门后走了出来。他穿着上衣下裤的羽织和服正装，头上戴着一顶礼帽。

"玉太郎！"龙长生情不自禁地喊出了声。

那个人远远地朝龙长生看了一眼，脸上露出喜色，急匆匆地穿过人群，朝龙长生跑了过来。他来到龙长生面前，舒了口气，然后摘下礼帽，鞠了一躬，口里说道："足下可是龙先生？"

龙长生不由得哑然失笑——看来，这个游戏的模式并没有变，变的只是里面的人物和情节。现在既然自己的思维创造出了玉太郎，就应该和他互动一番。

一边这么想着，龙长生一边答道："是的，我是龙长生。玉太郎足下这是在做什么？"

"我呀，正准备进行今天的魔术表演。这次某人的马戏团的演员是来自水星的嗜热蠕虫，它们可是太阳系绝无仅有的'生物画家'。"

"生物画家？"龙长生倒是头一回听到这么奇怪的词语。

玉太郎嘿嘿一笑，解释道："那些嗜热蠕虫体内有一套特殊的生物化学反应系统，通过我研制的显影剂，可以直观地呈现在大众面前，看起来就像一位绘画大师在即兴创作。它们创作的画卷，售价可是越来越高哩！"

龙长生吃惊地看着眼前滔滔不绝的玉太郎，在他的印象中，玉太郎应该是一位一心想用科技来推动人类进步的伟大发明家，可现在的他怎么成了一个变着法儿赚钱的马戏团团长？

"这可是生物科技和艺术的结合！龙先生不介意的话，不妨跟我前去，我让你近距离欣赏那些'天才画家'的创作吧！"玉太郎彬彬有礼地邀请道。

困惑不解的龙长生点了点头，跟着玉太郎往气球走去。一旁围观的人群看着他们，纷纷激动地喊着玉太郎的名字。

不一会儿，龙长生来到了气球里面。那是一个宽敞的大厅，已经被改造成剧院式的表演大厅。大厅中央陈列着一个有着透明幕墙的巨型容器，里边有一条披羽长蛇般的生物，正无聊地扭动着身体，嘴里不时喷出一股热气。

"这就是嗜热蠕虫？"龙长生看着那条长虫，好奇地问道。

"是的，为了捕获它，我失去了两艘狩猎气球呢。"玉太郎炫耀地说道。

长虫的头部长着两排眼睛，现在正用其中一对眼睛死死盯着龙长生，那古怪的 W 形瞳孔里似乎随时会发射出一团烈焰。这让龙长生有些不祥的预感。

"好啦，再过一阵子，表演就要开始了，现在可以放观众进来！"玉太郎转身对着门边的两名服务生说道。

服务生点头称是，然后走出门去，开始招呼大家有序进场。

"可是，我有一件事不明白。"趁着这个时机，龙长生开口道。

"龙先生请讲。"玉太郎脸上带着耐心的笑容。

"阁下是大名鼎鼎的发明家，矢志于推动人类文明进步，怎么会想着来做这件事？"

玉太郎哈哈大笑起来。等到笑声停歇后，他长吁了一口气，正色说道："龙先生的问题很好。我的前半生确实是相信科技足以让人类获得光明的未来。可后来，我制造出了可以在太阳系航行的超级飞球，事情就开始发生变化了。"

"什么变化？"龙长生追问道。

"我去了水星、木星、土星，甚至去了太阳系边缘的柯伊伯带，也见识了一些以前从未能想象到的星际文明。这时，我才发现，原来困扰着我们地球人的那些问题，也困扰着那些星际文明的智慧生命。我们想着凭借科技摆脱贫困，摆脱社会的不公，摆脱人心的阴暗，但我们做不到，他们也没有做到。"

"就因为这个，你就彻底改变了自己的愿望吗？"

"用改变这个词还不够准确，应该说彻悟！过去种种譬如昨日死，未来种种譬如今日生。我彻底了悟了人性与文明的真相，然后决定做一件以前的自己最不可能做的事。"玉太郎神秘一笑，"我列出了十个选项，最终选择了现在的这个行当。"

龙长生对他的这个说法并不满意，但这时，又是一阵骚动传来。刚开始龙长生以为是观众进场了，但转瞬间他就意识到，骚动不是从大门那边传来的，而是来自场地中央的巨型容器。

他惊惶地一转头，正好看到那条嗜热蠕虫的身体正在瓦解，变成了一种黏稠的黑色物质，顺着透明幕墙迅速蔓延开来。不一会儿，伴随着一阵哗啦啦的巨响，透明幕墙裂成无数碎片。

"那条蠕虫出事了！"龙长生大叫。

玉太郎的脸色变得一片惨白。"完了！"他哀叹了一声，拔腿就朝大门口跑去。龙长生也赶紧跟上了他的步伐。在他们身后，黑色物质正在表演大厅里四处流淌，所到之处，气球的各个部件纷纷溶解。

龙长生跑出了大门，玉太郎正从人群里往外冲，边冲边大叫："这个世界要完了，赶紧逃！"

原本打算进场看表演的众人先是纷纷愣住，继而，伴随着一声声尖叫，人群四处惊慌逃窜，蒸汽机车也纷纷鸣笛。慌乱的气息迅速传播开来。

龙长生一边跟着人群奔逃，一边回头看了一眼，只见街道尽头的一座座楼宇、一段段路面也在纷纷瓦解、消失。

"这只是游戏，我可以控制它！"龙长生竭力安慰自己，他试着改变游戏场景，比如让倾塌的城市变成一片草原，或许就好了。但他在脑海中发出几次指令后，眼前的场景却没有出现变化。直到这时，龙长生才彻底慌了。

"龙必大！莫布兰！你在哪里？"他大喊起来，这个时候，或许只有那个作为引导者的少年才能提供帮助。

就在这时，四周的场景猛然转变，那些疯狂鸣响汽笛的蒸汽机车、尖叫的行人、四面林立的高楼、店铺，和那侵蚀城市的黑水，统统消失了，取而代之的是一个人形幽魂，它出现在龙长生面前，形体在不停膨胀，所到之处，空间被吞噬。

五

龙长生猛然想起老白的并述，原来他说的都是真的，这颗星球上果然存在着这种事物，它无法定义，无以名状，姑且称之为幽魂。

幽魂的形体还在不停扩充，几条触手离龙长生越来越近，似乎下一刻，它就将吞噬龙长生的身体。"快停下！"龙长生情不自禁地大叫。

幽魂果真停止了膨胀，形态却依然不断变化，表面不停冒泡，就像有无数生命在某种灰暗的能量场中挣扎。

"你是谁？"龙长生克制着内心的恐慌，继续与他互动。这总比什么都不做好。

"混沌、幽魂、月球人，你们种族给了我们太多命名。只要你们想得到，我们就能以对应的形态出现。"

"所以，你现在的形态，其实是我想象出来的？"龙长生从他这番话中发现了漏洞。

"如你所愿。"

这番话给了龙长生信心，他脑海中再次闪过那个念头：他想让这个可怕事物消失……

"你最好不要有这样的念头。你依然跳不出我执，所以一直都没理解真相。"

幽魂的声音如同雷霆怒喝，那可怕的震慑力让龙长生不寒而栗。他仔细思考了一阵，猛然醒悟过来："你是说，这一切并不是我的创造，而是你，你在感知了我的思维之后，创造出来的假象？"

幽魂的怒气这才稍稍平缓了一些："总算是还有点儿智慧。"

"所以，这也并不是一个游戏？"龙长生四顾茫然。

"这不是你想象中的那种游戏。你现在经历的一切，都是我为了拯救你而创造出来的。我原本可以让你继续看看曾经的月球城市的幻境。不过，时间快到了。"

"什么意思？"

"我可以让你看到真相。"

幽魂的话说完，龙长生眼前的景象迅速变化：一道黯淡的光在前方亮起，借助着这微光，他能看清四周是一堆杂乱堆积的石块和变形的金属梁柱。吃惊不已的他竭力指挥着自己的手脚动起来，但四肢没有一点儿知觉。他习惯性地低头去看自己的身体，却发现头部也无法转动。挣扎了好一阵子之后，他的一只眼睛才在眼眶里转动起来。借助着视网膜上的余光，他看到了一具残缺的肢体，大部分和已经挤压变形的月球车粘连成一团。

那个场景转瞬即逝，龙长生再次回到了坍塌的城市街道，和幽魂面对面。

"我、我怎么啦？"他差点儿被吓得魂飞魄散，不禁惊惶地大喊。

"那场月震的强度并不大。不巧的是，你正好位于震源中心区域。月球车没能抵挡住岩石的冲击，无法保护你。好在你的大脑还保留完整，意识还没完全消失。我已经替你发出了求援信息，救援队正在赶来的路上。"

"所以……我刚刚在飞球上的经历，见到的龙必大，还有现在和你的对话，都是在我的思维里进行的？"龙长生的语气里透着绝望。

"以你们地球人现有的医疗技术水平，只要你还没有脑死亡，被救援回去后，还能通过移植义体而活下来。"

这可怕的真相如同一座大山，压得龙长生简直透不过气来。他在登陆月球时，曾经设想过月球生活的多种可能性，只是在所有可能性中，都没有眼下正在经历的这一切；他曾遐想过自己通过月球之行，在宇宙射线研究方面开辟出了一条新路，赢得更大的名声，完成一次人生的飞跃，但绝不是义体飞升。

但眼下，他不能任由沮丧将自己仅存的思维击溃。何况，那个幽魂还在，正在洞察和分析他的反应。在这不可名状的力量面前，他身为人的理智暂时驱散了无边无际的绝望。

"你刚才说，你就是月球人？"

"是的。你所见的蒸汽城市，就是我们曾经建立的月球文明的象征。"

"那怎么现在全都没有了？现在这里只是一颗荒芜的星球！那么辉煌的文明，怎么可能在短时间内灰飞烟灭？除非……"

"你想的没错。这是我们种族的有意为之。我们完成种族提升后，把曾经创造的一切文明痕迹全部销毁了，尘归尘，土归土。"

这番话让龙长生觉得匪夷所思。不过，更加令他错愕的是幽魂接下来的叙说：

早在地球文明出现之前，月球人就发展出一种独特的蒸汽文明。他们利用蒸汽作为动力，创造了各种堪称魔法的技术，并参与到人类文明的发展，从而留下诸多神迹股的传说：嫦娥奔月时乘坐的其实是来自月球的蒸汽飞车；而在印度史诗中，他们更是以数千雷霆战车参与了人类的纷争。至于偶然救了少年龙必大，更是经常发生的小事。

是的，一直以来，他们都在观察和干预地球文明的发展。对地球上的人类，这个同处太阳系的近亲种族，他们抱有复杂的感情。这不仅仅是怜悯和关照，他们还想通过对人类的观察和干预来反观自身，他们把地球文明当作月球文明的镜像，在人类的孤独里看见自己的孤独，也在人类的贪婪、残暴与争斗里看见住在自己心里的恶魔。

如今，曾经雄心勃勃的人类向外开拓的脚步被无法突破的光速束缚，基础科学在经过几次大爆发式发展后，渐渐陷入停滞。而在很久以前，月球人的科技发展也遭遇了同样的困境。在经历了数千年的停滞与自我怀疑后，月球人最终意识到，那条科技路径的尽头是绝境，同时它也不足以驱散内心的孤独。从那以后，他们将更多的资源和精力转向另一条路径，即对自身的改造。

得益于月球狙特的环境，这个种族的生理进化比较特殊，机体对呼吸作用的依赖并不大。这成为他们后来进行自我改造的一个突破口。在经历了一次科技与生命的重大革命后，他们将自身转变为一种变形合成人。但这还不够，他们继续进行更大胆的改造，最终成功地让自己的机体组织在原子层面发生了变形。物理法则对生命的限制被突破后，时间的牢笼也随之消失，他们由此成为龙长生所看到的幽魂。但如果有需要，他们也可以汇聚成其他更好理解和辨识的形态。

"诸行无常，诸法无我。能量流转不息，生命亦不死不灭。我们做到了。"幽魂说到这里，突然静止了一下，然后开口道，"救援队已经在离这里不远的路上了，还有十多分钟，他们就能找到你。我们告别的时候也到了，临别前，我再送给你一个小礼物。"

一股汹涌的意识朝龙长生的大脑涌来。某一个瞬间，龙长生发现自己正骑着青牛，在漫天风沙中循着那条看不见的道，朝前走去；下一个瞬间，他在菩提树下结跏趺坐，感受着来自天地深处的涅槃寂静；接连而来的无数个瞬间里，他成了龙必大，那个故事中的少年，在一本线装书编织的世界里闯荡。

不知何时，一个遥远的声音响了起来："龙长生，龙长生！你还听得见吗……"

尾　声

经过了几次漫长而折磨人的手术，龙长生的头颅被移植到一具义体上。又经过了半年的休整和适应训练，龙长生重新上岗。工作之余，他还是喜欢独自驾着月球车在广袤而荒凉的地表漫游。

这具全新的躯体让他充满新奇感。他身上布满传感器，可以接收到四周的任何一丝动静，现在的他，在和宇宙万物的交互中感受到一种从未体会过的宁静和惬意。他一直在留心搜索那些幽魂的蛛丝马迹，但始终没接收到有用的信号。有时候，他会怀疑，那次和幽魂相遇的经历只是一场梦，是自己处于昏迷状态时大脑思维的一次"自我放飞"。不过，更多时候，他坚信那些幽魂是真实存在的，他们就在这颗星球上的每个角落出没，在过去和未来的所有时间里飘荡，只是不想被人看见。

龙长生还是无法确定，月球人对真相的寻求和所做出的选择是不是正确的。"正确"又该如何定义？此外，他还有另一个疑问：龙必大为月球人所救，见识了月球文明的景象，后来怎么样了？如果能再次遇到幽魂，他或许应该问一问。不过再一想，这个问题好像并不重要。想必，少年龙必大虽然和自己生活在不同的现实里，却在相通的血脉驱动下，在寻找答案的漫漫长路上踽踽独行。

杨贵万续本：月宫往事

作者简介

杨贵万，云南省曲靖市会泽县人。2014 年毕业于昆明理工大学，主修专业化工工程与工艺，主要创作方向包括科幻小说、思想性小说等。

故事梗概

在库惟伦和龙必大治好玉太郎的病症及开示如何建造新的航天器后，藤田玉太郎、濮玉环、李安武、李幼安、唐蕙良、鱼拉伍及其妻子色来因一行七人乘着建造好的苍穹号登月器降落在月球人的殖民生活点附近。经过月球文明一番测试后，唐蕙良、鱼拉伍及其妻子色来因不被许可进入，被送回地球。藤田玉太郎、濮玉环、李安武、李幼安和龙孟华一家三口及宗虹留了下来，在月球上与月球人探讨学习个人和国家及文明的生存与梦想问题。

第一回　玉太郎痴行脑昏迷，龙必大求助库惟伦

却说那锦衣童子回到月球后，即刻就把玉太郎受伤昏迷不醒的消息告知了龙孟华一家三口。

龙孟华焦急地说道："夫人，孩儿，玉先生如今生命危在旦夕，我想回去探望一番，帮忙寻找名医。"

凤氏没有如丈夫一样，因担心而不知所措。她的神志依然保持清醒。

"孩儿，你玉叔叔应当是为改造气球的事情而脑瘫昏迷，你看能不能请求凤鬟帮忙。"

凤氏遥望着窗外，看了看悬挂在月空的地球，又朝着凤鬟的家里凝视着："想必目前的地界上没有什么好办法了，也许只有先进的月球人能帮上忙。"

"娘亲，爹爹，我现在就去找库惟伦（凤鬟）商量。"龙必大没有耽搁，快步走了出去。

在去往库惟伦家的路上，龙必大和库惟伦接通了可视电铃，把玉太郎目前的病情一并告知。

五分钟后，龙必大赶到了库惟伦家里。库惟伦在听闻了锦童、凤夫人、龙必大对玉太郎病情的介绍后，认为他是已经觉醒追求进取的人，在要不要救玉太郎这件事上不用思索。

而对于玉太郎的病情，稍一思索她已经有了尝试的办法。

看着龙必大急迫的表情，库惟伦安慰道："Mobran, ton oncle jade ira bien, n'aie pas peur.（莫布兰，你的玉叔叔会好起来的，别害怕。）"

"库惟伦，你已经想出救治玉叔叔的办法了？"龙必大向库惟伦确认着，目光中充满期待。

库惟伦微微点了点头，温和地说道："没有百分百的把握。但是我认为医治好的概率还是挺大的。"

一想到玉太郎叔叔的病有救了，龙必大悬着的心终于放了下来，同时回想起库惟伦好久没和自己说月球人自己的语言了。

怎么突然就说月球人自己的语言了呢？龙必大寻思一番后，还是没明白库惟伦的用意，随后直接向库惟伦询问道："你刚刚怎么突然说你们的语言了呢？一直以来你说的不都是汉语吗？"

库惟伦道："你要学习我们的文化、制度、技术、思想、历史、生活，你得进一步学会我们更多的词语及适应我们的发音。"

龙必大明白了，就像自己虽然出生在纽约，学习的是英语，但母亲和自己交流时基本上还是用汉语，引导着自己去理解汉语和汉文化。

随后，库惟伦开始和龙必大一路朝着月球医疗器材中心走去，同时也在路上简单讲解起了生物医学的技术和常识。

在听到库惟伦打算用心病还需心药医、解铃还须系铃人的办法时，龙必大觉得这办法也是可行的。

"如果你们扁鹊的医传没有丢失和被轻视，也许你们地界下面的人今日也是有办法的呢。"库惟伦感慨道。

"是的呢，有些病需要扁鹊的法子，有些病需要用华佗的法子。有些病需要猛药，有些病缓药也行，有些病既需要猛药也需要缓药。"龙必大回应着库惟伦，同时陷入沉思……

除了医学，我们的文明和技术不也是一样的吗？中华民族率先发明了四大发明，可是时至今日，地界上的清帝国，徒有帝国的表，却没有帝国的里……

库惟伦看出了龙必大的心思，说道："虽然你们地界上的一些华人，都认为是你们大清的自大和无知造成了今日中华民族的窘迫，但我不那么认为。"

"那你是如何看待的呢？"龙必大说。

"我认为造成这些结果的原因，除了清帝国本身的原因，还要推敲到你们明朝身上。"

　　不知不觉间，他们来到了圆形广场，遇见了库惟伦的兄弟姐妹，华惟伦三人正在兴致勃勃地尝试新衣服。

　　"新衣服穿起来感觉如何？"库惟伦和华惟伦、勃耳兰及勃耳芙打了声招呼。

　　华惟伦看了一眼龙必大，知道妹妹用汉语交流是为了照顾龙必大，于是也用汉语说道："呼吸比以前更顺畅了，还可调节温度呢。"

　　勃耳芙脸上全是对新衣服的满意与喜爱，同时跳了起来，给库惟伦和龙必大展示着。见两位姐姐都用汉语交流，他也用汉语道："更轻便了，可操作性也更强了。"

　　库惟伦温柔地看着龙必大，亲切地说道："还记得，我和你说过的，你们地球的重力和月球的重力是不同的吧。"

　　"我记得呢，只有六分之一。"龙必大说。

　　勃耳兰看出他们没有想停下和他们一同尝试新衣服的心思，同时也看出了龙必大眼中的焦急，于是也用汉语问道："你们这是要去哪里？"

　　"医疗器材中心和圆球制造厂，莫布兰地界的玉叔叔成了植物人。"库惟伦回应道。

　　勃耳兰关心地说："你们的衣服太笨重了。要不我赶去那儿，其他的你发消息给我吧！"

　　库惟伦点点头，同时把需要的医疗器材和药物及其他一些东西发给了勃耳兰。

　　"那我走了，库惟伦。记得提前联系去往地界的气球，救人要注重时间的重要性和紧急性。"勃耳兰嘱咐道。

　　"兄长，已联系好了。"库惟伦回应着热心肠的哥哥，同时回想起哥哥在父母外出时对自己、对姊姊华惟伦及弟弟勃耳芙的关心照顾。

　　接着，只见勃耳兰身着新衣服，轻轻一跃便短暂地悬浮在空中。他灵活地操控着新衣服，喷射出一股股气流后，转瞬间，他就如同离弦之箭般迅速飞驰而去。

龙必大经过和他们朝夕相处了这些日子，对这些新机械新发明也不陌生，也有了初步理解。譬如中国神话传说的千里眼、顺风耳，目前月宫上的电铃及天文望远镜都可实现了，而且功能有过之而无不及。

库惟伦看出妹妹及龙必大也都有想尝试新衣服的心思，但一想到目前他们身处室外，而月轮上没有可供他们呼吸的空气，也不好把新衣服脱下来让他们尝试。

她沉思了一下，突然有了主意，对着勃耳芙道："耳芙，你拉着莫布兰，我拉着库惟伦，看看能不能让他们也感受新衣服。"

"好的，姐姐。"勃耳芙回应道。

随后，他们站成一排，华惟伦及勃耳芙在最外侧，库惟伦和龙必大站在中间。库惟伦和勃耳芙操控着新衣服，喷射气流，没多久，他们就飘浮在空中了。

操控着衣服喷射气流的方向，他们一会儿朝前飞行，一会儿朝后飞行，一会儿向上提升，一会儿向下降落……

龙必大看着悬浮在空中的蓝色母星，再一次感受到人类的渺小，原来我们一直生活的地球是一个球体，原来天空远比我们想象的大得多，甚至不能想象。

在晴朗的中秋节，在地球上看月亮，像一个明亮的大圆盘，而此刻看地球，却像一个蓝白色的大碗倒扣在天空之中，稍有差别的是，此刻地球看起来是大圆盘的三四倍大。

而此时看太阳，再也看不到黄光和红光，而是一个发出耀眼白光的大圆盘。在地面时，龙必大只知道，太阳比地球和月球都大，可是来到月球以后，库惟伦给他看了一些动画和字画后，他被震撼到了，我们看见的小小太阳，远比我们的地球大得多了。

"这世界太奇妙了，我的祖国中国现在是夜晚，想不到月球这儿现在却是白天。"龙必大说。

"因为星球的自转，你的出生地美国现在是白天，月球另一侧却是黑夜。"库惟伦则引导着龙必大把事情看得更远一些。

以前龙必大不理解，经过库惟伦耐心的解释和演示，他已经明白了其中的奥妙。

在地球东半球中秋节的晚上，地球、太阳、月亮处在一条线上，地球在中间，太阳和月球在两侧，地球东半球是夜晚，西半球是白天，月球面对着地球一面是白天（温度高，太阳光能够照射到），而背对着地球的一面是黑夜（温度极低）。

地球上昼夜交替是一天，而在月球上是 27 天，那意味着地球上农历的八月十六的清晨，东半球就可以再次看见太阳，而他们在月球上目前的这一面，得到九月初一太阳才消失。

不一会儿，他们就降落回地面。库惟伦看着姐姐，说道："听爸爸说，新衣服主要是为了调节温度。"

华惟伦道："听说在高温时可以调节到 308K。"

"可惜月表刚升温，还需要等三天后我们才能尝试新衣服的温控调节效果。"勃耳芙说。

正在他们说话时，勃耳兰也赶了回来，同时身上多了一个医疗箱和一个杂物箱。

快到他们跟前时，勃耳兰操控着衣服，向地面喷射出几股气流后，他缓缓地落在月表上，龙必大则快步走了上去，接过勃耳兰身上的医疗箱及杂物箱。

嘟嘟嘟……龙必大发现库惟伦给他的可视电铃上传来了消息声。他打开看了一下，是父亲和母亲发来的，询问有没有找到治疗的办法。

龙必大这时才想起来，自己一忙竟然忘记告诉他们好消息了。

他打开了电铃和母亲开启了可视聊天，抱歉地说道："娘亲，爹爹，库惟伦已经找到办法了，我忘记告诉你们了。"

可视电铃的另一端，龙孟华眉头一展，兴奋地说道："那我们赶紧返回地球，救你玉太郎叔叔。"

就在这时，库惟伦也收到消息：目前没有专门去地球的客运圆球，只有一个货运圆球及两个座位。

库惟伦朝龙必大走了过来，轻声说道："目前去地球的，只有一个货运圆球及两个座位。"

龙孟华一听到只有两个座位，眉头又紧锁了，经过夫人凤氏一番的劝说后，他才答应让库惟伦和龙必大前去救助玉太郎。

正是：心病还需心药医，解铃还须系铃人。

欲知后事如何，且听下回分解。

第二回　命悬一线转危为安，梦里开示制造圆球

却说经过 101 个钟头，圆球终于到达地面，驾驶员把圆球停靠在了凤飞崖玉太郎夫妇的制造厂前。

库惟伦和龙必大从圆球里缓缓走了出去，而听闻圆球降落时发出的声音，濮玉环等人也急忙走出门来迎接龙必大他们。

鱼拉伍一只手示意龙必大把箱子给他，一面说道："你就是龙兄的令郎吧。"

"小子龙必大，见过鱼叔叔。"龙必大给鱼拉伍行了一个礼，没有半点扭扭捏捏，爽快地把箱子递了过去。

倒不是他不客气，而是龙必大他们刚降落地面，还需要适应一下地球地表的重力，看见龙必大脸上一副想要快一点儿走，但脚却不听使唤而是一步一步地挪动时，濮玉环猜出了他还没有适应地球的重力。

濮玉环对着鱼拉伍说道："鱼大哥，你背着龙必大侄儿，把箱子给我，估计他还没适应地球的重力。"

鱼拉伍二话不说，就把龙必大背了起来，接着提起箱子，同时回头对濮玉环说道："箱子也不重的。"

随后他们一行人开始朝屋里走去，趴在鱼拉伍背上的龙必大，歪着头，看着濮玉环，道："玉环姨母，玉叔叔怎么样了？情况没有恶化吧？"

濮玉环道："还在昏迷中。"

他们来到玉太郎床前后，鱼拉伍把医疗箱递给了库惟伦。

库惟伦打开箱子，从里面取出一瓶药剂和一个针管。和鱼拉伍交代一番后，鱼拉伍拿起针管，吸取玻璃瓶里面的药剂，挽起玉太郎的手臂上的衣服，朝手臂上的静脉注射了药剂。

库惟伦则拿出一个圆球形机械，摆弄几下后，只见圆球形机械，发出几束光芒，照射着玉太郎的身躯。

接着，库惟伦又拿出一个装有几枚银针的盒子交给鱼拉伍，朝鱼拉伍示意，告知银针分别插在那些穴位上。

濮玉环记得上一次来时，库惟伦和龙必大交流时还用他们听不懂的语言，现在库惟伦竟然在这么短的时间就把汉语说得这么好，顿时感觉不可思议。

库惟伦环顾了卧室一圈，嘱咐道："一会儿治疗时，不能闹出动静来。请各位保持安静！"

鱼拉伍和濮玉环商量一番以后，色来因、唐蕙良及李安武、李幼安等人默默走了出去，屋子里只留下鱼拉伍、濮玉环、龙必大、库惟伦和昏迷不醒的藤田玉太郎。

库惟伦突然想到亲人和植物人之间的身体接触，也能起到一定的作用，对龙必大说："莫布兰，告诉玉太郎的夫人，最好再牵着玉太郎的手。"

龙必大和濮玉环一番交流以后，濮玉环坐在了玉太郎床前，两只手牢牢地握着玉太郎的一只手。

没多久，银针都插好后，库惟伦拿出一个长方体的东西插在了圆球上，在圆球上触摸点击几下之后，只见几束白光照射着玉太郎。玉太郎的身躯也不断冒着热气……

库惟伦看着圆球上面显示的数据都到位以后，伸出手指做了一个不能再说话的手势，示意大家保持安静。

同时，玉太郎身躯上方也浮现出一块长方形的屏幕：屏幕里玉太郎遥望着月宫，看着满天的乌云，心绪惆怅，嘟囔道："这破气球，怎么有那么多不完全之处呢！什么时候才能去到月球呢？"

玉太郎继续自言自语着："第一次云端的天使告诉我，我的气球有四大不足之处，第一是不能脱出空气；第二是不能挣脱地心的吸力；第三是脱出空气、离开地心的吸力，不能耐得天空的寒气；第四，纵然耐得天空的寒气，被地球外的旋风也吹得张皇无定，不能称心所欲，任便走往各世界。

"前日一个云端天使又告诉我，我的气球不是有四大不足之处，而是有九大不足之处。

"昨日又告诉我，我的气球不仅仅有九大不足之处，而是有十大不足之处。

"那不是永远也去不到月球了吗？那不是永远也去不到月球了吗？"

玉太郎不断重复说着最后面这句话……

一会儿以后，天空中的乌云开始一点点散去。龙必大和库惟伦的身影也出现在屏幕里面。

他们驾驶着圆球，缓缓降落到地面，从圆球里面走了出来，来到了玉太郎面前。

玉太郎看着屏幕上的龙必大，十分不解，问道："咦，龙必大侄儿，你怎么从月球上回来了？"

屏幕里的龙必大答道："玉叔叔，听闻你改造热气球遇到了麻烦，我和库惟伦回来帮忙。"

"那你父亲和母亲，在月球上还安好吧。"屏幕里的玉太郎说道，同时脸上惆怅的表情也渐渐淡去。

"都安好呢，只是他们还需要一段时间适应。我娘亲还好，接受得快，适应得也快，爹爹适应得慢一些。"

龙必大又继续道："玉叔叔，我先给您介绍一下库惟伦圆球吧。"

玉太郎微笑着："那敢情好。为这事，我正头痛呢，都已经茶不思饭不想了。"

随后龙必大他们面前出现一大一小两个圆球，大的圆球看得见外表看不见里面，小的圆球却是透明的，里里外外都一清二楚。

龙必大指着圆球的外壳说："玉叔叔，这是隔热瓦，下面是一种不同于铁和铜的材料，是一种在铁和铜的基础上合成的新材料。"

玉太郎一下子就明白了，恍然大悟，说道："原来你们这个不是热气球。难怪我左试也是错，右试也是错。"

"只是看起来和热气球类似。其实，它是一个辅助升降和辅助加速减速的装置。"龙必大解释道。

龙必大继续给玉太郎叔叔介绍道："改进的新材料是基础结构材料，下面还有一层减震减噪的材料。"又指着顶端两台机械，说，"那是换热器。"

接着，龙必大指着下方一块屏幕说："那是圆球参数显示器（压力、温度、飞行速度、高度、燃料剩余量、磁场强度、总质量、发动机转速、冷却器运行状态等）。"指着一块宽一点的屏幕说，"那是平衡显示画面。"指着高一点的一块屏幕说，"上面是呼吸气体浓度参数。"指着一件衣服说，"那是防辐射及可以在月表上呼吸的衣服。"

听闻龙必大对新衣服的介绍，玉太郎不禁一惊，纵使去到了月球，如果没穿上可呼吸的衣服，恐怕没多久就要葬身在月球上了。

玉太郎没有说话，等着龙必大的介绍。

龙必大指着座位前的几个扶手，说："那是加速扶手，那是减速扶手，那是转向扶手，那是点火按钮，那是熄火按钮。"

接着，他指着圆球一侧的三个伸缩支臂及一个伸缩梯子，说："它们是着陆架和登陆梯。"

玉太郎没有说话，也没有太多情绪的波动，似乎这些设计他也考虑到了。

龙必大继续自己的介绍。他指着圆球最顶端八个有喷射口的机械，说："那是氦-3燃料发动机。"

玉太郎有些迷惑了。他问道："什么是氦-3燃料发动机？"

屏幕里的库惟伦和屏幕里的龙必大交流一番后，龙必大说道："就是地球上内燃机的升级版和强化版，通过控制氦-3和氦-3碰撞，产生能量，再利用反冲技术控制加速和减速的一种发动机。"

库惟伦预料到玉太郎听到这个问答后会更加不解和疑惑，于是把手里的一筒图纸递了过去。

玉太郎接过去，看了一眼是圆球的设计图纸，心中大喜，只要有了设计图纸，就算对他来说重新设计登月器很难，但第一个大问题就有解决方案了。

可是，氦-3去哪里获得呢？他又开始犯难了。

库惟伦似乎也提前预料到了玉太郎的第二个想法，于是把一个密封完好的金属盒子递给龙必大，并耳语了一番。

龙必大把盒子递给了玉太郎，说道："库惟伦说，这就是氦-3燃料，足够一艘圆球往返地月之间一次及数十次环地飞行尝试。"

接过金属盒子的玉太郎，终于如释重负，如痴如醉地研究起了图纸，忘却了周围还有龙必大和库惟伦。

龙必大猜想为什么动态画面里库惟伦一直在和自己交流，再让自己转达。突然，他明白了库惟伦的真实用意——那是在暗示如果两个物种之间不能用语言及文字交流，将如何交流呢？

濮玉环则抬头看着现实中的龙必大及库惟伦，有几分疑惑。

正在这时，屏幕中突然出现濮玉环的身影。濮玉环浮现在空中，大声对着玉太郎喊道："太郎，太郎，快醒醒，快醒醒……"

喊了大半天，现实中的玉太郎还是没有反应，而屏幕中的玉太郎还是继续看着他的图纸。

现实中的濮玉环也加大力度紧紧握着玉太郎的手，另一只手不断抚摸着玉太郎的脑门。

与此同时，屏幕中突然出现一颗小行星，飞速撞向地球。

屏幕里濮玉环的声音越来越大，在空中回响着。不知是火光的刺激，还是濮玉环的呼喊，屏幕里的玉太郎，终于不再沉醉。

看见火球和濮玉环后，玉太郎开始一纵一纵地跳着，但跳了好久，还是没有远离地面，眼见火球就要坠落到大地了，他闭着眼睛，打算用尽最后的力气，奋力一跳。他终于来到了空中，来到了妻子濮玉环身边……

这时，躺着的玉太郎微微睁开了眼睛，四肢也渐渐有了知觉。

"太郎，你总算醒过来了。"濮玉环欣喜地说道，脸上露出如释重负的表情，随后又温柔地看着玉太郎，"现在身体有没有不舒服的感受呢？"

玉太郎看着温婉善良的妻子，似乎也明白自己睡了好久，模糊地想起自己从热气球上卓落下来的画面。

"很抱歉，玉环，让你受惊了。"玉太郎一脸歉意和惭愧地看着妻子。濮玉环也顾不了许多，伏到了玉太郎胸前。

龙必大和库惟伦呆呆地看着玉太郎和濮玉环，一个脸上露出几分轻松的表情，一个脸上露出几分自豪的表情。

鱼拉伍看见玉太郎气色好了许多，看见他们恩爱的样子，拉了拉龙必大，示意他们出去暂避一下。

龙必大的天赋是不错，虽然才八岁，但已表现出很多同龄孩子所没有的勇敢和机警。他很快明白了鱼叔叔的意思，也拉了拉库惟伦。库惟伦也反应了过来。然后，他们一起走了出去。

他们来到外间时，看见大家焦急的样子，正想告诉大家好消息时，众人却抢先说话了。

李安武道："鱼先生，太郎没事吧？"

唐蕙良道："鱼先生，玉先生醒来了没？"

李幼安先是瞥了一眼龙必大，接着又以好奇和疑惑的目光仔细打量了库惟伦一番，微笑着对龙必大说道："我是李幼安，她是来自月球的库惟伦吧？"

龙必大注视着李幼安，回应道："库惟伦很善良，也很机智。我也常听爹爹称赞幼安哥哥你。"

在和父亲相遇以后，父亲告诉他，李安武伯伯一家和玉太郎夫妇，以及鱼拉伍叔叔都帮了他们很多忙，告诉他对那些有恩于他们一家的要深深铭记着。

看着他们焦急的样子，鱼拉伍笑着说道："没大碍了，已经醒过来了。他们夫妻正在里面恩爱着呢。"

半刻钟以后，濮玉环走了出来，吩咐厨子做几个玉太郎平时喜欢吃的清淡菜送上来，又告诉丫鬟熬一点儿粥。

想到最近这些日子大家的担忧及帮忙，她真诚地说道："感谢大家这段日子里的帮忙和照顾，玉环和太郎感激不尽，日后有需要我们夫妇的，言语一声。我们定当竭尽全力。"

库惟伦用自己的母语和龙必大交谈一番以后，龙必大把后续护理及恢复相关的事项都嘱咐给了鱼拉伍和濮玉环，同时打开杂物箱，把他们在月球上定居点的位置图、一个导航用的电铃、一个金属盒子及一捆图纸交给了鱼拉伍和濮玉环。

然后，龙必大和库惟伦搭乘着另一艘货运圆球返回了月球……

正是：奢华浮生一场梦，有得有舍伴人生。

欲知后事如何，且听下回分解。

第三回　一行七人奔赴月球，穿云越暗平安着陆

却说玉太郎经过鱼拉伍后续两周的治疗及濮玉环精心的照顾，身心基本痊愈，而且恢复到没有生病时的状态，也没有落下什么后遗症。

濮玉环本想和丈夫出去旅行散散心，但玉太郎立马开始着手准备登月的事项，打算重新设计、建造和组装新的登月器。

经过大半年时间数十次的实验尝试后，玉太郎、濮玉环、鱼拉伍三人花费了毕生积蓄，终于在 1905 年 8 月一起合作制造出了一艘简易的登月器。

登月器不似之前的气球一样空间敞亮布置奢华，也没有客厅、气舱、体操场、卧室、餐间。同时，为了克服地球吸力、大气层及外太空的温差与压差、太阳直射的辐射、与大气摩擦产生的热量及震动声，登月器只有简单的上下床位，驾驶室有引擎室……

因为逃离地球，需要克服地球吸力做的功课太多，需要耗费的能量和之前也不在一个量级上，所以他们只能减轻不必要的重量，同时登月器上也没有奴仆跟随，只有他们一行七人。

这一行七人分别是：藤丑玉太郎、濮玉环、李安武、李幼安、唐蕙良、鱼拉伍及其妻子色来因。

苍穹号登月器此时正漂浮在海岸边，濮心斋他们正在给他们送行。

"真没想到，我们竟然有机会去到月亮上面。"色来因感慨道，同时含情脉脉地看着鱼拉伍。鱼拉伍则全身上下都散发出满满的兴奋。

十二岁的李幼安则一脸好奇地看着濮玉环，询问道："玉环姐姐，你说月球上会不会也有海洋呢？月球上的植物会不会也是绿色的呢？月球上会有哪些动物呢？"

濮玉环虽然已经从一些书籍上和在望远镜里知道了月球上是没有海洋，也没有植物和动物的，但她没有说出她自己推测和了解到的真相。

她说道："等你去到月球，就知道了。"

玉太郎的心情格外复杂，一方面，他对即将踏上月球土地感到兴奋和激动；另一方面，他也担心这次旅程会带来未知的危险和挑战，尤其是在他最近几次乘着登月器环绕离地球 400 千米高的近地点飞行以后，这种感受越来越深刻，原来飞向太空真的不是一件简简单单的事。

看着晴朗的天气，看着即将升起的朝阳，看着即将面对的新挑战迎接的新生活，玉太郎的担心被激动占据了。

而李安武则好奇月球上的文明是什么样子的，好奇月球上的社会如何运行，好奇月球上的制度是什么，好奇月球上的科技有多先进，好奇月球人是如何认识理解世间万物的，同时也牵挂着一年未见的龙孟华一家三口。

但李安武不仅仅是好奇，他已经有所期待了，他的期待来源于他的判断。

月球文明已经具备太空探索能力，在面对科技制度文化比他们落后的人类文明时，他们还允许地球文明存在着，就说明月球文明不是野蛮者文明，月球文明应当是践行包容民主共和的文明。

"大哥，家里面和会团的事情，就有劳你多多费心了。"李安武和濮心斋做着登月前的告别。

濮心斋看着妹夫、女儿、女婿、外甥及唐蕙良、鱼拉伍夫妇，则有几分担忧，因为在他的认知中还没有人去到这么远的地方。他只说了一句："祝你们平安，也早一点儿回来。"

濮玉环和父亲拥抱了一会儿，第一个登上了苍穹号登月器。

濮镜新则和李幼安说道："表弟，你可要记着在月球上给我带一块好看的石头回来。"

和众人一一告别以后，他们开始攀着扶梯，去到了苍穹号里面。

送行的濮心斋等人则听从玉太郎之前的嘱咐，在玉太郎一行进入苍穹号里面以后，他们就离开了苍穹号。他们可不想被苍穹号喷射出的热气流熔化蒸发。

发动机尾焰喷射出一股小气流，待苍穹号升到空中以后，喷射出的气流越来越大，苍穹号在前方不断飞行着，突破地球的吸力，后方的紫色火焰则在空中像一条长龙一样绵延不绝……

站在海岸旁观望的濮心斋等人则惊叹不已：原来月球人的科技已经如此先进了，而人类却依然还在大地上互相掣肘着。他们心里面有震撼也有凝重。

才短短一分钟的时间，登月器的高度就已经逐渐攀升到离地表 10 千米的空中，离开了地球大气对流频繁的区域（对流层）。

玉太郎、濮玉环和鱼拉伍三人对飞船下方及外面滚动的云层倒是没有感到多惊奇，因为在数十次的测试和改进中，他们已经见识过了外太空的样子：他们见识到了地球是个蓝色圆球，见识到了从外太空看太阳和从地球表面看太阳是不一样的。他们已经环绕地球轨道飞行了四五圈，再加上此时他们三人正控制驾驶着苍穹号飞行，无心顾及其他事情。

李安武、李幼安、唐蕙良、色来因四人则是第一次离开地面，他们还在适应苍穹号快速提速与周围大气摩擦产生的震动感、颠簸感及大分贝的音爆声。

与此同时，龙必大收到了苍穹号起飞的消息，即刻赶去找库惟伦及勃耳兰。

"他们已经成功起飞了，是吧？"库惟伦关心地问道。

勃耳兰则有几分焦急地说道："快告诉他们把电铃和平衡球、陀螺仪及加速度计连接上。"

"我现在就告诉他们。"龙必大一面回应着勃耳兰，一面用自己的电铃给玉太郎他们发送消息。

勃耳兰道："不及时导航，他们在深空中会迷失方向。你们的思维受静态思维影响太严重了。"

收到消息后的玉太郎，及时把电铃的导航功能开启，同时把电铃和平衡球、陀螺仪及加速度计都通过月球人给的端口连接了起来。

"当他们的电铃启动导航功能时，就在向我们月球上的接收器反射无线电波。我们的接收器接收到电波后，就能判断他们相对于我们的位置。"勃耳兰给龙必大解释着。

看了一眼似乎还没听明白的龙必大，他又补充道："我们的接收器向部署在地球的卫星通信器发送消息，确认地月之间的位置，两个相对位置确认了，不断修正偏差，它们才能被月球捕获。"

库惟伦道："看来他们还是要先学会怎么造火箭，才能跳到核聚变那一步。不然会有好多好多问题。"

勃耳兰道："地球上俄国的科学家康斯坦丁·齐奥尔科夫斯基已经开始对火箭技术进一步发展有了深刻的理论认识。他已经提出理论，认为燃料烧尽后的火箭质量越大，火箭的性能越好；发动机排出的气体速度越快，火箭的飞行速度越快。"

龙必大注视了地球一会儿，然后回头道："我喜欢他说的一句话：地球是人类的摇篮，但人类不可能永远被束缚在摇篮里。"

库惟伦道："没有哪一个文明可以永远躺在一个温暖舒适的摇篮里，也没有哪一个文明可以万古长青。"

而在地球附近，短短三分钟苍穹号就颠覆了李安武他们以前见到的画面，在登月器离地面 8 千米时，天空还是蔚蓝的。不过，蔚蓝之中夹杂着一些青色。几秒钟以后（约距地 11 千米），外面的天空就变成了暗青色，又几秒钟以后（约距地 13 千米），外面的天空则从暗青色变成暗紫色，又几秒钟以后（约距地 21 千米），外面的天空已经是黑漆漆的一片，太阳则是一个发出耀眼白光的大圆球，孤零零地悬浮在空中……

濮玉环则引导着表弟道："幼安你看看苍穹号现在的速度。"

"29000km/h。这么快的速度从新加坡到北京只需 10 分钟左右。"李幼安看着面前的速度，感到不可思议。

濮玉环看着还没有去过北京、一直待在新加坡的表弟，又继续说道：

"那你知道目前最快的热气球速度是多少？汽车的速度是多少？马车的速度又是多少？"

"热气球是 320km/h。小汽车是 40km/h。马车是 35km/h。"

又过了一会儿，苍穹号离开了空气比较多的区域（对流层和平流层），来到离地面 150 千米的外太空（100 千米为地球卡门线，是地球大气层和外太空的分界线）。

玉太郎对大家说道："你们可以试试飘在空中的感觉。"

色来因、唐蕙良、李幼安及李安武开始体验无重力的感觉……

窗外，此时看到的是一部分扇形，根据最远处外围的圆弧则可以推断出地表是一个圆面，地球是一个球体，不是所谓的天圆地方……

登月器环绕着离地 200 千米高的轨道飞行一圈以后，开始攀升 1000 千米高的轨道，环绕飞行一圈加速后，又攀升到离地面 36000 千米的高空，然后调整切向角，开始奔赴月球。

"爹爹，地球是个蓝白相间的大圆球。"李幼安激动地大喊着。

"先生，地球怎么是圆球？"色来因感觉到几分困惑。

鱼拉伍道："不仅仅是圆球，还是飘浮在空中着呢。"

玉太郎和濮玉环则根据电铃上的导航，不断调整和修正苍穹号的飞行轨迹，沿着 95 个小时后月球的位置点飞去……

正是：一误之差千万别，被牵引抑或弹飞。

欲知后事如何，且听下回分解。

第四回　污浊习气岂可叩门，几人失意几人扬帆

却说玉太郎等人驾驶登月器经过 95 个小时的飞行，终于来到了距离月球 6.1 万千米的地方。

飞船开始控制速度进入绕月轨道，一面利用月球的引力减速，一面利用反冲发动机修正航向和减速……

在距离月球200千米高空的近月点时，苍穹号开始启动反冲发动机，寻找合适的切入角，控制飞船减速，开始环绕月球飞行……

除了利用月球的引力和反冲发动机减速，他们还在寻找龙必大他们发射出的着陆点信号。环绕一圈以后，苍穹号找到了着陆点，看到龙必大他们发出的红绿闪烁的导航信息，开始沿着着陆点减速飞去……

从苍穹号起飞一共经过了105个小时的飞行，一行七人终于抵达了月表。

在看到月表的那一瞬间，七人都没有说话。

他们全都呆呆地伫立在原地，一会儿目光注视着暗灰色的月表，一会儿注视着倒扣在空中的蓝白色大碗（地球），一会儿又注视着亮白色的大圆盘（太阳），一会儿又注视着黑漆漆的夜空。

看着面前荒凉、贫瘠、幽静、暗灰色笼罩着的月表，他们感受到的全都是满满的孤单感和困惑感。

许久以后，李幼安第一个说话了："真没想到月球原来是一个灰色的沙漠。"

鱼拉伍道："平安降落月表，正好。"

色来因嘟囔道："这么荒凉，月球人在上面吃什么，喝什么？"

唐蕙良感慨道："月表都光秃秃的，除了一座闪着信号的灯塔，没有任何建筑物。月球人住在哪里呢？"

李安武和濮玉环则没有说话，他们默默感受着这难得的静谧，感受着渺小……

许久之后，玉太郎指着闪烁红绿信号的灯塔说："月球文明的殖民地就在那儿，龙兄一家就在那儿。我们赶快过去和他们相聚吧！"

"咦，这脚怎么感觉有点儿不听使唤呢？像踩在滑动的泥沙上面。"李幼安说道。

"月表的重力只有地球的六分之一。在这儿不知道能跳多高。要不幼安你先试试看。"濮玉环说道。

听到表姐的话，李幼安怕跳得太高不适应，便轻轻地往上一跳。跳起来以后发现离地高度也不是很高，只有 50 厘米。

第二次，李幼安稍微用大了一点力，离地高度有 70 厘米。

第三次，李幼安用了自己相对能用尽的最大力以后，离地高度也只有 80 厘米。

随后大家也都好奇地尝试了一番，但他们离地的高度都没有超过 1 米，最高的是鱼拉伍的 95 厘米，最低的是色来因的 45 厘米。

"不是说，月表的重力只有地球的六分之一吗？按理说在这上面不是应该能跳得更高吗？"唐蕙良不解道。

"我们的宇航服可是有 30 千克重。"濮玉环看着唐蕙良说道。

"应该还与我们的起跳姿势和起跳心理有关吧。"鱼拉伍也说出了自己的看法。

玉太郎道："说不定还和降落地点有关。"

"你是说，不同的月表，其重力加速度的差距可能会差得多？"濮玉环看着丈夫。

"我也不知道。这只是我的猜测。"玉太郎说道。同时，他在设想如果有一天辐射服更轻了，人类在月球上能不能跳得更高，超过 1 米或 1.5 米，甚至达到理论上的 3 米或 6 米。

随后他们缓缓地向灯塔走去。五分钟后，他们来到了龙必大一家三口在月球上的生活区外围。正当他们想走进去时，一道光幕出现在他们面前，挡住了他们的去路……

原来月球人设置了一道测试门槛，需要通过测试才能进入他们的月球殖民地。

月球人经过多年来的观察，已经对地球上的世界有了初步判断，他们不想沾染地球上的龌龊习气与自私习气，不想沾染地球上的无知习气和自大习气，他们不想月球文明新生儿的教育受到地球人的熏染……

与此同时，站在光幕另一侧的龙必大发来一条消息：各位长辈及幼安哥哥，你们需要把手触摸在光幕上。光幕测试通过以后，才会给你们打开屏障，一共有两轮测试。

玉太郎看了看电铃，然后对大家说："我们需要把手触摸在光幕上。通过测试后，屏障才会打开。"

光幕上浮现出一道黄色的亮光及一个手掌的图案，首先照射在年纪最小的李幼安面前。

李幼安伸出一只手和图案贴合以后，光幕上浮现两个问题："孩子，你的兴趣爱好是什么？你对未来有什么憧憬？"

十二岁的李幼安一直以来受到父亲和玉太郎的熏陶和教育。思考一番以后，他郑重地说道："我喜欢练习书法，喜欢潜水，还喜欢看玉太郎哥哥造圆球。我希望未来我们能和动物交流。地球人可以来月球上参观旅行，再也没有穷人和富人的区别。地球上再也没有战争。我还梦想着到海底探险。"

随后黄色的亮光移到色来因面前，待色来因把手按上去以后，光幕上显示出关于梦想与生存的测试："你的梦想是什么？你如何追逐你的梦想及平衡生存与梦想的冲突？"

色来因回答道："我的梦想就是和我丈夫一同开医馆，一同去全世界旅行。至于如何平衡生存与梦想的冲突，对我来说，不存在问题。"

随后黄色的亮光来到濮玉环面前，濮玉环同样也把手掌按了上去，光幕上显示出的测试也是一样的问题。

濮玉环道："人怎么能没有梦想呢？我的梦想是兴办女学，让千千万万女同胞受到开化明智的教育，让千千万万女同胞再也不用缠小脚。"

濮玉环又道："离开生存空谈梦想是好高骛远，不谈梦想只谈生存则是短视乏味。我们、民族、国家、文明都存在生存与梦想的矛盾，无论是我们还是文明，都需要权衡是生存重要，还是梦想重要。不同时期的重心是不一样的。"

濮玉环不再说话以后，黄色的亮光则来到鱼拉伍面前。

鱼拉伍也重复着他们先前的动作，光幕上显示出的测试也是一样的问题。

鱼拉伍道："医者，大丈夫，男子汉，既当有医人之术，也当有医世之心，这就是我的梦想。为这梦想，哪怕是抛头颅，洒热血，吾也不惧。生存与梦想确实存在冲突，不同的人平衡梦想与生存的冲突是不一样的，我会全身心地用几年时间解决生存问题，然后再全身心勇敢地追逐梦想。"

待鱼拉伍不再说话后，黄色的亮光来到玉太郎面前。

玉太郎道："我的梦想是全球不再有战争；我的梦想是东西方进行合作，再也不坐井观天、自大无知；我的梦想是向外探索。我的愿望是社会更加进步，更加民主。我的志向是为人类下一次工业革命贡献出自己的技术和发明。我已经不需要考虑平衡生存与梦想的问题，但我希望国家和社会能够帮助那些有远大梦想，处于生存阶段的年轻人，国家的未来靠的是年轻人和孩子，他们没有未来，国家就没有未来。"

玉太郎不再说话后，黄色的亮光来到唐蕙良面前。

唐蕙良是一个孝顺、刚毅的女先生，三十多岁她就立意不嫁，决定开女智，兴办女学，现在四十岁其志向依然没变。唐蕙良回答道："梦想自然是有的，生存中应该有梦想，梦想中也要考虑生存。我的梦想是兴办女学，让千千万万女同胞受到开化受到教育，让她们也能够享受自由，再也不用缠小脚；我的梦想是男女都平等，女人亦可为英雄，女人亦可入社会，女人不仅仅是生育工具。我还憧憬着中国社会不再是半封建半殖民地社会。"

唐蕙良不再说话后，黄色的亮光来到年纪最大的李安武面前。

李安武一生最敬佩两个人，一个是孙中山先生，一个是同乡梁启超先生，他们的梦想即他的梦想，他们的思想也是他推崇的思想，他们的追求即他的追求，他们要走的路，即他要走的路……

李安武道："一者吾纵死也不忘吾之梦想，吾唯愿四万万同胞，不再昏睡，不再愚昧，唯愿我东方社会和西方社会一样科技先进。唯愿我辈能驱除鞑虏，恢复中华，创立民国，平均地权。"

李安武又道："二者今日之希望，不在他人，而全在我少年。少年智则国智，少年富则国富，少年强则国强，少年独立则国独立，少年自由则国自由，少年进步则国进步，少年胜于欧洲则国胜于欧洲，少年雄于地球则国雄于地球。"

李安武道："三者我中华民族今日谈梦想尚远，我中华民族急需解决生存问题，空中楼阁只是幻影，先站起来，然后走出去，再跑起来，最后再飞出去。无论是国家，还是个人，抑或文明，都务必先求稳定后图发展。"

正是：遥看银河心释怀，人生亦如四季轮。

欲知后事如何，且听下回分解。

第五回　求生求梦难中有易，是愚是智谜中有谜

却说李安武回答完，光幕上浮现出一道绿光，依然是首先照射在年纪最小的李幼安面前。

但不用触摸，光幕就直接在李幼安面前浮现出了第二轮测试："孩子，你喜欢看星星吗？你如何理解四季的更替？"

"我很喜欢看星星，尤其是夏天的夜晚，星星特别多，我还会找一些星座！"李幼安回答道。

"春天象征着万物复苏，夏天比较炎热，秋天是个丰收的季节，冬天

虽然寒冷但也在蓄势而发。玉环姐姐曾告诉我地球的自转和公转会造成四季更替。"

李幼安回答完后，光幕上首先显示出两句话："不遥看星星及光明，就会抹灭远行的雄心，只遥看星星及相信星星发出的光芒，则会忽略事情和道理的真相；不了解胜败的因果，就会迷失于虚幻的假象之中；只唯因果循环，则会丧失事物及活着的本来。"

随后屏幕在空中投射出一个扭曲折叠的立体 8 字，8 的数字没有明显的内外边界，似一个点，也似一个面，也似一个体，也似无数个 8 字，8 字上密密麻麻堆满无数星星，发出一闪一闪的光芒。

而地面上，五个不同相貌的直立及半直立的生命，抬头看着天空。

李幼安注视着他们，一个外星生命的天空中出现五颜六色的星星，一个外星生命的天空中出现的只有泛着白光的无数星星及星星的影子，一个外星生命的天空中黑漆漆的什么也没有，一个外星生命的天空出现的是一个平面的 8 字，一个外星生命的天空出现的是立体扭曲的 8 字。

字幕和画面消失后，绿色的亮光直接跳过色来因，来到濮玉环面前。

正当色来因、鱼拉伍及大家都感到不解时，龙必大给他们发来了消息："色来因阿姨，没有通过第一道测试，已经被淘汰了。"

濮玉环面前出现的第二关测试为：你如何看待国与国之间的战争？你又如何看待身与心的战争？

濮玉环道："国与国之间的战争是复杂的，但国与国之间的战争，我不认为是不可协调的。只通过协调是不可能解决所有矛盾和冲突的，一味地靠武力也不能保证一直和平相处。当我们走出去时，我们能不能再一味靠战争和殖民获得资源是需要我们思考的问题！"

濮玉环道："对身心之间的战争，我推崇知行合一的理念，身即心，心即身。我还非常推崇王阳明先生说的一段话，大意是，立下志向用功夫做学问，就好比种树。开始发芽时没有树干，长出树干时没有树枝，长了树枝后才长叶子，叶子长好后才开花，最后结果。种上树根的时候，不要事先想着生枝、长叶、开花、结果，只管培土灌溉。因为空想也是无益的。只要不忘尽心培土灌溉，怎怕没有枝、叶、花、果？"

濮玉环回答完，光幕上没有浮现什么话语，只是在空中投射出一个圆球，圆球里面水和火交融在一起，有时火苗大一些，有时水流迅猛一些，而圆球外面，一条锁链牵引着圆球沿着一个方向移动，一对鸟的翅膀也不断扇动着，吸引圆球朝自己飞来。圆球就这样不断在锁链和翅膀之间来回移动，而圆心深处，水火共存着，不断向外发射出紫色的光芒。

字幕和画面消失后，绿色的亮光来到鱼拉伍面前。鱼拉伍面前出现的测试是和濮玉环面前的一样。

鱼拉伍道："大丈夫应当勇敢参加国与国之间的战争，那是在保家护国。随心而去，随身而去，我的身心不存在战争。"

鱼拉伍说完以后，光幕上什么也没有显示，绿色的亮光直接来到玉太郎面前。

玉太郎道："如果不向外发展，想要停止地球上的纷争及内乱，就是一句空话，当今的世界及各国，资源是有限的，需求却是无限的，以有限的去满足无限的，国和国之间的战争不可能解决。平衡好有限和无限的矛盾和冲突，就能在一定程度上避免国与国之间的战争。"

玉太郎又道："对身与心的战争，我们需要由心来主导身，不能随身而行。"

玉太郎说完以后，光幕上浮现出玉太郎对父母亲毕恭毕敬的画面，浮现出玉太郎被许许多多貌美的女子团团围住……

待画面消失后，绿色的亮光来到唐蕙良面前。

唐蕙良道："战争就是毁灭，战争就是后退，我反对国与国之间进行战争。女人身都没解放，又谈何女人心。"

唐蕙良说完，光幕上什么也没有显示，绿色的亮光最后来到了李安武面前。

李安武道："战争是一个复杂而沉重的话题，对战争的分析，不能只是口头上喊停战喊和平，还要分析战争各方的利弊。战争当大打就大战，当小打就小战。我们不喜欢战争，但不意味着我们就不敢面对战争，地球上没有哪一个国家能避免战争，哪怕中立也避免不了，身处乱局，没有谁能独善其身而置身事外。"

李安武道："天下虽安，忘战必危，好战必亡，以战止战。对当今的混乱局势，要么开启真正的合作，要么开启更加统一聚合的战争。"

李安武又道："身心不能统一，心朝着天堂走，身是有可能走向地狱的。唯有身心统一，心朝哪儿走，身才会跟着朝哪儿走。"

李安武说完，光幕上浮现出阴阳鱼图及忽明忽暗的太阳，浮现出乾卦和坤卦的六爻图像……

光幕投射出的图像消散后，一个圆球朝着光幕飞了过来，发射出三道牵引光线，把唐蕙良、鱼拉伍及色来因包裹住，拉回了圆球。

与此同时，龙必大给李幼安他们发来了一条消息："他们三个没有通过月球殖民者的测试，他们不被允许进入月球殖民地，将被送回地球。"

看着他们的背影，玉太郎、濮玉环、李幼安都替他们惋惜。李安武的目光则紧紧盯着那牵引的光线，自言自语道："弱者是没有判断权和决策权的，弱者难道只有被选择的命运？"

正是：混乱世界身疲惫，落后社会心憔悴。欲知后事如何，且听下回分解。

第六回　远航飞船征程开启，三月长老众人辩论

却说鱼拉伍夫妇及唐蕙良离开月球以后，光幕面前的屏障消失了。

玉太郎四人迈过之前的光幕时，一个圆球出现在他们面前。

接着，光幕投射出一段视频，太阳忽明忽暗地闪烁着，一些月球人

和一些其他外星生命正在建造无比宏伟的星际飞船，他们之间的搭配和默契高度协调。

没过多久飞船就建造好了，并开始远航。来到一颗新行星的外太空时，他们朝行星地表及大气中发射了大量探测器。

在飞船围绕着新行星飞行几圈后，探测器也把探测信息传回了飞船，看着飞船驾驶中心一块屏幕上的行星宜居分析报告，一个月球人说道："如果我们在这儿改造大气，这颗星球上的数亿亿初级生命都将灭绝。"

另一个月球人则说道："不知道还要飞行多少光年，才能遇上一个我们可以改造的行星。难道为了一点点仁道，我们就继续没期限地飞行下去？"

最终飞船还是远航了，又来到了一颗新行星时，飞船同样朝行星地表及大气层发射了大量探测器，飞船一圈都没环绕完，行星的宜居分析报告就出来了。最后一页上的结论为，PW005行星最适宜进行大气改造，PW005行星上无任何生命。然后一艘艘飞船开始降落，月球人和外星人开始建造新的家园。

而在行星外太空的一个空间站里，一个月球人说："难道我们担心毁灭的风险，就永远不和其他智慧型生命合作交流？不突破瓶颈，我们同样避免不了毁灭的风险！"

另一个月球人则说："我们必须得谨慎，在不具备隐藏自身实力和具备相对自保能力时，我们赢来的不是帮助，而是毁灭。"

视频放到这里就消失了，李幼安和龙必大还在想着面对这一情况人类应如何选择，而玉太郎等人想的是，世间许许多多的事和物都处在矛盾与平衡之中……

正是：乍看错认无大异，褪去伪装为真貌。欲知后事如何，且听下回分解。

第七回　月球殖民总署相见，会客厅里宾主畅谈

却说正当他们议论纷纷时，一个月球人走了过来。他们的外貌和地球人也没多少差距，只是比地球人矮一点、看起来更年轻一些。

当那个月球人靠近他们时，月球人用母语说道："S'il vous plaît, allez à l'administration coloniale, les trois aînés l'ont."

他们的头盔面前则显示出汉字：请各位前去殖民总署，三位元老有请。

李幼安好奇地询问道："请问，你叫什么名字？"

月球人回答："勃耳斯。"

随后他们七人跟随着勃耳斯去往月球殖民总署。

来到殖民总署以后，他们见到了殖民总署的三位元老……

他们全都惊呆了，眼前三位元老的外貌和地球人不一样，他们全身都是暗青色的，脑袋圆圆的，没有头发，看不见耳朵，也看不见鼻子，眼睛却十分醒目，既不同于地球上黄种人的眼睛，也不同于黑种人的眼睛，也不同于白种人的眼睛。他们的角膜是浅蓝色的，瞳孔是深蓝色的。三位元老，第一位只有脑门，正中只有一只眼睛；第二位有两只眼睛；第三位有三只眼睛：下方是两只对称的眼睛，脑门正中有一只眼睛。

他们嘴巴的形状和人类差不多，也和人类一样两只脚站立。不过，他们的脚更粗更短，手臂和人类差不多长。

那个长着一只眼睛的长老肚子上还有两只青色的触须，那个长着三只眼睛的长老肚子上有两只短一点儿的手臂。

龙必大问库惟伦："为什么你们和三位长老长得不一样？"

库惟伦道："你们看到的不是我们的真实肉身。它们只是我们的呼吸转换器，可以过滤掉氧气和氮气。"

龙必大小声问道："那你们呼吸什么气体？"

库惟伦道:"我们呼吸氢气和氦气。"

单眼长老率先说话了:"谁读过《就英法联军远征中国致巴特勒上尉的信》?"

龙孟华、玉太郎、濮玉环、李幼安摇了摇头。

"我读过。"龙必大道。

"那是一封震撼人心的信!"凤夫人道。

"那是一个超越民族,超越国界,代表人类良知的呼声。"李安武道。

单眼长老继续说道:"我最喜欢雨果先生的那句话:我们欧洲人,总认为自己是文明人;在我们眼里,中国人,是野蛮人。然而,文明却竟是这样对待'野蛮'的。"

"两个强盗烧毁了我们祖国的瑰宝,他们是可恨的。"龙必大道。

"你们将来能帮我们复原吗?"凤夫人道。

单眼长老道:"他们自诩为文明人,其实他们才是野蛮人。"

单眼长老看向李安武,又道:"此外,你还看到了什么?"

李安武道:"雨果先生是勇敢和泛爱的,他没有站在狭隘的民族主义上,他站在了人类的角度上公开斥责自己的政府如强盗一般不珍视人类文明成果。他表达了对中国人民的同情和尊敬,愤怒地谴责了侵略者的罪行。"

单眼长老道:"我看到的是强者对一个弱者的蹂躏!"

双眼长老道:"那些强盗在抢劫时,搬不走的东西就砸,砸不坏的东西就烧。对物如此,那么对人,那么对其他智慧生命呢?对其他智慧生命,那些强盗不会把他们当兄弟,那些强盗会把他们当野兽,那些强盗不会把他们当作智慧神坛上的同行者,那些强盗只会把他们当成竞争者,甚至阻碍者。"

三眼长老道:"那些强盗宽恕的不是对方,那些强盗宽恕的是自己。"

单眼长老道:"如果那些强盗掌握着判断权、决策权、定义权,会把弱者定义为异种而不是异族。"

双眼长老道："如果那些强盗具备摧毁一个文明的能力时，那些强盗是可怕的，如果他们能够肢解一个行星吞噬一个行星时，星球上数亿生命都不能让他们停止残暴和野蛮。"

三眼长老道："我们不敢和这样的文明做朋友，这样的文明在我们看来也不配用文明两个字称呼。"

双眼长老说道："谈谈你们对你们明朝历史上郑和七下西洋的看法。"

双眼长老示意龙孟华先发言。龙孟华道："郑和使团七次出使，明朝与许多国家建立了友好关系，扩大了文化和经济上的交流与影响，一定程度上促进了中华文化和西方文化之间的交流。"

濮玉环道："七下西洋，开辟了海上丝绸贸易之路，加大了中国瓷器、茶叶等商品的外销，同时也引入了许多外国的特产和文化。"

李安武道："庞大的舰队在旅途中进行了大量的天文观测、地理调查和物种采集等工作。这些成果对后世的海洋探索和地理发现具有启示作用。"

这时，他们面前呈现出一幅动画：郑和下西洋以后，中欧海路开通，中国长期保持巨额贸易顺差，无数白银哗哗地流向中国，无数中国瓷器、茶叶、丝绸又被一艘艘轮船运往西方。然后无数银子围绕在永乐皇帝周围。然后又出现修长城，修运河，迁都，修《永乐大典》等画面。

三眼长老继续在他们面前投射动画：欧洲人在美洲杀戮土著、掠夺资源，把非洲人贩卖到美洲，随意破坏美洲地区的原始部落，导致大量原住民文化消失和失传，造成无数的美洲原住民死于瘟疫。

动画结束后，三眼长老道："谈谈你们对地球上发生的美洲殖民事件的看法。"

李安武道："这是美洲人和非洲人被杀戮、奴役和强制迁徙的苦难时期。这种大规模的暴力行为显然违反了人权和人道主义原则，是不应被遗忘和否认的历史教训。"

濮玉环道："瓦斯科·达·伽马的航行，促进了亚非欧之间的贸易和文化交流。哥伦布的美洲航行，既是野蛮进取的体现，也是文明残暴的表现。麦哲伦带领船员完成了人类首次环球航行，证实了地球是一个球体。这是人类文明向前走出的关键一步。"

三眼长老先说道："谈谈你们对我们殖民月球的看法。"

李安武道："听闻，你们已经在月球上居住了200年。200年前，你们就已经具备太空旅行能力，想必你们的军事和科技是远远超过我们的，但你们依然没有去殖民我们的地球。你们应该是真正的文明社会。"

三眼长老道："我们没有殖民地球，是因为地球的生存空间不适合我们，从这一点上来说，我们不算真正的文明。

"再者，你们恒星系有太多无生命的行星及卫星，我们没必要和你们争夺空间。"

濮玉环询问道："那就是说，如果我们地球是宜居的，你们会成为我们的敌人。"

"成不成为敌人，我们不确信，但冲突肯定会有。"三眼长老回复道。

双眼长老则说道："当你们能够进行星际旅行时，你们期望执行什么殖民思想？"

李安武道："还没想过，这个话题对我们来说太远了。这个问题留给我们的后人去思考吧。"

随后在三位长老的示意下，刚才带他们进来的勃耳斯引领着他们离开长老们的会客厅，去往给他们安排好的四间卧室……

正是：地月昼夜不一样，温差大如寒暑笼。欲知后事如何，且听下回分解。

第八回　地球昼夜月球常夜，少儿百岁中年数载

却说玉太郎他们从农历八月十六号苍穹号发射到来到月球，以及在月球上生活了几天以后，此时正值地球上农历的九月初一，月球面对着地球的一面，正是黑夜，照射不到太阳光。

玉太郎四人及龙必大一家三口一起在月球的圆形广场前的观景厅相聚，李幼安和龙必大则在观景厅外面玩耍着。

大家看着月表和漆黑的天空，不禁感受到一阵孤寂。直率的李安武说道："在地球上，晴朗的夜晚里可以看见满天的繁星，而且地上在月亮的照射下，还是有几分光亮的。怎么在这儿的夜晚，无论是天空，还是月表，都黑漆漆的？"

龙孟华已经在月球上居住了一些时日，也已经知道了无论是白天，还是黑夜，月球的天空都是墨色主导的，只有偶尔特殊的一些日子，天空中才会出现除地球和太阳之外其他星星闪烁的情况。他对李安武道："李大哥，听龙必大说月球不像地球有大气，所以天空无论是白天还是黑夜，都是大家看到的黑漆漆的景象，只有在一些特殊地形和特殊时候，天空中才可以看见星星。"

"那为什么地球上的夜晚，有明亮的月球反射时，地表还是有几分光亮的？怎么在这儿，我们能够看到地球，月表却依然黑漆漆的呢？"玉太郎向龙孟华夫妇询问道。

凤夫人道："之前我也有过相同的疑惑。后来，凤鬟告诉我地面反射的主要是蓝光和白光。大量的蓝光和白光反射到月表以后，基本上全都被月表吸收了，所以月表便没有光亮了。"

凤夫人又感慨道："在观景厅里面，月球人可以不用穿防辐射及辅助呼吸的笨重温控衣服，他们可以穿着简便的防护服。听说因为月表的辐射甚高，他们衣服改进的重心都放在了如何降低辐射上面。"

龙必大和李幼安穿着月球人改进的新衣服，在月表上空玩耍了一刻钟后，操纵着新衣服，缓缓降落回月表。

龙必大对李幼安道："在地球上，昼夜交替是一天，在这儿则是 27 天。"

李幼安道："那就是说，要 13.5 天以后才能看到太阳。"

龙必大回答道："对。地表的温度会越来越低，最低的时候接近 −150℃。"

"那冷的时候月球人晚上是不是都不会出门？"李幼安询问道。

龙必大道："基本都不出门，除了检查生活区生活保障的执勤人员。他们会穿着温控衣服。"

李幼安道："月球人现在的温控衣服，除了调节温度，还有哪些功能？"

龙必大道："还能减少辐射，辅助呼吸，辅助运动。"

龙必大又道："幼安哥哥，你喜欢地球上那些各式各类的华丽衣服吗？"

李幼安道："不喜欢。地球上的战火越来越多，地球上的枪炮越来越厉害，真是气死人了，我们的衣服都几百年没什么改进！"

龙必大点了点头，他也是这样认为的。龙必大又道："这些都不算啥。我还听库惟伦说，有的星球上，有一面永远面对着发光的恒星，有一面永远背对着恒星。"

李幼安："那面对着恒星的一侧，温度得有多高啊！"

"听说最高时可以达到 600℃。"龙必大回应着李幼安。

李幼安问道："那背离恒星一侧呢？"

龙必大道："听说最低可以到达 −200℃。"

随后他们一起走进了观景厅，坐下来休息。

凤氏道："这儿的时间记法和我们大不一样。"

濮玉环道："这儿没有四季，昼夜交替也长，我挺好奇他们是如何计时的。"

龙必大道："我听库惟伦说，他们月球人的时间记法是以月球人身体细胞衰老的平均速度来计数的，180天为一月球年。"

濮玉环道："细胞衰老速度？"

龙必大道："对。比如说，从他们身体细胞衰老的速度看，库惟伦和我一样还处于童年期，可是按地球上的时间算，她已经35岁了。"

龙必大指了指观景厅，说道："你们看看观景厅那儿的图像就清楚了。"玉太郎和濮玉环，李安武和李幼安都站了起来，沿着龙必大所指的方向，缓缓走了过去。走过去以后，他们惊呆了……

月球人只有时辰的记法。白天他们有明-1时、明-2时，明-3时……明-322时。夜晚则是暗-1时、暗-2时、暗-3时……暗-322时。时刻的区分在夜晚以温度范围为主，白天以辐射剂量为主。

看完后，他们又看向旁边一幅图像：蓝色的地球上，人类、鸟儿、植物都自由自在地呼吸着新鲜的空气。没有穿多功能防护服的月球人，吸入地球空气后，却加速衰老及死亡，而在月球上，即使多功能防护服漏气，月球人依然可以坚持几分钟。同时，月球人在地球的海面用圆球抽取水后运输到月球上。

濮玉环道："估计他们的身体，不喜欢氧气，也不喜欢氮气。"

玉太郎道："看样子，短时间内吸入大量氮气和氧气，甚至比短暂的真空对他们身体的危害更大。"

李幼安道："他们也喝水。"

李安武则从图像上看到，有时候他们直接饮用从地球上抽回去的海水，有时候净化一番，有时候将其他气体溶解到水中。李安武道："他们不只喝水，还喝其他液体。"

濮玉环四人看完后，又回到之前聊天的地方，龙必大和李幼安对着一个圆球模型讲解苍穹号登月器的设计原理，凤夫人和濮玉环等人则继续聊着天。

凤夫人道："以地球人的时间观念来看，月球人的寿命在月球上可以长达五百年。"

濮玉环突然感觉到自己忘了一个最重要的问题。她问道:"那他们来这儿是为了什么?"

凤夫人道:"为了月球上的氦-3,为了地球上的水,为了我们星系内各行星上的稀土金属。"

李安武道:"那么黄金呢?"

龙孟华看了看不远处的龙必大,说道:"龙必大和我说过,他们的通用货币,不是黄金。他们的货币分为物质值和生命值。"

李安武询问道:"物质值和生命值?"

龙孟华没有进一步了解,凤夫人则道:"他们这儿没有所谓的奢侈品,所有的物品按照功能进行工作时间衡量,物质值只与工作时间有关,每个月球人都配备基本的衣食住行等生活必需品,额外的需通过工作获取物质值。"

玉太郎道:"生命值呢?"

凤夫人道:"每个人自然的生命值是相同的,如果你想进行冬眠和冰冻,那就需要具备生命值来选择冬眠和冰冻。"

李安武道:"他们星球上没有奴隶吗?"

凤夫人道:"没有,他们的制度是我所见到的,真正的民主和共和。"

李安武道:"那战争呢?"

凤夫人道:"他们内部没有战争,连内部的争斗都很少,他们只应对外部的战争。"

正是:梦里梦外皆虚幻,无畏生死名利场。

欲知后事如何,且听下回分解。

第九回　梦境亦真梦境亦假，一腔热血一腔孤勇

却说李安武来到卧室以后，没过多久就入睡了。

他梦见自己从广东新会县出发，几个老朋友给他送行。

一个对着他拱手说道："祝李先生一路顺风。"

一个对着他拱手说道："祝李先生马到成功。"

一个则对着他说道："祝梁先生此行能披荆斩棘。"

李安武纳闷不已，怎么有人称自己梁先生，有人称自己李先生，他甚至还隐约听见有人称呼他宸先生……

接下来，他已经坐上轮船，开始一路北上……来到了天津卫，然后又一路驱车来到北京。他拿出《治安万言疏》，请本部堂官代奏，谁知道戴着老花眼镜的堂官头都不抬，冷冷地说了声："先放下吧。"

他加重了语气说道："大人，当下时局危矣，烦请大人速阅速呈。"

堂官感觉到一阵诧异，不情愿地拿起奏疏，只打开看了一眼，就大声喝道："来人，将这狂妄的小厮赶出去。"

再后来，李安武发现自己被两个差官叉了出来，又有一匹马朝自己飞来。李安武纵身跳到马上，骑着马，没多久就又来到了天津卫，随后又乘船去了东洋，刚上岸没多久，又乘船去了南洋……

船还没开到南洋……李安武梦见自己又拿着一份名为《上少帝之书》的奏疏，继续乘船北上……

又是来到天津卫，这次也一路策马奔腾，面见了光绪……

"皇上，甲午战争及《马关条约》之后的大清时局，已经宛如困兽，列强环伺我大清，我大清的子民宛如待宰的羔羊。当下，我大清朝野一片暮气沉沉，我们应当变法，实行君主立宪。"

"请问先生，如何变法？"

"从当下的时局来看，我大清需要从五大方面执行变法：一者，下诏

鼓舞当今颓废之气；二者，迁都避兵祸定天下之本；三者，练兵强天下之国势；四者，变法立君宪开新天下之治；五者，开新式教育培养我民族少年，今日之希望，不在他人，而全在我少年。少年智则国智，少年富则国富，少年强则国强，少年独立则国独立，少年自由则国自由，少年进步则国进步，少年胜于欧洲则国胜于欧洲，少年雄于地球则国雄于地球。"

"先生之高见之远见，正是医治我大清的药方，这事就拜请先生多费心了。"光绪说道，"那君主立宪是什么？"

"皇上知道东洋的德川幕府吗？"

"先生是想说，德川庆喜就如今日的太后？"

"是的。皇上是想继续被束缚抑或可能成为亡国之君，还是成为明治天皇一样具备实权壮大国力的君主？"

"朕不想当亡国之君，也不想当亡朝之君，然大清江山是祖宗打下来守下来的，先生如何确保执行的君主立宪制是皇权主导的议会制？"

李安武陷入了一阵思索：今日之中国及中国社会，撇开君主而空谈改革是行不通的，如果实行不了彻彻底底的民主共和，只能先实行君主立宪。

正当李安武思索如何大展宏图及如何引导清政府进行变法改革，当光绪还在想如何从太后手中获取实权，如何挽救赢弱的中国，如何确保皇族的主导权和权威时，李安武发现，自己又再次站在原地，旁边的还是几个送行人，他手里拿着一份名为《上中堂之书》的奏疏……

岸边上的人，不再称呼他李先生，也不称呼他梁先生，更不是康先生，而是称呼他孙先生……

李安武大声对着岸边的人说道："多谢大家的厚爱，吾定当竭尽全力将这救苦救难悬壶济世的医国药方，呈给中堂大人。哪怕是抛头颅洒热血，吾亦不惧。"

又是来到天津卫，在旧识盛先生三番五次的引荐下，他终于见到了在天津的军机重臣李鸿章。

李安武恭敬地给年迈的中堂大人行了一个大礼，然后说道："中堂大人，您领政以来，无利不兴，无弊不除，筹建海军，兴建铁路。中堂大人的功劳是有目共睹的，然晚生以为这只是半个中堂，另外半个中堂还应当明白欧洲富强之本，不尽在于船坚炮利、垒固兵强，而在于人能尽其才，地能尽其利，物能尽其用，货能畅其流，此四事者，富强之大经，治国之大本也。我国家欲恢扩宏图，勤求远略，仿行西法以筹自强，而不急于此四者，徒唯坚船利炮之是务，是舍本而图末也。"

"那你认为应当如何？也是走变法的路子？"

"晚生认为，仅仅变法是不够的，应当进行一场全新的革命。"

"革命？你不要命了，你要革谁的命？"

"像法国那样的一场大革命，革旧专制的命，只要四万万同辈不再昏睡愚昧，晚生纵然一死，有何惧哉。"

"听闻，你只是一个医生，怎么敢妄谈治国？怎么敢妄开治国的药方？"

"医者，有医身的，也有医心的。晚生虽不敢保证这药方一定能让我中华民族自立自强，但什么都不做，继续走当下的这条路，我大清只有死路，我中华民族只有绝路，我中华子孙将只是待宰的羔羊……"

"好一个狂妄的晚生，老夫念你有一颗救国之心，今天你说的话就权当没听见，就当你我今日没有见过面。"李鸿章说完，向门外走去，留下李安武默默伫立在原地，不知所措……

李安武没有醒来，开始做另一个梦。他梦见自己来到了北京菜市口，周围看热闹的群众把刑场围得水泄不通。李安武看着他们，有的闭口不言，有的大声喊叫着："杀了这些乱国的革命分子。"有的则小声嘟囔着："他们是救国图存的义士，可不是乱国的革命分子。"

而刑台上，跪着的有六个人，分别是：谭嗣同、康广仁、林旭、杨深秀、杨锐、刘光第。身后的六个行刑者手拿大刀，扫视着周围……

六个人的嘴中都被塞着一团白色棉布，显然是不想让他们在死之前呐喊。突然，李安武的身影飞到刑场前，拿走了他们嘴中的白色棉布。

谭嗣同挣扎着站了起来，大声疾呼："各国变法无不从流血而成，今日中国未闻有因变法而流血者，此国之所以不昌也。有之，请自嗣同始。望门投止思张俭，忍死须臾待杜根。我自横刀向天笑，去留肝胆两昆仑。有心杀贼，无力回天。死得其所，快哉快哉！"

康广仁也挣扎着站了起来，疾呼道："吾六君子死，中国能强，死亦何妨。"

刘光第也挣扎着站了起来，但还来不及发声就被一支箭射中脑门而倒地身亡。

杨锐还没挣扎起来，就被一把亮光给斩断了头颅……

林旭虽然跪着却大声高呼着："青蒲饮泣知何补，慷慨难酬国士思。欲为君歌千里草，本初健者莫轻言。"

杨深秀虽然也被迫跪着，却微笑着高呼道："吾六君子死，中国能强，民众能醒，死亦何惧。"

随后，李安武惊醒了过来……

迷迷糊糊中，他开始入睡，再次进入梦乡……

李安武梦见自己之前的两个随从孔武和孔文牺牲后竟然来到了月球上，孔武的身上写着两个大大的"兵家"，孔文身上则写着两个大大的"儒家"。

孔武拿着一本名为《孙子兵法》的书籍，紧紧握住，没有展开，而是看着空中的地球说道："天下随安，忘战必危，好战必亡，以战止战，方是人间正途。"

孔文则看着弟弟，说道："世道之人当己所不欲，勿施于人，可是你看下方的地球之人，全都是强加于人，强加于国。"

正是：逃脱牢笼新天地，缅怀先驱斥神权。欲知后事如何，且听下回分解。

第十回　坐井观天天圆地方，画地为牢牢高身矮

却说另一个卧室里的玉太郎，同样躺在床上没多久以后，也进入了梦乡……

玉太郎梦见自己化身一只青蛙，待在一个井里，观看着外面的天空，一开始以为井口就是天的大小……

突然一枚圆形方孔铜钱盖住了井口，玉太郎恐惧黑暗，也向往光明，看着这一束束光芒，他开始往上攀爬……

走出来后，他才发现，天远比他想象大得多，也远不是他所想象的……

走出来以后，他不再是青蛙，他成了他自己，一只马朝他飞奔而来。他随心所欲地跑了一阵子后，不禁感叹道："我们所处的这片区域，原来是天圆地方，太阳和月亮在穹顶的空中东升西落，大地被穹顶笼罩，天似华盖，形圆；地如棋盘，形方；一阴一阳，动静互补。"

接着，他又来了古希腊。他看见毕达哥拉斯自言自语道："阿尔忒弥斯是圆的，赫利乌斯也是圆的，我们的大地应该也是圆的。"

柏拉图对着一群学生说道："世界最完美的形式是球形，人类所居住的大地也应该具备完美的形式，大地只有球形才能适应'宇宙和谐性'的要求。"

埃拉托色尼一只手拿着笔，另一只手拿着一把尺子，兴奋地说道："柏拉图的设想是对的，我们生活的世界确实是一个球体，地表确实可以近似为圆，而且圆周长当为252000斯塔季亚，我要给这个圆上加一些经纬界线。这个世界的气候也不一样，应该由一个热带、两个温带、两个寒带组成，以南、北纬24°为热温带分界线。"

埃拉托色尼的身后还有无数人影，有的用手指着太阳，有的用手指着地球……

不知不觉间，玉太郎来到了佛罗伦萨圣十字教堂前。一个白发苍苍的老者被绑在行刑柱上。

一位主教质问道："采科·达斯科里，你鼓吹地球不是方的，也不是圆的，而是一个球体，还妄说另一个球面上也有人类存在。你这是在鼓动人心，你这是在颠覆《圣经》！"

周围的教徒则大声喊道："烧死他，烧死这个异教徒。"

采科·达斯科里大喊着："一个谎言弥漫的世界，我没什么好留恋的。烧吧，烧死我，也烧死你们所谓的智慧。"

一个教徒手持火把，在主教的示意下，点燃了采科·达斯科里周围的木堆，黑烟越来越大，火光越来越红。采科·达斯科里再也发不出任何声音……

画面突然一转，中年的哥白尼坐在书房里，手里攥着一本书卷。他自言自语道："如果真有一种科学能够使人心灵高贵，脱离时间的污秽，使社会秩序趋于规范，使人心趋于真善美，这种科学一定是天文学。

"看吧，天空、太阳、月亮、星星以及所有的东西看似站着不动。除了地球，宇宙间似乎没有什么东西在动。地球以巨大的速度绕轴旋转，这就引起一种感觉，仿佛地球站着不动，而天空却在转动。"

"喔，原来地球不是世界的中心。所有的天体都在围绕着太阳运转，太阳才是世界的中心，地球自身在自转，也在围绕太阳公转，地球一昼夜绕地轴自转一圈，地球一年绕太阳公转一圈。别的行星也在围绕太阳运转。"

哥白尼放下手中的书卷，心情也由激动转为复杂和矛盾。他慢吞吞地说道："当今的教会会允许我提出的观点被广泛宣传吗？"

哥白尼身旁的一个中年妇女道："一旦他们弄清楚你在论证天体运行的时候认为地球是运动的，就会竭力主张你必须为此受到宗教审判。"

哥白尼深情地看了一眼自己深爱的中年妇女，无奈地说道："如果现在我强行去宣传，说不定真的会搭上自己的生命，说不定我再也不能免费为更多穷人治病，我再也不能点醒更多迷茫误入歧途的人。再说啦，我还想要在数学、天文学、经济学上在多弄懂一些道理。真理总会被认可的。我还是暂时放弃发表吧。"

突然，中年的哥白尼变成了一个白发苍苍的老人，坐在椅子上，凝视着橙红色的夕阳。一个孩童跑了过来，问道："老爷爷，地球真的是围绕着太阳运转的吗？'

年迈的哥白尼一想到在自己漫长的岁月里，已经迟疑不决了许多岁月，又听闻现在的社会背景发生了一些转变，便抚摸着孩童，说道："孩子，太阳确实不是围绕着地球运转的，而是地球围绕着太阳运转。"

他站了起来，轻声说道：'现在机会来了，我再也不用迟疑了！"

梦里的玉太郎看着这一幕，说道："他终于决定要将他的《天球运行论》付印了。"

哥白尼的身影消失了，玉太郎发现自己置身于一座监狱里。一位主教冷冷地说道："你到处宣传颠覆宇宙观的观点，野蛮反对经院哲学，狂妄反对《圣经》，反对上帝，反对神学的真理，你就不怕死？"

乔尔丹诺·布鲁诺道："为真理而斗争是人生最大的乐趣。一个人的事业使他自己变得伟大时，他就能临死不惧。"

"虽然你背叛了主，但主还是愿意宽恕你的。只要你承认你的罪行，放弃你狂悖的观点，向教会忏悔，其他主教就不会坚持处死你。"主教继续劝说道。

布鲁诺宣传的事物已经引起罗马教皇的恐惧和仇恨，已经把他视为眼中钉、肉中刺，必欲置之死地而后快。

主教想让布鲁诺屈服，目的是摧毁这面旗帜，肃清他的影响，以此重振教会的声威。

秉性正直、坚持真理的布鲁诺保持沉默，没有说话。

主教被激怒了，冷冷地说了句："想办法使他屈服。"

宗教裁判所的狱监开始对他动用重刑。使用完重刑后，布鲁诺昏迷了过去。狱监用冷水把他浇醒。

"说，你愿不愿意公开承认你的罪行，放弃你之前的主张。"

布鲁诺从容地回答道："我不应当、也不愿意放弃自己的主张。我没有什么可放弃的，也没有根据要放弃什么，也不知道需要放弃什么。"

狱监们也疲惫了，将布鲁诺独自留在了监狱里。突然，布鲁诺发现一个陌生人出现在自己面前。布鲁诺问道："你是谁？怎么你的面孔有点儿陌生？"

玉太郎道："我是藤田玉太郎，我来自东方。先生真是太伟大了，地球确实不是宇宙的中心，太阳也确实不是宇宙的中心。"

伤痕累累的布鲁诺说道："真是太好了，竟然有人懂我了。你能帮我宣传及验证我的猜想吗？"

藤田玉太郎道："先生请说，我一定坚守你的学说。"

布鲁诺仿佛忘记了疼痛，津津有味地说道："太阳中心说存在不足，宇宙是无限的，时间是永恒的，世界是众多的。宇宙应该是无限大的，根本就不存在固定的中心，也不存在界限。宇宙万物有生有灭不断变化，人类的历史也是不断发展变化的。

"天地是同质的，物质是一切自然现象共同的统一基础，自然界的万事万物都处在普遍联系和不断运动变化中。变化的物质实体包含各种形式不断转化的过程。宇宙里面，体积与点无别，中心与周边无别，有限者与无限者无别，最大者与最小者无别。

"对立统一原则是认识自然、发现真理的诀窍。谁想要认识自然的最大秘密，那就请他去研究和观察矛盾和对立面的最大和最小吧。深奥的法术就在于能够先找出结合点，再引出对立面。"

布鲁诺太疲倦了，竟然睡着了。

突然地，玉太郎发现监狱隐去了，布鲁诺被绑在罗马鲜花广场的一根刑柱上。

周围的群众大声叫嚣着："烧死他，烧死他们的伪科学，烧死这个傲慢自大、目空一切的异端分子。"

一个教徒轻蔑地说道："他不是为了坚持科学，不是为了发展哥白尼的学说，他是自己想成为新的教父。"

一个教徒则嘲讽道："布鲁诺就是一个虚伪的人，借着科学的外衣，宣扬自己的神学，宣扬多神论。"

布鲁诺被激起怒火，大声反问道："我不懂什么是神。谁来告诉我什么是神？神又在哪里？"

一个新教徒咆哮道："你不承认《圣经》，不承认地心说，还曲解利用哥白尼的日心说，鼓吹多神论。你这个激进分子，你这个异教徒！"

一个天主教徒满脸不屑，说道："你还说过没有上帝。你这个矛盾者和伪先知，一会儿鼓吹多神论，一会儿又鼓吹无神论。"

"真是可笑，没有中心竟然成了多神论，提倡唯物主义竟然成了无神论。烧死我吧，我累了。"布鲁诺反驳道。

新教徒继续道："你这个颠覆宗教意识激进的赫尔墨斯法术传统的追随者，你只是古埃及法术宗教的法术师。你试图通过法术的方式发现自然的秘密，以便控制、利用自然，成为新的神父，你所有的哲学和科学层面的探讨都是为你自己的宗教使命服务的！"

新教徒又道："你这个无所不用其极的自大卑鄙之徒，不论什么思想，只要与你复兴古埃及法术宗教的使命相合就都会为你所用。"

另一位天主教徒道："你诋毁远古社会并不是黄金时代，你诋毁先贤。你如何辩解？"

"人类历史是不断变化和前进的，我认为人并非一出生就是善的。如果你们认为这是诋毁先贤，那我无话可说！"

一个认可布鲁诺的公民小声嘟囔道："勇敢地捍卫和发展了哥白尼的太阳中心说，反对不符合逻辑的地心说，就是异端分子。这明明是一个追求思辨哲学的无畏战士，是一个敢于批判神权的文明分子，是一个捍卫真理的殉葬者。"

"他站在无数日心说智者的基础上，已经走得很远，天上那么多颗星星，真有可能是他推测的。"另一位认可布鲁诺的公民示意身旁的同伴声音小一点儿，同时也表达了自己对布鲁诺的认同。

认可布鲁诺的公民又感慨道："他这一生长期流亡在外，不顾个人安危，思乡心切，想把自己的新思想和新学说带回来，献给自己的祖国。是政府怕得罪罗马教皇，把他交给了罗马教廷宗教裁判所。"

"他被关押了三年。"另一位认可布鲁诺的公民回应着同伴。

认可布鲁诺的公民又不确定地说道："听说教会对他的谴责可不是针对他的天文学思想，而是他的神学思想。他太激进了。"

另一位认可布鲁诺的公民则坚定地说道："为什么超前正确的理解不被时代所容忍呢？为什么一个具有巨大勇气和毅力的科学先驱，竟然这样被人误解？"

一位主教站在刑柱前，大声说道："布鲁诺，给你最后一个机会，只要你承认太阳围绕着地球运转，我们就减轻你的罪行，或者让你死得痛快一点。"

布鲁诺坚定地回复道："你们不相信事实，也不相信科学。你们只是维护你们那可怜的神权，我没什么好说的。"

另一位主教道："你鼓吹革命，煽动民众使用暴力手段混乱社会，这就是你所说的科学？"

布鲁诺辩驳道："那是社会变革，我没有提倡使用暴力手段去改造社会，我提倡用理性和智慧看待社会。我提倡的是用唯物主义和辩证法看待世界万物。"

主教有几分气急败坏的样子，大声质问道："那就是说，你坚持你们所鼓吹的日心说？"

布鲁诺不屑于回答。另一位主教笑里藏刀地说道："你不改变你的观点，还继续说煽动的话，你死后连墓碑和骨灰都没有。"

"那重要吗？要墓碑干什么？要骨灰干什么？回归自然那正是我乐

得其所之事。"

主教被激怒了，冷冷地说道："你这个什么都想颠覆的颠覆分子。"

第二位主教冷漠地说道："宣判吧，没必要白费口舌了。"

第一位说话的主教拿着宣判书，念道："布鲁诺，你小时候受恩于教会，也是一个教徒。但你现在却背叛了对你有恩的教会，你不崇拜圣像反而轻蔑待之，你是基督教会最顽固的敌人。你说上帝具有'三位一体'性的教义是错误的，你反对否定'变体说'、'圣母洁净怀胎说'和'上帝创世说'。布鲁诺，你有一次面对圣者像你连瞧都不瞧，还把基督圣徒的画像从自己僧房中扔了出去。你曾斥责路德、加尔文等宗教领袖为'世上最愚蠢的人'。你诽谤宗教对科学、哲学、道德、社会关系产生了无尽的危害，你鼓吹要把教会财产收归国有。你邪恶地认为要消灭教会经济势力，停建教堂，关闭修道院，蛮横地认为还应该剥夺僧侣特权，迫使他们从事社会公益劳动。综上所述，现在判处你——火刑！"

布鲁诺以轻蔑的态度听完判决书，正气凛然地说："你们对我宣读判词，比我听判词还要感到恐惧。"

刽子手举着火把问布鲁诺："你的末日已经来临，还有什么要说的吗？"

布鲁诺庄严地宣布："黑暗即将过去，黎明即将来临，真理终将战胜邪恶！"他最后高呼道，"火，不能征服我，未来的世界会了解我，会知道我的价值！"

五十二岁的布鲁诺在熊熊烈火中英勇就义。在火海中，他奋力嘶喊道："烧死我吧，烧死你们的愚昧和无知吧，烧出一个新世界！"

正是：茫茫尘世无数惑，几许释怀少烦忧。欲知后事如何，且听下回分解。

第十一回　不入虎穴焉得虎子　不做调查焉能发言

却说李安武从梦中醒来以后，第一幕上《治安万言疏》的情形他记得十之五六，第二幕上少帝书的情形他记得十之六七，第三幕戊戌六君子的情形他记得十之八九，第四幕孔文孔武两兄弟的情形他记得清清楚楚，第五幕中华民族被日本侵略及全世界发生了一次又一次世界大战的情形他也记得很清楚。

通过最近在月球上所见到的、所交流的及梦境的一点点影响，他认为自己已经找到心中一些问题的答案。他已经做出了选择，他要立马返回地球去。

"姑父，你不在月球上再熟悉熟悉了？"濮玉环看着李安武。

李安武想起了玉太郎告诉自己遁轩老人的话："一切世界，无非幻界。我受了这幻界的圈套还不够，又到别样幻界干什么？"

随后，李安武若有所思地说道："月球再好，终究也只是他乡，不是故乡。再说，今日地球上我四万万中华同胞还在受苦受难，我怎敢独自在月球上享受生活呢。"

这时，之前第一次迎接他们并给他们安排起居的月球人勃耳斯缓缓朝他们走了过来。

勃耳斯用他们的母语说完后，龙必大他们头盔上的声音转换器发出中国话："元老院及三位元老已经同意批准你们五个地球人进入月球殖民地核心机密区。"

"我们来了这么久，都还没进去过呢。"龙必大感慨道。

"我还不知道月球殖民地机密区在哪儿。"龙孟华道。

凤夫人满脸疑惑，轻声询问道："我们一共有七个地球人，为什么只批准五个？"

勃耳斯道："其中有一个地球人，你们没有接触过，他叫宗虬。你们七个人只有四个能进去。"

"只有四个人？"龙孟华感到不可思议。

勃耳斯看着龙孟华，打开了月球殖民总署对龙孟华档案里的评价："对爱情忠诚及忠贞，但扭扭捏捏、哭哭啼啼，小肚鸡肠又易冲动。"这一刻他终于明白了龙孟华不被允许的原因。

"对，许可名单上一共只有五个人。"勃耳斯说。

凤夫人问："哪五个？"

勃耳斯道："宗虬、李安武、李幼安、龙必大、濮玉环。"

勃耳斯继续调出了月球殖民总署对凤夫人及玉太郎的评价："凤氏：生性机警、能识文断字、有立志做男儿之事、没有像其他落后及无奈的女性裹小脚，但聪明过头。

"藤田玉太郎：记忆力好、博闻强识、大方、讲义气、逻辑条理清楚，对爱情忠诚有余，但忠贞不足。"

正当玉太郎和龙孟华及凤夫人疑惑自己为什么不能被许可进入，想要询问一番时，李安武的目光先扫视了龙孟华，随后又扫视了玉太郎，说道："我打算现在就返回地球，我的名额能否换成他们。"

勃耳斯答道："不能。"

随后，他问道："这是个难得的机会，你确定要放弃？"

李安武坚定地说道："我心意已决，地球上还有更重要的事情等着我。"

与此同时，远方一个地球人正缓缓朝他们走来。

"他就是宗虬。"勃耳斯说。

"欢迎你们也来到月球，老叟宗虬。"满头白发的宗虬和大家打了个招呼。

"藤田玉太郎见过老先生。请问老先生是几时来到月球，又是乘坐什么工具来到月球的？"玉太郎向宗虬询问道，一者他有几分好奇，二者他还在纳闷自己为什么不被许可而宗虬却被许可。

宗虬虽然感受到玉太郎话里话外的冒犯和好奇，但还是微微一笑，随后说道："老叟是 1904 年来到月球的，乘坐的是月球朋友的圆球。老叟 1843 年生人，石岐南下人，字仲道，你们称呼我蛰庐老叟即可。"

"见过宗老先生，小女濮玉环，久闻宗老先生的学问、文章和为人。"

"不敢当，不敢当，我已经是行将就木之人，更多的事情还得靠你们中年人、年轻人。我所能做的不过是著一两本书，点醒昏睡的国人罢了。"

濮玉环又道："宗老先生能在美国担任留美学童的汉文教习已是了不得的成就，何况还影响了眷诚先生（詹天佑）。宗老先生为无数华工请律师恢复人身自由，替不识字的华工代写书信邮递回国内的事迹，是我等小辈的楷模。"

凤夫人道："我也听说过。宗老先生在美国、西班牙、古巴三国从事外交工作十多年，凡处理交涉问题，必以维护国家尊严、保护华侨利益为重。真的值得敬佩。"

"前辈不仅有一颗医人之心，还有一颗救国之心。前辈三十岁所做的《蛰庐诊录》，三十三岁所撰的《治平三论》，近年所做的《瘟疫霍乱答问》，我都一一拜读过。"李安武说道。

"除了在救死扶伤上做出一些成绩，在救国上老叟终究没做出多少实效，也没走多远。听闻李先生是中国中年有志之士的领头人，和汝一论，老叟惭愧了。"

"前辈过谦了。"李安武恭敬地说道。

玉太郎又道："听闻宗老先生才学广博，为人谦虚恭让。在天文、气象、算学、理化、经史、地理等方面很有研究，且精诗文，善书法。"

"都只是涉猎，算不上研究，更算不上精通，玉太郎先生的热气球及苍穹号登月器，老叟可是很敬佩。玉太郎先生才是真正的后生可畏，另辟蹊径。"

"我的热气球是站在孟戈菲兄弟的肩膀上改进的，登月器是月球人给的图纸。晚辈还没有自己真正的发明。"

这时，一个圆球飞了过来，悬浮在大家面前，李安武和大家告别之后，登上圆球，向地球飞去。龙必大及宗虹一共五个地球人加上库惟伦及勃耳兰朝一个陨石坑走去。玉太郎及龙孟华夫妇则失落地朝生活区走去……

几分钟以后，宗虹一行来到了一个在月球上算不上显眼的陨石坑旁。库惟伦对大家说道："我们月球殖民核心区域就在下面。"

"我们走下去吗？"李幼安看着陨石坑，有几分不解。

勃耳兰没有说话，用他的电铃发送了一条消息后，陨石坑底和坑顶升起了两根电杆，立杆之间出现两条钢索，钢索之间出现一个吊笼。钢索升到半空中以后，两个圆环状的物体在钢索之间滑动，喷射出大量气流，把钢索上的泥沙及灰烬都扬飞。

库惟伦在电杆之上的一个盒子点击了几下，吊笼缓缓降了下来，随后大家依次坐上吊笼。待所有人都上来以后，勃耳兰在吊笼里一个屏幕上操作了几下，吊笼开始沿着钢索向坑底滑去。

两三分钟以后，他们就来到了坑底。

看着空空的坑底，宗虹道："你们的核心区域隐藏在地下？"

"是的，宗老先生。"库惟伦恭敬地回应道，随后用电铃发送了消息。这时，坑底侧壁一处的泥沙及灰尘开始抖动，一道门出现在大家面前。

门上发出六道紫光，将库惟伦等人扫描一番以后，门打开了。

勃耳兰对大家提醒道："前面有数百级石阶，大家慢一点。"

他们开始沿着石阶一级级往下走。一开始，石阶两侧是石壁，什么也看不到，越往下走，石阶越宽。

走到一半以后，大家停足了下来，洞内的面貌映入大家眼中。龙必大注视着前方，中间是一个青色的湖泊，湖泊上方悬浮着七彩圆球，圆球的八个方向分别有八个正方体，分别竖立在洞内的月表上。湖泊周围还有三条河流，两条流出，一条流入。

"洞内的气体，都是氢气和氮气，你们不能脱下呼吸防护服。"库惟伦告诉大家。

随后，她和勃耳兰脱去笨重的呼吸防辐射服，也露出了他们本来的肉身面貌，在相对自由的天地间，他们兄妹俩大口大口地呼吸着。

"圆球为什么能悬浮在空中？"李幼安问。

勃耳兰道："圆球具有磁性，周围有磁场能使圆球悬浮。"

宗虬默默地注视着那八个正方体，注视着正方体上月球人的文字。

龙必大则呆呆地看着库惟伦和勃耳兰真实的面貌。

勃耳兰感到不可思议，这可是他们月球人的圣地。他给妹妹库惟伦私发了一条消息："元老竟然会同意我们进入神秘区域了？真不可思议。"

库惟伦回复："也许发生了我们不知情的大事。"

正是：幻景现实难分辨，重男轻女误国民。欲知后事如何，且听下回分解。

第十二回　宗虬畅谈天文之父，玉环批判旧体旧制

却说随着他们一步步靠近圆球，濮玉环和宗虬出现了幻觉，但李幼安和龙必大却没有出现幻觉。

他们看见濮玉环跟随其父一路乘船北上，朝着中国的方向航行。

海面上一开始浮现出美轮美奂的圆明园，正当濮玉环沉浸圆明园东西方结合的美景和精妙的建筑园林工艺时，不远处出现浩浩荡荡的英法联军，有的拿着火枪，有的推着大炮，有着骑着马朝圆明园移动。

在火枪声、炮火声中及火把的点燃下，漂浮在海上的圆明园随后火光冲天，整个园林上方黑烟弥漫。一个西方老头的声音响彻云霄："文明的法兰西、文明的英吉利，看你们的士兵和军官在干什么勾当？带不走

的东西就摔就烧，这是文明人干的事情吗？快停下吧，快停下吧。"

濮玉环喊道："他是维克多·雨果，他是维克多·雨果。"

过了一会儿，雨果的声音和背影消散了，圆明园缓缓沉了下去。船一路北上，海面上的画面则不断变化，起先是八国联军在北京城烧杀抢掠的画面，随后是甲午中日战争交战的画面，再往后是中法镇南关战争的画面，再往后是广东珠江口英军和清军交战的画面。

随后，濮玉环面前出现无数奔跑着的大清百姓和大清士兵，一颗颗子弹从百姓和士兵胸膛穿过，无数人再也跑不动了，一颗颗炮弹打在百姓和士兵的身上，无数人再也爬不起来了，而百姓和士兵的上方，清政府的大部分官员依然大鱼大肉，也有几个苍老的官员身影行走于制造厂中。

最高处出现清帝国的版图，乾隆、嘉庆、道光、咸丰四位皇帝拉着一条锁链束缚住一个方向，慈禧一个人拉着一条锁链束缚着另一个方向。魏源、林则徐、严复、曾国藩、李鸿章、左宗棠、张之洞、康有为、梁启超、戊戌六君子、孙中山、黄兴、宋教仁等人一起握着一把巨大钥匙在解开清帝国版图上的枷锁。

中间无数合约在上下前后东西南北穿梭游荡着，有合约的名字为《南京条约》，有合约的名字为《瑷珲条约》，有合约的名字为《北京条约》，有合约的名字为《天津条约》，有合约的名字为《中俄勘分西北界约记》，有合约的名字为《中法条约》，有合约的名字为《伊犁条约》，有合约的名字为《马关条约》，有合约的名字为《辛丑条约》。

船继续北上，一步步靠近中国，海面上的画面也出现新的景象，最底层有流离失所的百姓，也有安居乐业的百姓。

打量了他们的穿着后，濮玉环道："这应该是来到了明朝，他们不是大清的百姓，他们是大明的百姓。"

画面中间没有合约，也没有官员，空空的，最高处同样是大明帝国透明的版图，但出现三个暗黑色光幕遮住了版图模型，一个光幕上出现

"八股取士"四个大字，一个光幕上出现"重农抑商"四个大字，一个光幕上出现"设禁海令"四个大字。

船再往北上，明朝的画面消失了，濮玉环上了岸，来到了南宋时候的沈园。她缓步走了进去，首先看到的是陆游题写的《钗头凤·红酥手》，旁边站着一个青年男子，感伤地念道："红酥手，黄縢酒，满城春色宫墙柳。东风恶，欢情薄。一怀愁绪，几年离索。错、错、错。春如旧，人空瘦，泪痕红浥鲛绡透。桃花落，闲池阁。山盟虽在，锦书难托。莫、莫、莫。"

青年男子念完后，一个温婉的女子走了出来，墙壁上浮现出《钗头凤·世情薄》。女子无力地念道："世情薄，人情恶，雨送黄昏花易落。晓风干，泪痕残，欲笺心事，独语斜阑。难、难、难！人成各，今非昨，病魂常似秋千索。角声寒，夜阑珊，怕人寻问，咽泪装欢。瞒、瞒、瞒！"

青年男子和温婉的女子含情脉脉地对视着，女人眼里流露出无奈和犹豫，男人眼里流露出惭愧和担心。随后，两人慢慢分别，各走各的路。

两人消失后，濮玉环来到园林正中间，发现远处院子的一个角落里一个小女孩的一只脚正被祖母牢牢握着，女子的母亲则一圈圈地缠绕着她的一只脚。女孩嘶喊，但她母亲和祖母则一脸麻木的表情，缠好后，女孩开始慢慢行走，来到一个学堂前。她探头探脑地看了一下，目光所及之处没女孩子只有男孩子。她叹了叹气，无奈地转身离开了。

随后，女孩穿过街道回到家，母亲已经做好饭，父亲正和小妾嬉戏着。父亲和家里的男丁一起在主厅里的桌子上，悠闲地吃着饭，而女孩则默默地在厨房的凳子上坐着吃着碗里的饭菜，母亲则站着扒拉着碗里的饭菜。

濮玉环突然发现自己面前多了厚厚的一沓宣纸及一副砚台，砚台里充满墨，砚台上还有一支毛笔。她拿起毛笔，开始在宣纸上写了起来："女性不再缠足还有多远？女性走入学堂还有多远？女性不被摒弃在餐桌之外还有多远？女性参政议政还有多远？什么时候社会不再重男轻女？什么时候社会不再一夫多妻？"

她每写一张，就飘到空中，每一张都复制出无数张飘向远方。濮玉环看着飘向远方的纸张，"兴办女学"四个大字浮现在她面前。

纸张、书桌、兴办女学四个大字都消失后，一条路上开始出现形形色色的画面，有人抱着女孩，有人抱着男孩，全都高高兴兴的，人们再也不重男轻女，也不重女轻男，人们已经不在意后代是男是女。突然，画面上出现了一对穿着西方服饰的青年男女，女的说："夫君，爹爹说能不能让孩子随我姓。"男人微笑着说道："我没啥意见。"

濮玉环看了看孩子，看了看男人，又看了看女人，发现男人脑海里浮现一串串名字：三方向、X–沙棘、崇惜、鲁元培、罗司南、东门怜悯、荀嗣同、林涤生、许沙砾。女人脑海里也浮现出一串串名字：李浩瀚、李思宇、李上进、李启明、李快乐。

再后来，濮玉环发现自己竟然成了男儿身，玉太郎也出现在自己身旁，玉太郎则成了女儿身。再后来，她发现自己和玉太郎都没有肉身。玉太郎大喊道："玉环，玉环，你在哪儿？你看见我的身体了没？"

濮玉环也大喊道："夫君，夫君，我们的身体去哪儿了？"伴随着喊叫，濮玉环惊醒了过来，从幻境中走了出来……

宗虹看见自己尾随着伽利略，站在伽利略身后，帮忙一起摆弄着简易的天文望远镜。

伽利略激动地说道："太阳表面有黑子。"

接着，他转过身对宗虹说道："月球表面是崎岖不平的，金星存在盈亏现象，木星周围有环绕飞行的物体，土星表面有土星环。"

随后，伽利略把望远镜的目镜，让了出来，示意宗虹自己进行观测。宗虹走了上去，观测了起来。

伽利略自言自语道："没有望远镜的时候，我们坚持这种地心说思想是可以理解的。可是有了望远镜，我们还坚持这种思想，明明就是不合时宜的。"

这时，宗虹回过头来，看见伽利略身旁多了各式各样的温度计和各种军事罗盘，以及改进后的显微镜。

随后，这位意大利天文学家及工程师发明和创造的许多东西又都消失了。

一个学生道："老师，你为什么要追随哥白尼和布罗诺的脚步，提倡日心说，公开宣传《天体运行论》？"

一个学生则愤愤地说道："老师，一个没有英雄的民族是可悲的。"

伽利略没有抬头，淡淡地说道："不，一个需要英雄的民族才可悲。"

一个主教道："你和布鲁诺一样，你们都鼓吹、坚持哥白尼的日心说。从今往后哥白尼的《天球运行论》将被列为禁书，从今往后将禁止出版你的任何作品，你的挑战行为动摇了神圣罗马教皇的统治，现判决你监禁。"

伽利略无奈地屈服道："我不坚持日心说了，我承认你们的地心说。哥白尼的《天球运行论》能不能不列为禁书？我的一些书籍能不能出版？"

主教摇摇头。伽利略绝望地嘟囔道："而它却在运动，而它却在运动，而它却在运动！"

主教仿佛又听到了伽利略的不甘心，质问道："你刚刚在说什么？"

伽利略道："考虑到种种阻碍，两点之间最短的不一定是直线。验证真理需要实践，验证科学需要实践。"

主教没有搭理伽利略，扭头就走了。伽利略则被押往了监狱。

宗虹想把这个伟大的科学家及思想家从监狱里拯救出来，却发现自己只是一道虚影，没有一点点力量。突然，伽利略从监狱中释放了出来，被软禁了起来，后来又双目失明。

宗虹也从幻境中醒了过来。他感慨道："伽利略改进了望远镜，使人类能够看得更远。宗教势力却因为他坚持哥白尼的日心说，先判他监禁，后将他软禁，再后来又导致他失明，并禁止出版他的任何作品。这就是所谓的文明，这就是神权的统治！"

正是：文明之路在何方，无声处胜有声处。欲知后事如何，且听下回分解。

第十三回　宗虬构想文明新貌，龙必大思人类科技

却说他们从幻境中走出来，进一步靠近圆球及八个正方体时，库惟伦指了指一个黑色的正方体，告诉大家上面写的是月球人"文化"一词。库惟伦用母语道："Culture（文化）。"大家的注意力一下子集中到黑色正方体上。

宗虬顺着库惟伦手指的方向望去，看见黑色正方体是静止的。

濮玉环看着黑色正方体，则说道："它在旋转。"

李幼安看着黑漆漆的正方体，不解为什么月球人会用黑色来显示其文化。

龙必大则激动地说道："你们看到黑色正方体里面那个白色的圆球没？"

大家摇了摇头。库惟伦说道："不同人的眼中，看到的事物是不一样的，没有谁能代替谁。"

龙必大看向一个白色的正方体，然后对大家道："这上面是'制度'一词，库惟伦曾教过我。"

库惟伦用母语说出"Le système（制度）"一词后，白色的正方体响起了一阵阵钟声。随后，钟声又消失，山洞之内又恢复幽静。随后，钟声又响起……

　　龙必大、李幼安及濮玉环都不知道这是什么意思，宗虬却仿佛看到了释迦牟尼和阿难的故事，成了佛的代言人，开始向大家转述……

　　释迦牟尼让罗睺罗击钟一次。释迦牟尼问阿难："你听到了吗？"阿难及大众共同回答："听到了。"过一会儿，声音消失了。释迦牟尼又问："你现在听到钟声了吗？"阿难及大众都回答："没有听到。"

　　释迦牟尼又让罗睺罗击钟一次。释迦牟尼问："你现在听到了吗？"阿难及大众都回答："听到了。"释迦牟尼问阿难："你说什么叫听到，什么叫没听到？"

　　阿难及大众回答："钟敲起来，有声音，我们就听到了。敲过很久，声音和回响都消失了，我们就听不到。"

　　释迦牟尼又让罗睺罗击钟。释迦牟尼问阿难："现在有声音吗？"阿难及大众回答："有声音。"过了一会儿，声音消失。释迦牟尼又问："现在有声音吗？"阿难及大众都回答："没有声音。"

　　过了一会儿，释迦牟尼又让罗睺罗击钟。释迦牟尼又问："现在有声音吗？"阿难及大众都回答："有声音。"释迦牟尼问阿难："怎样叫有声？怎样叫无声？"阿难及大众都对释迦牟尼说："若敲击钟使其响，就叫有声。敲过后，声响消散，就叫无声。"

　　释迦牟尼对阿难及大众说："你们说话怎么这样杂乱无章？"阿难及大众同时问释迦牟尼："佛陀，我们怎么杂乱无章了？"释迦牟尼回答："我问你们'听到了吗？'你们回答'听到了'。又问'有声音吗？'你们就回答'有声音'。到底是'听'还是'声'，没有固定回答。这怎么不叫混乱呢？

　　"阿难，声音消失，没有回响，你说听不到。如果确实听不到，能闻之心已经消除，就应该如同枯木一样。再次击钟有声产生时，你如何知晓呢？知晓有或者无，当然应属于声音的有与无。难道还与你能闻之性的有、无有关系吗？如果确实听不到，做出此判断的主体又是谁呢？因此，阿难，声音是有生灭的，但声音的生灭并不决定你的能闻之性的有与无。你对此颠倒迷惑，认为声音就是听闻。怪不得糊涂地认为真常之心有断灭。"

宗虻的理解是："一个好的制度，既听见钟声响起，也看见钟声终将会消失，世间万物不能只听有声音的，也应当听听没声音的。"

接着，库惟伦指向一个绿色的正方体，告诉大家上面是"技术"一词。库惟伦说出"Technologie（技术）"一词后，绿色的正方体开始旋转，开始播放一些月球人的画面。第一幅呈现的是，一群孩子正在接受教育；第二幅呈现的是一位年轻人正专心忘我地做着研究工作，手上的手环显示着家里的温馨及安宁；第三幅呈现的是工程师组装挖掘机的画面；第四幅呈现的是一节节火车装运着矿石驶向远方的画面；第五幅呈现的是，工厂烟囱冒着一些白烟，拿着管钳和扳手的工厂操作工看着夕阳，但脸上洋溢着幸福；第六幅呈现的是，待在办公室里的管理人员正在核算安全设施表、核算成本利润表、核算库存及销售情况；第七幅呈现的是月球人打开了新的呼吸防辐射服的画面。

库惟伦道："这是我们文明发展所坚持的三大要素：文化、制度、技术。"

勃耳兰道："当我们走出星际空间时，我们文明发展延伸到七个要素：文化、制度、技术、产业、自由、包容、进取、行动。"

勃耳兰继续指向一个蓝色的正方体，告诉大家上面是"产业"一词。勃耳兰说出"Industrie（产业）"一词后，蓝色的正方体在空中投射出一个图案，两个对称且大小一致的圆锥组合在了一起。

宗虻说道："这该不会是说发明与商贸之间的关系吧？"

库惟伦回答道："在我们的文明中，我们是辩证地看待新发明和新商贸的。"

勃耳兰进一步说道："不是所有的发明都是推动社会进步的，不是所有的商贸都是巧取豪夺的。"

接着，勃耳兰继续指向一个黄色的正方体，告诉大家上面是"自由"

一词。勃耳兰发出"Liberté（自由）"一词后，黄色的正方体消失，他们面前出现的画面是：一个月球人挣脱了锁链，长出了翅膀，从爬行开始，然后直立，然后行走，跑起来，飞起来，又坐在一匹黑色的骏马驰骋在绿色的大草原上。

勃耳兰继续指向一个青色的正方体，告诉大家上面是"包容"一词。勃耳兰发出"Inclusion（包容）"一词后，八个正方体发出一束束红光射向黑色的圆球，洞内此时也只剩红色主宰着，眼看圆球快要被肢解时，八个正方体不再发射出红光，圆球继续旋转。

濮玉环道："这是在暗示我们一个强者该包容弱者吗？"

勃耳兰道："在我们文明中，是这样的。我们不把弱者当牛马，我们不歧视弱者。"

接着，勃耳兰指向一个棕色的正方体，告诉大家上面是"进取"一词。勃耳兰发出"Prendre（进取）"一词后，棕色的正方体浮现出一句话。

勃耳兰给大家翻译了出来："我们推崇进取精神，不追求攀比之心。什么是进取？什么是攀比？这是我们一生需要思考和解决的问题。"

最后，勃耳兰指向一个紫色的正方体，告诉大家上面是"行动"一词。

勃耳兰发出"Actions（行动）"一词后，洞内所有的湖泊、七彩圆球、八个正方体全都消失了，只剩下迷雾。成千上万个月球人飘浮在迷雾中，都说着同一句话："Les nains de l'action, tout ce que l'on voit est brouillard.（行动的矮子，所见的皆是迷雾。）"

迷雾消失后，湖泊、七彩圆球、八个正方体及河流重现。成千上万个月球人站立在湖泊上，说着另一句话："Géants de l'action, tout ce qui est gagné est joie.（行动的巨人，所得的皆是快乐。）"

正是：一界绿木异界红，遗传因子造神话。欲知后事如何，且听下回分解。

第十四回　凤鬟开示生物医学，采芝解读科学认识

那些成千上万钧的月球人消失后，山洞内开始发生巨大的变化：正方体慢慢钻入地下，七彩圆球则升到更高的空中悬浮着，洞内的湖泊也消失不见了，山洞中间出现一条宽广的泥土路，泥土路两侧长满青草，两侧外是粗壮的红色树木，灰青色的天空阴沉沉的，浓厚的云层滚动着。

李幼安问库惟伦道："湖泊是真的消失了，还是只是障眼法？"

库惟伦道："山洞当前模拟出的环境和我们母星差不多，湖泊没有消失。"

一个穿着棕色长袍、长着一绺绺棕褐色长发的男子拿着一个改进后的显微镜仔细观察着植物叶片的脉络及植物叶片上的微生物。

濮玉环道："他长得像我在一幅画上看到的一个荷兰商人及生物学家。"

库惟伦道："就是你们地球上的生物学先驱列文虎克。"

宗虹说道："我也知道列文虎克。他改进了显微镜，还是首位发现细菌的人。"

李幼安问道："什么是显微镜？"

库惟伦道："了解生命科学的第一工具。"

勃耳兰道："由一个透镜或几个透镜的组合构成的一种光学仪器，主要用于放大微小物体，能帮助肉眼看到许多不能直接看到的微小物体。"

龙必大只用过望远镜，没用过显微镜。他询问库惟伦："望远镜是让我们遥望外部世界的，那显微镜是不是让我们走进内部世界的？"

库惟伦微笑着给龙必大竖起了一个大拇指。

当他们靠近时，列文虎克的身影消失了，远方出现一个青年人的身影。他手里拿着一本书名为《自然系统》的书。

青年人自言自语道："希望植物界、动物界的门、纲、目、属、种的

分类方法，能够让同物异名、异物同名的混乱现象减少，再也不要有太冗长的植物学名。"

濮玉环道："这位是瑞典生物学家卡尔·冯·林奈。"

库惟伦道："是的，他创作了三部重要著作：《自然系统》《植物属志》《植物种志》。"

勃耳兰道："他的分类思维让复杂的事情简单化，把事情集合起来形成系统化思维。同时，他的二命名法，加快了生物学的发展，激发了人们的条理性思维及精确判断的思维，引导着混乱的局面走向井然有序。"

他们不敢快步移动，怕像靠近列文虎克一样，靠近时林奈就消失。因此，他们一步步靠近卡尔·冯·林奈，期望可以和其交谈一番。

但随着距离的拉近，年轻的林奈突然跑了，路旁粗壮的树木变成一片片豌豆园，有的正方格里的豌豆开着白花，有的正方格里的豌豆开着黄花，有的正方格里开着紫花，有的正方格里的豌豆长得很高，有的正方格里的豌豆则长得矮小……

突然，卡尔·冯·林奈变成了穿着修道院道袍的年轻人。他一边跑，一边看着那些豌豆，高呼道："这些都是我的儿女！这些都是我的儿女！这些都是我的儿女！"

库惟伦道："也许有一天，他将被你们称为遗传学之父。"

勃耳兰道："说不定有一天，格雷戈尔·孟德尔将被人们痛骂为邪恶的魔鬼。"

此时，他们来到了路的尽头。只见路下方及前面，是一片一望无际的大海。大海上方的天空中浅黄色晶团及液体正在降落，海面不是平静的，浓烟、白雾、黄雾大团大团地升起，有的呈现出一幅鬼魅的图像，有的呈现出一朵花的形状，有的则是一座山峰的样子……

勃耳兰道："我们母星气候情况复杂：天空可能会向下洒落；既有固态的硫酸铵晶体、亚硫酸铵晶体、亚硫酸氢铵晶体、氨晶、冰块，也有液态的水、氨水、液氨、次氯酸、盐酸、硫酸及氢氟酸。"

濮玉环感觉到异常惊讶，说道："原来你们母星也会下雨和下雪。你们天空的颜色是不是有无色、黄色、淡黄色、黄绿色、红棕色等变化。"

库惟伦感伤地说道："确实颜色多变。大一些的晶体还砸死了我们的月球同胞。"

宗虹道："这儿模拟的是你们母星早期的自然环境情况吧？"

库惟伦点了点头："从我们的历史记录看，我们文明走过太多不稳定自然环境的岁月。我们的祖先曾经颠沛流离。"

宗虹告诉濮玉环、李幼安和龙必大："采芝他们的身体元素构成和我们是不一样的。我们主要由碳元素构成，他们由铝元素和碳元素构成。"

"所以他们呼吸氢气和氮气，我们呼吸氧气和氮气！"李幼安回想起了自己见到三位长老时的情景。

勃耳兰则调出了两幅动画给大家看：第一幅是透明的地球人形状，但不是肉身，而是由无数个化学式、直线及六边形组合在一起的图案。人体图案里面还有水流动着，使一个个图案漂浮流动。第二幅是透明的月球人的形状，也不是肉身，也是由无数个化学式、直线及六边形组合在一起的图案。月球人图案里面有水及氨水流动着，使一个个图案漂浮流动。

库惟伦道："混白质是我们生命体中的主要结构物质，它们具有传递信息、调节代谢、支持结构等多种功能。我们的混白质是由次氨基酸构成的生物大分子，具有高度的多样性和可塑性。"

勃耳兰又调出了一个画面：在一片森林里，无数植物生长着，有的开着花，有着已经结果。一头鹿啃食着地上的青草，远处的一群狼正伺机而动。鹿环顾四周后，继续啃食青草，群狼瞅准机会开始围猎野鹿。没多久，鹿倒下了，群狼开始分食鹿的身体。不一会儿，一只狼似乎身体有点儿不舒服，倒了下去。一只又一只狼倒了下去。接着，群狼的尸体开始腐烂，只剩下了一副副骨架。

龙必大兴奋地说："这是库惟伦和我说过的生态圈平衡。"

库惟伦微笑着看了看龙必大，随后注视着大家，说道："你们地球上的植物能把二氧化碳气体转为氧气，动物吸入氧气呼出二氧化碳。我们母星上的植物能把氢化铝转为氢气，动物呼吸氢气，并制造氢化铝等物质。"

正是：科学先贤勇无畏，后世子孙享福利。

欲知后事如何，且听下回分解。

第十四回　采芝暗指磁场反转，龙必大设想磁场补偿

这时，海面上缓缓升起一个看起来比车轱辘稍微大一点儿的星球。宗虹他们一看地貌，就判断出是库惟伦他们的母星，星球表面上停着三艘巨大的星际飞船，有的月球人在逃离星球地表朝着星际飞船走去，有的月球人在嘲笑逃离星球的人胆小。

与此同时，那三艘星际飞船不远处出现了一栋房屋，房屋的一个卧室里，一个月球人正熟睡着，他的家人正在楼下用木棒敲击石臼里的谷物，发出"嘣……嘣……嘣……"的声响。

睡熟中的月球人周围有一个发射出无数条蓝色闭合曲线的球。它正在不断移动着。不一会儿，熟睡中的男子说起了梦话："咦，这钟声为什么一会儿像鼓声，一会儿又像舂谷物的声音？"

又过了一会儿，熟睡中的男子又说起了梦话："为什么飞船喷射出的气流声这么大？难道磁场反转真能给我们星球带来大灾难？"

熟睡中的男子停止说梦话后，他上方浮现出一幅图像，月球人的母星浮现在他上方。

又过了一会儿，熟睡中的月球男子清醒了过来。他听见了家人在楼下舂谷物，便推开窗，结果看见了远方的那三艘星际飞船。他清醒地说

道："有时候，梦境或许能给我们答案及启示。"

他走下楼，告诉家人："我要去寻梦，我要追随梦的脚步。之前，我不确定磁场反转会不会造成大灾难，但现在从科学的角度，我坚信磁场反转一定导致过无数文明的消失。我们的文明说不定也难脱磁场反转导致毁灭的命运。我们一起乘坐飞船远航吧！"

他母亲默不作声，他父亲则怒道："寻什么梦！好好过日子才是正路！"

他哥哥也没有响应他，他落寞地独自一人推开了家门，向屋外的那三艘星际飞船走去。

他的一个邻居鄙夷道："胆小如鼠的人，面对磁极反转的正常现象，竟然吓得打算逃离母星。"

他走了四五分钟后，一个月球人劝他道："有生之年都未必遇上。去到远方说不定充满更多风险。你还是留下吧！"

他又走了一会儿，一个月球人冲他大笑道："明明就是畏惧死亡，明明就是杞人忧天！还鼓吹什么磁极反转会是世界末日。简直就是臆想，没有一点点科学常识。"

他继续往前走，终于来到三艘星际飞船前。

一个眼神坚定的月球人对着那些犹豫不决的月球人道："我们不能像对待地震一样总是等发生以后才去应对，我们不能总做一些亡羊补牢的事情。我们需要未雨绸缪！'

一个月球人高声道："除了与辐射屏蔽、通信传播及导航指向有关，磁场是否和大气调节、板块运动、气流运动、星球自转、小行星撞击息息相关？目前我们都还没研究透，但我们不能否定我们看不见的事物。我们对问题的答案不能定得太死！"

他凝视着那三艘宏伟的星际飞船。过了一会儿，他再次做出了选择——他不再跟随着星际飞船前往其他地方寻找新的家园，他要回自己的木屋。

他大步朝自己的家走去，之前笑他没有科学常识的月球人道："看来你没被蛊惑。"他没有说话，只是以微笑回应之。

之前劝他的月球人道："回来了就好。"他也同样以微笑回应之。

之前嘲讽他的月球人道："你怎么又回来了？你不是远走高飞了吗？"

他没有生气，只是淡淡的微笑回应之，继续朝自己的家走去。实际上，并不是他改变了主意，认为离开星球是错的回到家里才是对的，而是因为木屋之中有他珍惜的东西。

勃耳兰向大家解释道："嘲笑他的人群中，有知识有限的月球人，也有知识渊博的月球人。"

宗虹他们明白了曾经的月球人的无奈，今日地球人也一样，在很多方面，譬如技术方面和制度方面，很多人无知且自大。

李幼安则猜想，月球磁极反转的情况地球上也可能发生过。他看着大家，询问道："我们地球上也有磁场吗？我们地球也会面临磁场反转导致文明毁灭的风险吗？"

宗虹道："1600 年，英国人吉尔伯特已提出一种论点：地球自身就是一个巨大的磁体，它的两极和地理两极相重合。地球磁场的起因不应该在地球之外，而应在地球内部。"

濮玉环道："1893 年，德国科学家高斯在他的著作《地磁力的绝对强度》中指出，地磁成因应该是从地球内部发出的。高斯还创立了描绘地球磁场的数学方法，从而使地球磁场的测量和起源研究都可以用数学理论来表示。"

库惟伦道："我们星球的磁场也和你们目前的一样，都是分布在星球周围，磁北极（N）处于地理南极附近，磁南极（S）处于地理北极附近。磁极与地理极不完全重合，存在磁偏角。星球磁场是通过外核的电子随星球自转的电流效应产生的电磁场。磁场在星球表面的分布都是不均的，赤道最弱，两极最强，磁场从星球南极出发回到星球北极。"

之前梦境中的那个月球青年回到家后，家里人都为他的回来而高兴。

他再次劝他们道："父亲、母亲、兄长，你们真不走了？磁极会反转的，我们的星球极大概率会在磁极反转后发生大灾难！"

他母亲摇摇头。他父亲说："我们老了，一直在飞船里生活太压抑了，而找到新家却是个未知数。"

兄长道："既然回来了，那就珍惜当下吧。不要老想着太遥远的事情。你也不可能把人生所有的不确定性都预料到！"

青年这一刻才理解了父母亲及兄长，很多事情其实他们已经看透，但可喜的是自己也想明白了。他于是说道："父亲、母亲，你们待在哪儿，我就陪你们待在哪儿。"

星球外太空的人造卫星在恒星风的吹打下，开始失去控制，东摇西摆地朝着星球的大气层坠下，然后燃烧了起来。

接着，星球地表由于丧失生物定向能力，无数动物一会儿向南迁徙，一会儿向北迁徙，一会儿向东迁徙，一会儿向西迁徙，有的动物在途中死亡，有的动物在终点死亡……

然后，星球地表的月球人，有的皮肤从青色变成浅紫色，有的皮肤从绿色变成暗蓝色，有的皮肤从蓝色变成深紫色，有的满脸长着白色斑点，有的满脸起皮……

再然后，星球地表上更多的火山开始爆发，火光蔓延，熔岩滚烫，灰尘遮盖天空，火山附近的月球人试图逃离……

接着，星球地表上更多高大的建筑在一场又一场的大地震中倒塌，只剩下一堆堆废墟……海面上发生的海啸越来越多，越来越凶猛，数十米高的海浪奔向海滩，席卷着海岸旁的建筑及无数生命……有的地表降雨则一直下不停，天空灰沉沉的，大部分低矮的房屋都被淹没了，有的地方几乎所有的植物都枯死了……

最后一颗小行星撞上了月球人的母星，月球人的母星燃烧了起来。整颗星球燃烧了好久才变成一个个黑漆漆的星球……

库惟伦道:"我们不能总是时时逃避,我们的人生总有一些困难。如果是毁灭和死亡,那我们就如实受着;如果还有转机,那我们就不应该绝望和放弃。"

龙必大:"有没有方法阻止磁极反转?如果我们地球的磁场是从内部产生的,那我们能不能在地球外面建造一个磁场补偿器,来引导和防止地球磁场反转?"

库惟伦道:"我们当时也进行了尝试,但没有效果。不过,在土星的一颗卫星上,我们发现那颗卫星的磁场是稳定的,不发生偏转和反转。或许有一天,你们到了土星的那颗卫星,你们能找到避免磁极反转的办法。"

这时,山洞内渐渐恢复了他们一开始见到的模样:一个七彩圆球、八个正方体加一个湖泊。宗虬一行人也从山洞里缓慢地走了出来。

正是:人间总是多遗憾,谁人年少不轻狂。欲知后事如何,且听下回分解。

第十六回 天外飞石飞来横祸,月球文明煞费苦心

宗虬一行人从月球殖民地核心区域出来以后,过了一个星期,宗虬老先生就因病去世了。龙孟华他们遵从宗老先生的遗言,把他葬在了月球殖民者生活区旁的一座高山上,让他既能遥看地球,也能俯瞰月表。

后来,他们听到了一个关于地球的震撼消息。库惟伦他们则听到了一个关于时空的新消息。

龙必大道:"听说 PXK1908 小行星将在三年后撞击地球。"

库惟伦道:"月球殖民总署正在争论采用哪三种办法。"

龙必大道:"小行星将在三年后撞击我们的地球!"

李幼安道："什么是小行星？"

龙必大解释道："也就是我们地球人说的流星。流星一般往往象征着灾害和陨落。"

李幼安则道："也有人说，看见流星可以许愿。"

龙必大道："可是，我不愿许愿。非要许愿的话，我希望那只是一颗在地球大气层基本燃烧完的石块。"

库惟伦道："超级终端分析出来的数据显示，撞到地表时，它的直径依然有 6500 米。"

李幼安询问道："撞击地点在哪儿？"

库惟伦道："那么大的小行星，撞在哪儿都一样，冲击波和高热辐射都会给你们人类文明带来毁灭性灾难。直径 65 米的小石块，都能摧毁2000 平方公里范围内的建筑物及生命，更何况直径大 100 倍，质量和体积大 100 万倍的小行星。"

龙必大道："那你们月球殖民总署，不会不管我们地球文明吧？"

库惟伦道："我们可以拯救你们一时，但我们不能时时守护你们、拯救你们。再说啦，没有谁是谁的守护者。"

库惟伦道："听说第一种方案是完全摧毁那颗小行星，发射星际碰撞炸弹，在太空中引爆炸裂 PXK1908 小行星。第二种方案是，用高磁高密度圆球将 PXK1908 小行星吸引到木星上进行爆破。"

李幼安道："那就意味着小行星不撞击我们的地球了。"

库惟伦又说："你们别高兴得太早。上面的方案，支持的人并不多。"

龙必大则询问道："那第三种方案是？"

库惟伦回复道："肢解小行星，将其撕裂成直径 65 米的小石块和另一颗小行星，牵引石块撞向无人区。听说撞击后的撞击坑会产生一个湖泊，让人类可以研究小行星的危害。"

龙必大道："听闻你们丞发现了一个关于时空的新消息？"

库惟伦没有直接回答龙必大，而是看着李幼安："你们的圆球时速为

29000 千米，已经很快了。”

李幼安答道：“已经非常快了。我们的轮船速度才为每小时 15 节（约每小时 28 千米）。”

库惟伦道：“我们的星际飞船的速度虽然可以达 0.1 倍光速，可是在不知道边际的太空面前，我们的速度也不快。”

库惟伦道：“我们发现时空并非都是平坦的。我们还发现了超真空区、准真空区、非真空区。”

龙必大询问道：“这意味着什么？”

库惟伦道：“超真空区意味着我们可以突破光速，准真空区意味着我们可以以亚光速航行，非真空区意味着我们想要保持现在的飞行速度都很难。这意味着，我们文明将要再一次远行。”

龙必大沉默不语。李幼安则说道：“为什么要远行？”

库惟伦道：“我们新发现的那颗恒星系有很多优点：那儿的金属丰度更高，那儿的大气环境和我们母星类似，那儿附近的星际空间可以让我们研究能不能突破超光速的技术。”

龙必大又道：“什么是金属丰度？”

库惟伦道：“行星上的金属丰度会决定一个文明前期的发展速度及中期的发展潜力，可简单理解为行星上有多少种金属，以及每种金属的储量有多少。”

李幼安道：“你们什么时候离开？”

库惟伦沉默了一会儿，抬起头缓缓说道：“具体时间还没确定。”

正是：聚少离多多常见，难舍难分难中决。欲知后事如何，且听下回分解。

第十七回　阿尔伯特开新纪元，陈邹双雄虽死亦生

一个月后，月球人已经把PXK1908小行星的轨迹进行了修正，带往2014光年外的所有物资七准备好了。准备就绪后，月球人开始远航。他们共有三艘货物运输飞船和两艘乘客运输飞船。五艘飞船驶向离月球20.4光年的星球。

水星对月球人来说，太热或太冷，辐射超级高，金星则像炼狱，地球的氧气和氮气让月球人望而生畏，火星的大气对月球人也不友好，土星及木星对月球人来说像一个梦：虽然上面的大气和月球人的呼吸气体类似，但其压力及风暴让月球人望而生畏，土星和木星也不具备月球人宜居的条件，遥远的天王星、海王星及其他小行星则太寒冷。

每个人都有适合自己的家园，每个文明也有适合自己的家园，人间的苦乐及苦难是不相通的，每个人的家园及每个文明的家园也不是相同的，但无论是个人的家还是文明的家园都有一个共性——珍贵。

龙必大他们一行人乘着玉太郎建造的苍穹号回到了地球表面，来月球的时候飞行了105个小时，回地球的时候因改装优化只飞行了100个小时。

玉太郎在凤飞崖的制造厂前读着一张报纸。看完以后，他把它递给了妻子。濮玉环接过报纸一看，标题为：《一个青年的奇迹年，是物理学的"新苹果"，还是"新谬论"！》

第一段为：

> 一个出生于德国、毕业于瑞士苏黎世联邦理工学院的26岁青年，3月发表了"量子效应"理论，4月发表了博士毕业论文《分子大小的新测法》，5月发表了论文《论动体的电动力学》。他就是阿尔伯特·爱因斯坦。他提出了光量子假说，解决了光电效应问题。他提出了独立而完整的狭义相对性原理。有人说他即将开创物理学

的新纪元，他的成绩可媲美伽利略、牛顿，也有人说他的论点错漏百出。

他的光量子假说认为：1. 光的能量不是连续分布的，而是以一系列离散的粒子的形式存在，这些粒子就是光子，每个光子都携带一定的能量，光是由光子组成的。2. 当光子与金属表面的原子碰撞时，能量全部或部分转移到电子上，使电子获得足够的能量以克服束缚力。如果光子的能量大于金属的逸出功，光子频率超过一定阈值时，电子在极短的时间就可以从金属表面逸出，光具有波粒二象性。3. 光电效应中产生的光电子的速度及能否发生光电效应只与光的频率有关，而与光强无关，入射光的强弱只影响金属表面逸出的电子数目。

他的狭义相对性原理认为：1. 不存在绝对静止的空间，也不存在绝对同一的时间，所有时间和空间都是和运动的物体联系在一起的。对任何一个参考系和坐标系，都只有属于这个参考系和坐标系的空间和时间。对一切惯性系，运用该参考系的空间和时间所表达的物理规律，它们的形式都是相同的。2. 光速在所有惯性参考系中不变，它是物体运动的最大速度。在相对论效应下，运动物体的长度会变短，运动物体的时间膨胀。3. $E=mc^2$（E 代表能量，m 代表质量，c 代表光的速度）物质的质量是惯性的量度，能量是运动的量度；能量与质量并不是彼此孤立的，而是互相联系的，不可分割的。物体质量的改变，会使能量发生相应的改变；而物体能量的改变，也会使质量发生相应的改变，质量随着速度的增加而增加，当速度接近光速时，质量趋于无穷大。

濮玉环道："伽利略阐明过相对性原理的思想，牛顿建立力学体系时也讲了相对性思想。"

玉太郎道："但伽利略没有就时间和空间给出过明确的定义。牛顿则定义了绝对空间、绝对时间和绝对运动。"

李安武一家和龙孟华一家也聚在了一起。李安武也同样拿着一份关于陈天华和邹容的报纸……标题名为《难忘的 1905 年！》。

这一年，中国同盟会成立了，中国上千年的封建统治即将迎来终结的时刻，我们致敬孙中山先生，我们致敬黄兴先生，我们致敬一起为同盟会成立而奋斗的革命先驱及无数支持者。但 1905 年，也是难忘的一年，我们失去了两位中国民主革命的积极参与者和重要宣传者，他们的名字叫邹容和陈天华。一个虽然出身资产阶级，但他"背叛"了身后的资产阶级，他的"背叛"是不容易的，他的"背叛"是有勇气的。一个虽然出身贫穷，但他没有在自身摆脱贫穷后就两耳不闻窗外事，一心只为自己的一亩三分地。为了后人不再饱尝贫穷的艰辛，为了后人不再饱尝不平等的压迫，他选择了自杀，他想用他的自杀唤醒昏睡愚昧的同胞。

龙孟华道："邹容虽然出生在一个商业资本家家庭，但他没有遵从他父亲的期盼和安排，他没有去参加科举，也没有像他父亲一样去经商。"

李安武道："他遵从自己的内心，走自己想走的路。"

凤夫人道："他是一个勇敢而无畏的革命战士和改良思想家，他刚毅勇为，但他身上也有几分激进。听说邹容厌恶旧的科举八股，厌恶陋习重重的旧糟粕，曾因蔑视旧学而被开除，他蔑视封建文化，他曾被取消公派留学资格。"

李安武道："在《革命军》上，蔚丹（邹容）曾署名马前卒，他全身散发着勇于献身的先驱精神。入狱后，他就已经抱着必死的决心，不打算屈服，也不打算投降，他是忠诚无畏的民主战士！

"邹容是清醒的，他曾说，一个官制腐败，刑审严酷，官员贪墨，对知识分子、对农民、对海外华工、对商人、对士兵执行压迫政策的清王朝，注定不会统治太久了，革命必将四处爆发。邹容还指出，革命是一个存善去恶、存美去丑、存良善而除腐败的过程。

"陈天华则不仅仅担忧自己的贫苦，他还对民族的危机深切地感到关注和忧虑！"

凤夫人道："1900 年，他在长沙求实书院就读时，一位官员非常看重他的才学和人品，决定将女儿许配给他为妻。他没有答应。他回复那位官员：'天下方多故，安能再以儿女情累我乎？国不安，吾不娶。'"

"可惜的是，陈天华自杀时只有 31 岁。"龙孟华惋惜道。

李安武道："陈天华所做的《警世钟》《猛回头》，将激起更多人的爱国之情及深刻认识到我中华民族之危难，将激发更多的人共同探索一条适合中国救亡图存的道路。我记得参加长沙起义时，陈天华曾悲愤地说：'事不成，国灭种亡等死耳，何生为？'"

凤夫人道："清政府通告日本政府，日本政府于是严厉禁止留学生的一系列活动。听闻此，秋瑾和宋教仁一派建议组成联合会主张全体罢学归国，胡汉民一派，则建议组成维持会，主张忍辱负重继续在日本留学。两派相持不下，无法达成一致意见！"

李安武感慨道："总有软骨头坏事！当时的中国留日学生总负责人纷纷乘机引退，皆不愿承担起领导责任，陈天华是对当时的总负责人及时局感到绝望才跳海自杀的。"

此时，李幼安和龙必大走进了客厅。看着大家神情的沉重，龙必大对凤夫人道："娘亲、爹爹、李伯伯，我们一起出去看看明亮的月球，看看凤鬟他们住了三百年的家园吧！"

李安武、龙孟华和凤氏不再讨论报纸上的事情，缓缓走了出去，期盼着 1907 年世间不再有太多苦难和痛楚。李幼安和龙必大则快乐地感受着难得的当下时光……

正是：梦里梦外皆是客，花开花落四季轮。

百姓英雄都思家，几许艰难几回乐。

尹代群续本：殖民梦断

作者简介

尹代群，科普科幻作家。在《红领巾》等报纸杂志上发表科幻小说、科学童话、科普作品数百篇。出版有 20 余本科普科幻书籍。科普书籍《和机器人面对面》获得世界华人科普图书优秀奖，《失去代码的人》获四川科普作家协会和《成都晚报》联合举办的微型科幻小说征文一等奖，散文《灯火阑珊处的自豪》获中国科协"我与科协"征文二等奖，科幻小说《深山"人"语》获首届杜鹃杯文艺作品优秀奖，科学小说《吸风饮露的"仙人"》获绵阳市科协举办的第三届"蜀道杯"科学小说三等奖，科幻小说《妖树》获第二届少儿科幻星云奖。

故事梗概

玉太郎试验气球身受重伤，幸好为月球人所救。伤好之后，学到如何改进自己气球的方法。他们回到地球后，山本浩原等以色来因和唐蕙良为人质要挟他参与月球殖民计划。月球政府派采芝兄弟前来救玉太郎一家，不料却被山本浩原扣留。月球政府答应山本浩原的移民要求，并派飞船载山本浩原等人上月球考察。山本浩原却不怀好意，月球政府将之送至星渊。前往星渊的途中，又发生了意外。最终，龙孟华一家和玉太郎一家回到地球生活。

第一回　至月球喜故人安居，悲蕴心忧玉郎救治

话说玉太郎因试验新气球身受重伤，鱼拉伍医治无功，眼看玉太郎命在须臾，濮玉环等人焦急无措。恰在此时，月球童子送来凤氏书信，濮玉环也无心展读，想到月球科技先进，央求童子救治玉太郎。谁知语言不通，那童子并不答话，急打电铃径上气球去了。眼看求治无望，濮玉环内心大恸，跌坐在地。眼见得玉太郎出气多进气少，那眼泪直淌，也说不出话来。唐蕙良、色来因催促鱼拉伍再想想办法，鱼拉伍双手一摊：“他从那么高的悬崖跌落，我用透光镜照了，五脏六腑受损严重，还有几根肋骨折断，有一根已刺入肺部。已经给他吃了疗伤的药物，却不见效，叫我如何医治？这种情况，须得手术治疗，奈何哈老不在这里，没有动手术的工具。他现在又根本不能挪动，万一那根骨头再刺深一点，顷刻要命。除非到孟买请得哈老至此，并带上相应医疗仪器，可是这一来一回，玉兄根本等不及。叫我如何是好？”一时皆无计可施。唐蕙良劝道：“妹妹还是止住悲伤，准备后事吧！免得到时来不及。”

正在众人乱作一团时，不料先前送信的锦衣童子再次折转身来，他后面又来一童子，身着青衣，神采飘逸。青衣童子上前摸了摸玉太郎的脉搏，翻开他眼皮瞧了瞧，又对锦衣童子说了几句话。锦衣童子飞快地跑出门去。不一会儿，彩色气球落在崖前。锦衣童子怀抱一幅卷轴，径到玉太郎床前，随即把卷轴放到玉太郎脚底。玉太郎身体竟然微微离开卧榻，略略上升。那卷轴自然展开，将他托住，接着又向空中伸展，竟然如同薄薄的玻璃罩一样把玉太郎包裹于中。罩子里面发出柔和的橙色

光芒，又从旁边延伸出两支管子，置于玉太郎鼻孔中，眼看得玉太郎的呼吸渐渐平稳了些。濮玉环知青衣童子在救治丈夫，感激不尽，正要施礼。童子止住了她，指指玉太郎，又指指门外的气球。濮玉环不知他是何意，欲待要问，又语言不通。正踌躇间，罩着玉太郎的透明物体开始在空中移动，向着气球平平飞去。濮玉环大吃一惊，正要阻拦，鱼拉伍却是看明白了。对濮玉环道："他应该是要把玉兄带到月球上去医治，夫人不妨一起前往。我倒想一同去，看看月球上的医疗技术先进到了何种地步。"濮玉环犹豫道："也不知他们是否允许我们跟随同往。"鱼拉伍道："先不管它。我们且跟着，看他如何反应。"

当下，众人跟着要上气球，但两个童子摇手阻止，只允许濮玉环和鱼拉伍同去，唐蕙良和色来因等人只得在凤飞崖等着。

上了气球，见里面并无如前番所见的那般豪华设备，只有各式各样的操作仪器，还有几个比人体略大点的舱室。玉太郎已经被平放在一个舱体中。锦衣童子进入舱中躺下，透明弧形盖子罩住了他。青衣童子指了指锦衣童子，又指指空着的舱位，示意濮玉环和鱼拉伍也躺下。待众人躺好之后，他对着操作台说了几句奇怪的话语，眼见得操作台各式灯光闪烁，还传出语音，也不知道说的是什么。随即，青衣童子也进入舱中。濮玉环和鱼拉伍瞬间觉得大脑一片空白，胃好似在翻腾，仿佛有千斤重担压在身上，好在这种感觉很快就消失了。不久之后，两人便昏昏睡去。

待到醒来之时，气球已经落地。两人从舱中起身，那两名童子已在等候。四下看了看，却不见玉太郎踪迹。濮玉环大惊，也不管语言通与不通，正待出声询问，却见龙孟华夫妇进入气球。凤氏上前，拉住濮玉环的手道："妹妹无须着急，玉太郎已着飞车送至医院救治，谅无大碍。我们用过饭后，即可上医院去看望他。"濮玉环略略安心。这边，龙孟华向两名童子致谢，濮玉环也向他们屈身行礼，二人略点一点头回礼。凤氏介绍道："他们二人就是采芝采莼，妹妹上次见过的。"濮玉环道："怪不得面熟。为的只见了一面，当时人多，也没有记着。"又问："姐姐如何知晓我们到了这里？"凤氏不及回答，龙孟华露出手腕上的一灰色带子，指着它道："濮姑娘请看。这是接收讯息的接收器，我叫它讯息带。当有讯息传来时，这个带子就会振动，不管多远发出的讯息，瞬间就可以收到，比电报还快呢。另外，它还可以远距离通话，见到远处亲朋好友的影像。不过，这月府中人不需要这个，他们之间可以通过什么星网进行意识链接。"凤氏解释道："就是联系星球与星球之间的网络。就像蜘蛛网，某个地方传来振动，居于网中的蜘蛛立刻就可以感知。比如到了地球、火星、土星，通过星网，就可以建立意识链接。他们想要和谁联系时，只要对方同意，就能进行意识交流，省去了说话的麻烦，还能进行瞬间传输。不愿意进行意识链接，就说话交流。他们说我们地球人的基因没进化到那种程度，不能进行意识联网，给我们一家三口准备了这个讯息接收和发送的机器。月球人想和我们联系，可以通过这个通信器呼叫我们。恰好采芝和采纯要到地球办事，所以托他们给你们带书信，告知我们在月府的情况。得知玉太郎出事，我们就请求他俩把玉太郎带回来医治。"说罢，龙凤两人引着濮玉环和鱼拉伍走出气球。门外是一片极为广阔的地方，停放着很多银灰色的扁圆形物体，有的状如扣在一起的大盘子，有的形如圆球，还有的像椭圆形的鸡蛋……大小不一，但最小的直径也有两米左右。有的正离地起飞，顷刻便不见踪影。濮玉环和鱼拉伍吃惊非小。龙孟华道："濮姑娘不必惊慌。这是它本来的形状，月球人叫它飞船。它可以在宇宙之间往来穿梭，速度至快。至于在凤飞崖见到的彩色气球，是因为见到我们地球上人所制造的气球，所以他们就把飞船外形幻化成气球的形状，以免引起地球人的猜疑，避免不必要的麻烦。这飞船可快可慢，所以凤鬟告诉龙必大，慢慢游历，要百十个钟头才能至家。但因玉太郎急需救治，前后只需十多分钟就到了。至于衣着，他们探得我们的意念，知道我们认为月府里居住的都是神仙，而神仙衣着似乎就该是如此，所以也幻化成我们想象中的神仙打扮。正所谓：凡所有相，皆属虚妄。"凤氏也道："不信你们可以回身看看载你们前来的气球，可还有气球的模样？"二人回身一看，气球已然不见，面前的是一碟形飞船，两名童子正站在飞船前，但他们身上已不再是锦衣和青衣，而是锦色和青色的连体衣，质地光滑细腻，隐隐泛出光华。他们向龙孟华等人挥了挥手，转身进了飞船。只见白光一闪，便踪迹全无。

濮玉环原想着赶到医院去，又听凤氏说即使到医院，也不见得能看到玉太郎。加之肚子也着实有些饥了，即便自己不用饭，总不能让鱼拉伍也饿着肚子。于是道："一切但凭姐姐安排。"

龙孟华对着空中拍了拍手，一个鱼形物体就飞落至大家面前。龙孟华道："这是月球的常用交通工具，可以自动飞行，还可以潜水。它的本名叫来末尔，大概意思就是两栖车。因为嫌这名字麻烦，又见它像织布梭子，我就给它取了个名，叫飞梭。只需对它说出你所想到的地方，它就会把你平安送达。这里是没有马车、牛车之类的，人们也不用骑马、骑驴。更没有汽车、火车和机械轮船，既污染空气、河流，又容易造成交通事故。这样的飞梭很多，平时隐形在空中，只要拍手，离你最近的飞梭就会落下来。"说着，飞梭的门滑开，龙孟华带着大家进去。内里有着光滑舒适的座椅，人一坐上去，就有一根带子系住身体，以免飞梭遇气流波动时摔跤。待大家坐稳后，门关上，飞梭迅速上升，不一会儿又稳稳落地。龙孟华说自己的住所到了。

这里依山傍水，和濮心斋的别墅很相似，只是更精致小巧。那房屋也不知是什么材料做成的，人一进去，房间就变得敞亮，还不需电灯。人走之后，房间就会变得暗淡。鱼拉伍笑道："这房间好是好，但睡觉时四壁通亮，我可睡不着。"凤氏笑道："鱼先生无须为此烦恼。只要你躺到床上，房间自然就会将光线调暗。等到你说'可以了'或'停'，它就不再暗下去。"濮玉环和鱼拉伍不由得暗暗赞叹：这月球上的科技竟已先进到了这个地步了吗？

进了客房，龙孟华给濮玉环和鱼拉伍沏了茶，说道："这里讲究人人平等，并没有小厮仆从，所有事得亲自去做，或者使用机器人。"鱼拉伍问："什么是机器人？"龙孟华道："等会儿到医院，你就会见着的。"濮玉环问："怎不见你家公子？"龙孟华道："他上学，须到晚间六点后才归家呢。"凤氏转到后院，亲自下厨，做了许多地球上不曾见过的美味，鱼拉伍大加赞赏。席间，鱼拉伍问："那接我们上月球的气球，内部为什么没有玉兄那样的设计，反而简洁之至，竟然让我们睡于一张小小的舱内？"濮玉环也道："对呀。上次和凤姐姐见到他们的气球内部，富丽堂皇，今者为何全无？"龙孟华答道："二位有所不知，从地球到月府，中间何止十万八千里！据说约有三十八万公里呢。要在极短的时间飞上月球，肯定不能像玉兄那样的气球陈设那么多东西，尽量以轻便为好。物体上升愈快，内部的人体会感受到愈大的压力。那个睡的舱体，被称为生命舱，是为了让人体不受压力伤害的。如果要到外星球，还要经过不知比地月之间远多少倍的距离，没有这样的生命舱，人类是无法到达外星球的。我听说，要到外星球去，还要让人像青蛙、蛇一样冬眠，才能度过漫长的时间。"凤氏也道："上次我们见到的彩色气球，原本为了游玩方便，所以陈设许多东西。这次采芝兄弟二人到地球执行考察任务，自然不能装载那些繁杂的物体。"濮玉环又问："我还有一事不明，须向龙兄请教。那承载玉太郎的卷轴甚为神奇，卷起来时像一幅画，可是它居然可以生长为一个玻璃箱的样子，把玉太郎包裹起来。还在他鼻子里伸进两支管子，也不知是甚东西？"龙孟华和凤氏听得云里雾里。"什么画轴？什么玻璃箱、管子？"鱼拉伍道："想来龙兄也没见过那东西。待会儿到医院一问就明白了。"

　　鱼拉伍这一席话，勾起濮玉环心里愁绪，也不知玉太郎的伤势如何，这月球的科技能否保住他的性命。要是这月球如同传说中的住着嫦娥，向那捣药的玉兔求得一粒仙丹就好了。如今到了月球，那许多人幻想中的嫦娥既然不在，也只能寄希望于这里的医疗技术了。

　　正是：身在月中思嫦娥，盼得灵药救性命。欲知后事如何，且听下回分解。

第二回　到医院探玉郎平安，游月府见新奇事物

饭后，龙孟华招来飞梭，四人前去医院。途中，濮玉环和鱼拉伍探头张望，只见这里的山多为环形山，山间坐落着城市、乡村，那光景和地球无二。只是不见高大的烟囱吐出废气，天空极为清澈明亮，又见到了许多没见过的新奇事物，但因飞梭速度极快，还来不及多问，已然落在了医院。

龙孟华知他二人之惑，因道："初到这月府时，我也有着诸多疑问。过了这些时日，已大致弄清。日子还长，容后细禀。"濮、鱼二人点点头。

医院也处于一环形山坳之间，修树茂竹，悬泉瀑布，飞漱其间，清冷之声不绝于耳。间有各类鸟儿，莺莺呖呖。有嚯嚯虫鸣不时从草间传出。不像医院，倒像个度假之地。

医院不甚大，只有几处或尖顶或堡垒形的楼宇，也不甚华丽。龙孟华道："这里收治的，大多是因为意外事故而损伤身体的患者。"说话间，四人进得医院大厅。果然，医院里并无多少病患走动，也无甚医务人员。他们刚到接待处，迎面摇摇摆摆走来一人，身着白褂，和地球的医护者一样打扮。龙孟华对着他"哇啦哇啦"说了一通话，那人也"哇啦哇啦"回了一串话，接着就掉头走了。龙孟华指着这人对鱼拉伍道："鱼兄，这就是机器人，有点儿像我国古代的自动木偶。传说周穆王时代，有个叫偃师的工匠用皮革制作了一个伶人，只要启动机关，它就能唱歌跳舞。这里的机器人和它差不多，但不是机关控制，而是由什么程序控制的，能够为人类服务。所以月球上不用人做仆役，使用的都是机器人。"濮玉

环赞叹不已，问道："这个机器人皮肤、相貌看起来和真人一般无二，如何区分得开？"凤氏道："自有识别的方法。你看它的眼睛，不管怎么像人眼，但始终是没有光彩的。"细细一看，果然如此。他们跟着机器人一路行来，鱼拉伍道："奇怪，这里怎么没有消毒水的气味？"龙孟华道："这里消毒并不需要药水。"鱼拉伍道："那用什么呢？"凤氏笑道："用一种光，这种光可以杀死外来的病菌。"每次从地球归来，飞船和飞船里的人或物都要经过月光走廊，进行严格消毒。倘若不小心携带了地球上的不明病毒，月球上的人很难抵抗。"

机器人带着他们进了一间医生办公室，里面只有两三名医护人员，全没有地球上医院忙忙碌碌的场景。濮玉环和鱼拉伍生怕将机器人当作了医生，闹了笑话，不敢招呼。龙孟华进去，和里面的人说了几句话。其中一名高大的男子站了起来，打扮仍然和地球上的医者打扮一样。他对着濮玉环等人点点头，微笑着说了几句话。濮玉环和鱼拉伍自然是听不懂。龙孟华翻译道："这位是华越士医生。刚才他介绍说，玉兄从气球上摔下来，和鱼兄用透光镜所照一致，五脏六腑受损，引起出血，肋骨断了好几根，有一根肋骨还刺破了肺，所幸插入很浅。还有较重的脑震荡。好在送来及时，已无生命危险，只需再过一个昼夜，即可痊愈。"听说只需一个昼夜，濮玉环顿时放下心来。问道："玉太郎现在是否清醒？可得探视？"龙孟华向华越士医生翻译了濮玉环的话，华越士医生摇摇头，又说了几句话。龙孟华道："他说病人还在昏迷中，还是不要影响的好，我们可在探视窗口观察。"探视窗口是由透明水晶制成的，能清楚地看到里面。只见玉太郎平卧于床榻之上，鼻孔里仍然插着两根透明软管，病床上方浮着一块发光的仪器，紫蓝色的光在玉太郎身上来来回回地扫描。除了玉太郎，房内还有两张床也躺着病人，但两人已经清醒，正由机器人给他们喂食。每张床旁边的桌子上，都摆放着一个仪器，上面有着花花绿绿的线条和各种符号，大约是监测病人生理指标的。鱼拉伍想起了一个疑问，指着玉太郎鼻孔里的两支软管，又比画了卷轴的事情，请华越士讲解一下。

原来，那插在鼻孔里的软管是输送氧气的，可以缓解病人因心肺等引起的呼吸困难等问题。而那像卷轴一样的物品，乃是生命急救舱，是专门用来转运危重病人的。鱼拉伍又指着玉太郎头顶上闪烁的光和旁边的仪器问是什么。华越士道："那是一种叫光磁的治疗法，利用磁力让人体组织恢复正常，光是紫外线，消毒杀菌的。病人受了伤，体内会产生不好的病菌。桌上的仪器是生命监测器，病人的心跳、血压等一旦有异常，它就会发出警报，便于抢救。"

鱼拉伍见到月球上的医疗技术如此先进，心生羡慕，不由得萌生了学习的念头，并请龙孟华代为转达自己的意思。龙孟华又同华越士说了一阵，然后对鱼拉伍说："华越士医生说了，这件事他做不了主。他会把你的意思向院长汇报，一有消息，就会告诉你。"鱼拉伍无奈，但也只能静候消息。

见过玉太郎后，想到玉太郎马上就要回来了，濮玉环不由得满心欢喜。凤氏却道："妹妹，月球上的一昼夜可不止二十四小时，差不多是地球上的一个月呢。"濮玉环很吃惊："为何如此？"龙孟华道："龙必大跟着凤鬟学了不少天文知识，我也跟着学了一些。这是因为月球被地球的潮汐锁死，月球的自转和公转周期是一样的，都是将近二十八天。但是月球公转一周后，地球在太阳系中的位置已经发生变化，月相的周期要比月球的公转周期要滞后两天，约是三十天。这差不多是中国农历一个月的时间。因此，从月球上看太阳升起到落下，大约有三百六十个小时，然后再经过三百六十个小时的漫长黑夜。"龙孟华的这番讲解，把濮玉环和鱼拉伍听得云里雾里的，但大致的意思是明白的。想到还有近一个月的时间才得见玉太郎转好，濮玉环刚刚欢喜的心又沉了下去，她不由得蹙眉忧愁。凤氏安慰道："这算快的了呢。玉太郎伤得那么重，能够捡回一条命，已经是很好的了。要是在地球上，不知要费多久的工夫才能治好呢。妹妹安心在这儿住下，正好趁此机会在月球上游历一番。如果怕唐蕙良先生和色来因担忧，不妨修书一封，请去地球上公干的人带去即可。"

龙孟华看了看手腕上的讯息带，说道："已是一百二十刻钟，这相当于地球上一天中的九点到十点钟，还有二百四十刻钟天才黑呢。反正玉兄还未醒，不如一起去看看这月球的风景吧。"

四人出了医院大门，也不招飞梭，沿着山坳间的小路信步而行。两旁是高大的树木，有的叶子是羽毛状的，有的是心形或五指形，还有的像细长的柳叶……叶片的颜色大多是黄红色的，绿色的也有，很少。银亮的清泉从岩石顶端跌落下来，飞珠溅玉，汇成湍急的涧流在山崖间奔跑。各色花争奇斗艳，看得人眼花缭乱，无一能叫出名字。时不时有长得像松鼠、狐狸之类的动物在林间跳跃，像猴子一样的动物用长长的手攀住树枝，在树间荡来荡去。还有一些不知名的动物，地球上没有见过的，也叫不上名字。它们见了人，也不躲闪。抬头望向天空，那巨大的红日好似没有移动，仍然斜斜地挂在东边的天空。凤氏道："如果太阳到了我们头顶，这表示白天已经过去一半了。"最令人震惊的是，虽然现在是白天，却看得见天空疏星闪耀。西边还有一轮巨大的满月，只是影子较淡。好奇怪，月亮上还能看到月亮？龙孟华解释道："那不是月亮，是地球。"怪不得这"月亮"好大！鱼拉伍道："那得叫地亮，不能叫月亮。"濮玉环"扑哧"一声笑了。"怎么这名字听着怪怪的。"

四人在山间走了一会儿，觉得有些乏累。加之按地球的时间，已是该睡觉的时候。于是招来飞梭，打算回到龙孟华家里。

凤氏道："这月球上的人，和我们地球人一样，主要也是白天工作，夜晚休息。当然，也有做夜工的。可是这里一昼夜的时间太漫长，我们一家不能适应，所以仍依着地球上的时间，早晨八点钟起来，二十二点后睡觉。"濮玉环道："姐姐，你们如何判断时间呢？"凤氏道："采芝帮我们设定了二十四小时制，这讯息带上既可以看七百二十个小时，也可以看每天的二十四小时，很方便的。"鱼拉伍问："这白昼好过，但夜晚时间那么长，你们如何消磨呢？到处黑漆漆的，也无人走动，你们又怎么办？"龙孟华道："的确有些不方便。但因着有着地球反射的光照明，行走时也没什么大碍。如果云雾遮挡，路边备用的灯就会启用，为的是做夜工的人方便。只是没人交往，也确实不好过，但慢慢也就习惯了，而且正可以安静地学习这月球上先进的科学知识。"

因为玉太郎已经脱离危险，大家都松了一口气。所以招来飞梭后，龙孟华就让飞梭的速度降下来，好慢慢欣赏这月球风光。这月球按着功能把月面划成几大主要区域，有工业区、农业区、林业区，当然也有交叉的。工业区主要生产高科技的产品，比如飞船、飞梭、机器人、高精密的电子产品等。月球上有着丰富的氦-3储量。氦-3是一种清洁无污染的能源，而且很安全，能代替核能、风能、水能等。鱼拉伍问："什么是核能？"此时的地球，已经能够用煤炭发电，水能造纸、舂米，推动水车灌溉农田，有些国家还能利用水能发电。至于风能，听也没听说过，更别说核能了。龙孟华道："上了月球，新奇事物太多，倒把我作诗的心肠弄没了。最近我在学习物理、化学，那核能就是原子核聚变或裂变产生的能量，核可以作为一种强大的武器，也可以发电或作为驱动船舶、飞船等的动力源。"凤氏怕他还要讲下去，濮玉环和鱼拉伍还要生出许多的疑问，连忙笑道："玉太郎对这些肯定极感兴趣，不如等他身体痊愈之时，让他一同听，可好？"但龙孟华谈兴正浓，不肯止住，接着道："核能又分为核聚变和核裂变。核聚变指的是两个轻质量的小原子核结合成一个重质量的大原子核的过程。核裂变则是相反的过程，一个大质量的原子核分裂成两个或多个较小质量的原子核。核能是一种威力巨大的能量，核裂变释放的能量比不上核聚变。太阳一直在熊熊燃烧，就是因为它内部在进行着核聚变。最初，月球上的人也使用核能做交通工具的动力燃料，没想到某次一飞船在考察地球时出了事故，在西伯利亚上空与小块陨石相撞，造成通古斯两千多平方公里的地方被焚毁，天空升腾起巨大的蘑菇云，大量放射性物质被释放出来。这些放射性物质会使人和动物的细胞产生变化，生出一种叫癌的病，以地球上落后的医疗技术，是治不好的，还会让下一代成为畸形儿。为了避免类似事情再次发生，后来就禁止使用核能了。"鱼拉伍和濮玉环不明白什么是原子、原子核，龙孟华道："一个物体，如果细分下去，细到要用显微镜去看，我们就会发现它由分子构成，分子再细分下去，又有原子，原子还不是最小的。原子里有原子核、电子。唉，这月球上的科学知识真是我闻所未闻的，真是奇妙至极，令我如醉如痴。"

这正是：观月府心生羡慕，谈核能惊心动魄。欲知后事如何，且听下回分解。

第三回　学习新知得偿心愿，游历归来人去楼空

玉太郎伤好之后，果然对这月球上的科技极感兴趣。前番龙孟华一家被彩色气球上的人接到月球之中，他就很懊恼没能同行。如今因着受伤，竟然到了月球，如何不向月球的人探讨先进的气球技术，消除他心上的疑惑？但是，这还需得到月球联合政府的认可，包括鱼拉伍想学习先进医学的事。

这一日，龙孟华高兴地进来，向玉太郎等人道："恭喜玉兄和鱼兄，月球联合政府已有消息，通知我们前往政府办事处。"玉太郎性急："可知是同意我等留下学习？""这个……"龙孟华看了看讯息环，"只是通知前去，并无确切消息。"看着玉太郎失落，他又安慰道，"既已通知，想来问题不大。"

龙必大要日落时才会回家，小孩子适应能力强，不久之后就适应了月球的作息时间。因此，龙孟华夫妇和玉太郎夫妇加上鱼拉伍，一行五人前往联合政府办事处。

到得办事处，有人将他们引至科技办公室。一官员模样的人正坐在案前处理公务。这官员见到他们，微颔一颔首，示意他们在案前椅子上坐下。龙孟华对玉太郎等人道："这月球上人的着装，甚是奇妙，可以根据所见之人的心意改变。比如你心中所想，他应该是西装革履，那你见到他的穿着就是如此。再如你觉得他是月球中人，应该仙气飘飘，那你所见到的，必是中国古代那些仙人打扮。免得到了地球，让人大惊小怪。如果他想以本来面目见你，就不会有幻化的情景。"上次龙孟华虽只是略提此事，但亲眼见到，他们三人还是十分惊奇。大家纷纷说起自己所见，龙孟华见到的是一儒生打扮，玉太郎夫妇、鱼拉伍见到的是西式装扮，凤氏见到的，是仙家打扮。那官员见他们议论，只微笑不语。待一会儿，大家见过礼后，官员对着龙孟华说话，由龙孟华向大家转述。大致意思是说，欢迎大家来到月球，因为万年之前，都是一家人云云。

原来，一万多年前，地球上的文明已经高度发达，比如传说中的亚特兰蒂斯文明等。人类已经能够进行星际航行，并且在月球上建立了基地，成为月球的殖民者。但是，因为气候变暖，两极冰盖融化，大洪水席卷全球。这场大洪水，直接让亚特兰蒂斯沉没海底，只有极少数人爬上高山得以存活，世界所有文明皆毁于洪水之中。待洪水退却后，幸存下来的人类只好重建家园。

已在月球定居下来的人们看到旧日家园的惨状，决定回到地球帮助这些幸存者。无奈所有科技成果被毁，人类只能重新从刀耕火种开始新一轮的文明。月球中有些人自愿留下来，向地球上的人传播科技知识。比如玛雅人的天文历法、中国人的易经八卦等，这些都是月球人留存下来的知识。但因为地球上的人当务之急是填饱肚子，对这些先进的科技知识倒不甚留意，文明发展极为缓慢，导致后来的人竟然读不懂这些知识。积累到了现在，人们慢慢摸索出了一些科技知识，但和月球文明相比，那可真是天渊之别。

"那为什么月球人现在不去帮助地球人获得更先进的技术呢？"玉太

郎问道。

那官员叹息一场，又对龙孟华说了一席话。为的是大洪水之后的某些地球人变得贪婪，掠夺成为他们的本性，不时发动战争，自相残杀。特别是地球上的某些政府领袖，为了一己之私，经常罔顾他人性命。如果这些人将先进的科学知识用于制造威力巨大的杀人武器，恐怕地球上好不容易兴起的文明又会再次毁灭。

"鱼拉伍学习医学，用来治病救人，这是可以的。但玉太郎如果学得飞船这种星际交通工具的技术，我们政府人员商量之后，怕地球上的人贪婪之心不改，会对月球居民不利。"那官员说，"所以这个请求不能被应允。"

鱼拉伍听后，自是欣喜异常。玉太郎却心有不甘，他请求道："我一生无他喜好。所求者，唯造气球能够遨游天地。况且月球人对我有救命之恩，如果我获得飞船制造秘密，也绝不外泄。"再三请求。

那官员踌躇了一会儿，方道："现在地球上还没有能够制造飞船的材料，看了也无用。你的气球，要克服你所顾虑的脱离地球引力等问题，我们倒可以帮你解决。以后，你可以乘坐气球来往于地月之间，但不得带其他人上来。否则，我将抹除你所有的记忆，你将成为一个痴呆之人。"玉太郎虽然失望，但听得可以帮他改造气球，倒也高兴。于是他请求在月球留一段时间，学习一些科技知识。那官员倒也同意了，让他和龙孟华一起学习几个月。

光阴似箭，不知不觉间，玉太郎夫妇和鱼拉伍已经在月球上度过了六七个昼夜，这相当于地球上的大半年。玉太郎对物理学、天体力学等学科特别感兴趣，他知道了自己的气球不能脱离空气，不能脱离地心引力等问题，一是因驱动气球的发动机燃料不够理想，不能产生逃离地心引力的速度，二是燃料不能持久，需得用核能或氢能。至于不能耐得空中的寒气，被天外的风吹得张皇不定，那得看制造飞行器的材料。用气球肯定是不行的，不管什么样的气球，体形就不适合在更高的天空飞行，更别说上月球了。而要制造如月球上能够遨游宇宙的飞船，以地球上现有的科技还不能制造出相应的材料，更别说驱使它的动能了。不过，虽然没法制造，但玉太郎也学到了不少可以改进自己气球的法子，至少可以让它勉强往返于地月之间，只是如果要到更远的星球，那就不行了。濮玉环陪伴身边，常常和他讨论月球上的科技，玉太郎乐不思蜀，竟然不想再回地球了，也把政府希望他改进气球，寻找新的殖民地的任务抛之脑后。

再说鱼拉伍在月球的医院里学习新的医学技术。月球上的医生，不仅对人体组织结构极为了解，对人体组织内部也特别清楚。什么细胞、分子、基因、遗传物质……可惜的是，尽管自己学得了这些理论知识，但地球上还没有相应的医学仪器，也没法操作。

这一边，龙必大和凤鬟在一处学习，两人渐渐生出感情。他聪明伶俐，又勤奋刻苦，不久就取得了博士学位，凤鬟很欣赏他。起初的时候，龙必大担忧自己生命时间不长，而且容易衰老，不能长久地陪伴凤鬟，还不敢表白自己的心意。但凤鬟是一个聪明的女子，很快就看出龙必大的顾虑。她告诉他，以月球上的医学技术，让他青春时期和生命力延长一点，也并非什么难事。虽然不能和月球人相比，但自己也不会在意，愿意陪伴他终身。龙必大最后的忧虑也消失了，加之对凤鬟实在倾慕不已，于是央求父母为自己提亲，龙孟华夫妇自然求之不得。凤鬟父母乃开明之人，也就同意了这门亲事。不久之后，龙孟华夫妻把所住地方整饬一新，热热闹闹地为两人举办了婚礼。

见到龙必大成婚，鱼拉伍不由得想念自己的新婚妻子色来因。按照地球上的时间来算，自己来月球已有一年有余，她在凤飞崖下，不知怎么样了。他因此起了回归地球之心。而玉太郎学得制作气球的新技术，也想回去试验一番，加之濮玉环也挂念父母兄长等人，大家便商量回地球。龙孟华夫妻因着儿子在月球成亲，愿意定居月球，不想再回地球，就拜托采芝和采苑兄弟二人，送三人回凤飞崖。离别之际，龙孟华和玉太郎、鱼拉伍挥泪而别，凤氏更对濮玉环依依不舍，拉着她的手道："愚夫妇得蒙你们夫妻大恩，得以团聚。本想相随终老，谁知又将离别。我一得空就会给你写信，托采芝采莼给你带来，你也要常常写信，告知你的生活小事和地球上的新鲜事。存放在那儿，等采芝采莼来取。"濮玉环一一应下。凤氏又拉着濮玉环到自己房间，从手上褪下一玉环，道："我这个也是接收和发送讯息的，为的是它像一个玉环，所以我称它为讯息环。如果有急事需要救援，你只要对着这讯息环说，我即刻收到，立即会请人下来帮助你们。但是能不用则不用，怕有人对它起了觊觎之心。如果要用，也不能让除你夫妻之外的人知晓。"濮玉环推托道："姐姐给了我，你如何办呢？姐姐的心意，妹妹心领了。"凤氏道："无妨。这讯息环的制作并非什么难事，我托凤鬖父亲再找人帮我制作一个就是。只是它需要太阳光充电，你得让它经常见到太阳，不能放于匣子中，像我一样戴在手腕即可。"濮玉环推辞不掉，只得收下。

经过月球联合政府的同意，玉太郎三人坐采芝兄弟俩的飞船回到了凤飞崖。把他们送达后，飞船即刻回转。到达凤飞崖时，已是傍晚，但见凤飞崖冷冷清清，灯火全无。鱼拉伍大叫："色来因！色来因！表妹！"濮玉环叫："唐先生！"到处黑漆漆的，并无一人应声，连丫鬖仆人皆无。玉太郎借着月光，下得凤飞崖，摁亮电灯，各个房间狼藉一片，无有一个人影。他又去到工厂，工厂也无一人，连自己制造的新式气球也不见了。色来因和唐蕙良哪里去了呢？莫非见他们久不归家，去了别处？大家惊疑不定，天色已晚，只得收拾住下。

正是：归来志得意满，谁知人去楼空。欲知后事如何，且听下回分解。

第四回　为私欲妄想殖民月球，思万全夫妻踌躇无计

话说玉太郎夫妇和鱼拉伍从月球归来，到凤飞崖，却人去楼空，不见了色来因、唐蕙良等人，连玉太郎的气球也不知去向。一番猜测，并无结果，只得胡乱收拾住下。

第二日一早，濮玉环边梳洗边对玉太郎道："如果唐先生和色来因到了别处，定会留下书信，不可能无缘无故离开。我想唐先生一直致力于兴办教育，拯救民智，或许前往内地办学也未可知。色来因留此孤单，也跟着去了。"玉太郎点头道："你说的也有道理，不如我们到唐先生的房间去查一查，是否留有书信。也请鱼拉伍找找，看色来因是否留下讯息。如果没有，只得发电报问问李安武先生或你父亲。"于是和濮玉环前去寻找鱼拉伍。

却说鱼拉伍归来不见妻子，心乱如麻，左思右想，猜不透色来因会往何处，一宿几乎无眠。于天亮时，才昏昏睡去。玉太郎敲响房门，说明来意。鱼拉伍觉得有理，在房间里搜寻一番，却不见色来因留下只言片语。于是大家一起去到唐蕙良房间。

唐蕙良房间倒是整洁，帐门垂下，被褥叠放整齐。几案上放着几本书，镇纸下压着一页小笺，上面用小楷工整地录着范仲淹的《渔家傲·秋思》："塞下秋来风景异，衡阳雁去无留意。四面边声连角起。千嶂里，长烟落日孤城闭。浊酒一杯家万里，燕然未勒归无计。羌管悠悠霜满地。人不寐……"正写到"人不寐"的"寐"字，后面一句"将军白发征夫泪"还没录上，洇了几滴墨水在纸上。看得出是因为什么事情忽然中止了。笔砚里的墨水已干，桌案上有薄薄的一层灰。三人在屋子里找了一遍，也没找着留言。难道发生了什么紧急事情，让二人坐气球匆忙离开？濮玉环先想到的是，是否父亲那边出了事，顿时把个心提了起来，要立即赶回松盖芙蓉。玉太郎宽慰道："你不要担忧。如果父亲那

边有什么事情，唐先生已经回去，相信她会解决的。再说，我们如今没了气球，如何能快速回去？需得想个法子才好。"鱼拉伍也道："濮嫂无须着急。我这就去订船票，你和玉太郎再找找，看看有无线索。"

正要出门，远远看到一个气球飞来，正是玉太郎的新式气球。鱼拉伍急叫二人出门观看，想来是唐蕙良和色来因回来了。不料气球停下，从中走出一中年男子，玉太郎也认识，正是前番在纽约解救龙孟华脱离牢狱之灾的日本领事官中村喻一。

三人大感不解，迎得中村喻一客厅坐下。不待玉太郎开口询问，中村喻一先道："我知道藤田君有许多问题，且待沏杯茶来，我口渴得紧，马上和诸位慢慢细说。"

中村喻一喝了口茶，方道："兄弟我最近调任回国，负责殖民开发一事。因你发现印度洋诸岛，不报告政府前往殖民，反而请其他人前去传教，内阁很多官员对你颇为不满。又听说你在凤飞崖开办公司研制新气球，首相让我前来询问研制如何。没想到却听到你因试制气球，命悬一线，据这里的两位女士说已往月球救治。我想两位女士留此不便，也不安全，遂邀至办事处暂住，并把其余人遣散，并派人每日在附近探望，一有消息即刻通知我。昨夜他望见天上一团火光飞抵凤飞崖，又见凤飞崖灯亮，想是你们归来，欲待前来问讯，又恐夜深打扰，所以兄弟今日来看个究竟。藤田君现在身体可大好了？"听他这么一说，众人放下心来。玉太郎道："承蒙中村君关心，身体已康复，无甚大碍。我们既已回转，望将唐先生和色来因送来，感激不尽。"中村喻一摇头道："这我可做不得主。政府的意思，既然印度洋中小岛已被孟买殖民，不如我国前往月球殖民。我国居民长期受地震、海啸危害，而且资源匮乏，苦不堪言。再者，如果海水上涨，我们所居岛屿之地势必沉没，地球上除了南北两极苦寒之地无政府管理，其余土地，均被国家圈定。如果国土沉没，叫我国居民何往？思来想去，政府认为，月球不失为一理想居地。因此特地叫我来与藤田君商量，你既已到过月球，须想个法子，怎样到月球殖民为好。"不待玉太郎说话，濮玉环已听得怒气冲冲，杏眼圆睁道："中村君的意思，是想以唐先生和色来因为质，迫得玉太郎答应？"鱼拉伍不懂日语，尚在迷茫，见濮玉环发怒，也知事有变故，忙问濮玉环怎么回事。濮玉环把大致情况给他学说了一遍，鱼拉伍大怒，就要上前揪住中村喻一质问。玉太郎拉住了他，道："鱼先生不急，中村君曾帮过我的忙，想他如此做也有不得已的苦衷，要听命于上级。尊嫂的事包在我身上。"因对中村喻一道："我们夫妇随你前往，你将唐先生和色来因送还，她们留在你处无用。"中村喻一道："这自然再好不过。请诸君随我前往，即时和她二人相见。"于是众人上了气球，不到半个时辰，已到了日本国，进了京都外交部的殖民地办事处。

办事处的负责人叫山本浩原，见了玉太郎等人，先鞠躬致歉："以如此方式请来几位，实属无奈，请诸君见谅。藤田君，中村君想必已将政府意思讲述明白，望藤田君明晓大义，为日本国未来着想。"玉太郎道："这个我自然明白，先让两位女士出来，我和拙荆留在此处，细细商议。"山本浩原立刻叫人把唐蕙良和色来因送来，并和中村喻一退去，让他们五人在会客厅自在叙说一番。

原来，自玉太郎被送往月球救治后，唐蕙良本来要往内地兴办学堂，开化民智，但色来因却想在此等候鱼拉伍，加之玉太郎的公司无人管理，她就决定先带着色来因帮着玉太郎管理公司。等色来因对公司管理熟悉后，她再抽身前去办学。这样过了大半年，还不见他们三人回转。好在收到濮玉环请采芝兄弟送来的书信，知道他们将在月球游学一段时间，她俩也就放下心来。这一日，唐蕙良忙完了公司的事，正和色来因闲聊些中国古代诗词，和她讲述各个朝代的诗人，说到辛弃疾，颇为感慨，觉得自己和他的遭遇颇为相似，正书写辛弃疾词欲和色来因讲述，仆人来报有人求见。她俩以为月球中又送书信前来，欢喜前往。却不料是中村喻一前来拜访，奉着政府命令，询问玉太郎新式气球制造得怎么样了。为着玉太郎已两三年未回国报告情况，经多方打探，方知玉太郎住于凤飞崖。因着他曾在纽约帮过玉太郎，唐蕙良和色来因也听说过此事，于是告知了他玉太郎受伤的情况。中村叹息了一番，又去了公司，见到玉太郎改进后的气球，大加赞赏。接下来他又说，玉太郎是奉着政府命令改造气球的，现在玉太郎既暂时不在，理应由日本政府接管他的公司，再由科研人员对气球进行改造，于是向唐蕙良要气球的设计图纸。唐蕙良道："为的是没征得你的同意，我自然不能将你的设计图交出，况且这里还有玉环妹妹的功劳。因此，他半胁迫地把我们带到这里，连气球也带走了。我想，他们的意图，如果你回来后，同意继续改进气球，或者将气球的设计图给他们，那就皆大欢喜。倘若你不愿屈从，定会将我二人作为人质来要挟。"濮玉环和鱼拉伍听了，都很气愤。鱼拉伍道："用这种手段来达成目的，真卑鄙。"濮玉环也道："这样的小人行径，也配上月球殖民？难道要让高度文明的社会去屈从这种野蛮无耻的统治？玉太郎，你可千万别答应他们的要求。"玉太郎沉吟了一会儿，道："如果不答应，我们五人都将陷在这里。不如我夫妻二人留在这里，你们先离开，然后再徐图之。"众人觉得他说的也有道理，为今之计，也只能如此。

山本浩原听了玉太郎的决定，十分高兴。本来他还想留下鱼拉伍的，但玉太郎说，鱼拉伍在月球上所学的是先进的医学知识，现在暂时用不着，反正他以后会在孟买哈老所在的医院进行教学，到时多派医学生前去学习就可以了。山本浩原听后，觉得也有道理，加之中村喻一从旁加以劝说，也就同意了。这三人一出了殖民办事处，好比脱了笼子的鸿鹄，立即坐船离开了。唐蕙良前往松盖芙蓉，和李安武等商量办学之事，鱼拉伍和色来因自然前往孟买哈老所在的医学院。

夜里，濮玉环躺在床上，翻来覆去睡不着，问玉太郎："你心里究竟怎么想的？难道真的要制造出新式气球，前往月球殖民？如果你真的这样，可就对不起龙孟华夫妻和月球上的人，我可不要这样的夫君。再说了，月球政府也说了，如果你不经允许，带别的人上月球，那可是要让你成为痴呆之人的。"玉太郎搂过她，凑近她耳边道："小心有窃听器。你不是有凤姐姐给你的讯息环么？悄悄发一条讯息，让她请人来救我们。飞船的速度，我的新式气球也无法赶上。"一面大声道："你要同我分手也没有办法。谁让我身为日本人呢？中村君说的也有道理，我们岛屿资源欠缺，又多火山地震，还常常发生海啸，生存环境恶劣。别说大洪水，如果有一场超级地震或火山爆发，或者哪个国家发明了超级炸弹，我们的国家岂不是会毁于一旦？"濮玉环也大声道："你只为本国人民考虑，不为全月球人考虑，实在自私得很。"一面也凑近玉太郎耳边："我们倒是一走了之，可我的父母兄弟怎么办？他们会不会有危险？松盖芙蓉虽在英国的保护之下，但如果他们采用绑架、暗杀等卑鄙手段，倒也难防。"玉太郎也大声道："你们中国有句老话：嫁鸡随鸡。你现在嫁了我，自然也应该为我考虑。怎么说我自私？"又低声道："先睡觉吧，容我再想想办法。"濮玉环哼了一声道："懒得理你。"

正是：为私利竟想殖民月球，求万全难想其法。欲知后事如何，且听下回分解。

第五回　鼓动舌簧蒙蔽藤原，暗施诡计困住飞船

第二日，山本浩原请玉太郎前来，询问他在月球的经历，并商议殖民对策。玉太郎讲述了他在月球所见，并言道："这月球上的科技，比地球上强大千百倍。别的不说，单说交通工具。他们日常所用，是一种水中航行和空中飞翔两用的车子，地面没有大型交通运输工具。如果距离近，人们会用一种可以滑行的单人车，靠电能维持。而这电，用的是太阳能，没有煤炭等发电带来的污染。最神奇的是，他们有一种往来各个星球之间的交通工具，月球人称之为飞船，意思是像船一样在星辰大海中航行。从月球到地球，一多分钟就可以往返。我那气球，远远赶不上

它，连月球也不能上呢。如何到月球殖民呢？"浩原呆了一呆，道："想不到他们的科技如此先进，这倒要想个万全之策了。"想了一会儿，他又问："他们可有什么厉害的武器？"玉太郎道："这倒没有听说过。想来他们是不屑为此的。你问这个干什么？难道想用武力强夺月球吗？"浩原忙道："我不是这个意思。好了，对殖民月球这件事，我们从长计议。藤田君在月球一年多，以你对气球制作的痴迷程度，想来一定得到月球人的指点。倘或对你的新式气球加以改进，翱翔于地月之间肯定不成问题。"玉太郎道："我的确得到改进气球的法子，但是如何能与飞船相比？还没登上月球，恐怕已经被飞船攻击得体无完肤了。纵使月球人没有杀人武器，但以飞船撞击气球，以它的速度，气球肯定被撞得支离破碎。"

浩原道："我知道，以我们的科技水平，要强占月球是不可能的。但是，只要能上月球，总有办法在月球上住下来。"玉太郎道："只是月球人救了我，还教我和鱼拉伍先进的科技知识，我不能恩将仇报。"山本浩原道："这就是藤原君的不对了。你说只要放了唐蕙良和色来因，就参与我们的月球殖民计划。我们照办了，难道藤原君不打算履行诺言吗？"玉太郎道："你们胁迫我在先，这只是缓兵之计，虽说政府交给我寻找殖民地的任务，但我却不愿意到月球殖民。"浩原道："难道你也不考虑尊夫人及其家人的安危？"玉太郎冷笑道："你们翻来覆去就只会要挟这一招吗？如果我顺应你们，建造新的气球去月球殖民，她定会与我离婚，如此也就和我没干系了。她和她家人的安危也就与我无关了。"浩原叹了口气道："昨夜仆从经过你们的房门，听到你和尊夫人的争论，知道你们闹得不愉快。我曾和你父亲同朝为官，你就如我的侄子一般，我怎能陷你于不义，害你夫妻分离？这实在是有不得已的苦衷。"他放下杯子，示意侍女给两人的杯子续水。"我们国家的危机你也知道，除非殖民，这些危机将如达摩克利斯之剑一直高悬于头顶。在未来，谁抢占了太空，谁就据有了优势。我相信以后，地球上的人类必将移民其他宜居星球的，而月球肯定应当是首选之地。"玉太郎踌躇道："你说的固然有道理。可是现在月球上已有人居住，和我们也有渊源，我们总不好抢了他们的地盘。"浩原道："我们并非要完全占有他们的土地。月球那么大，据你说他们的人口也不多，想来也有没有开发的地方，把这些他们不愿居住的地方留给我们就行。"玉太郎道："可是我如何说得他们同意？"浩原道："这个你无须操心，一切由我操作。你只需让尊夫人写一封书信，就说你夫妻俩被政府拘禁在此地，请他前来相救。你们有恩于龙孟华夫妇，如果得知这样的消息，他们一定会请人来救你。他们不是有什么意识联网吗？到时候我们就可以通过来人和月球政府首脑人物商量，请他们伸出援手，救我们于危难之中。"玉太郎道："我脑子很乱，容我回去想一想。"浩原点头同意。

玉太郎回去后，在屋子里四处察看了一番。濮玉环问他做什么，他把手放到唇边，示意她不要说话。果然，在书桌抽屉下方，他发现一个小小的窃听器。玉太郎也不动它，指着给濮玉环看。然后道："咱们出去散散步吧。你也消消气，昨夜是我不对，不该那么对你说话的。"濮玉环道："你和浩原谈得怎么样了？莫非你已答应他去月球殖民？"玉太郎道："我并没有同意他。这附近有一条河，河上有一拱桥。夕阳落山时，影子倒映河水中，那满天的霞光在粼粼波光中闪耀，和拱桥相映生辉，是这儿有名的景点，我们去看看吧。"出了门，到了河边，找一僻静的河堤坐下，柳荫垂落，看那落日余晖之景。两人相偎，如同一对普通情侣在喁喁私语一般。玉太郎把与浩原的谈话详详细细地告诉了濮玉环。濮玉环听后，责怪道："这浩原不安好心，你就该直接拒绝了他，还同他说了许多废话！你再看看他打了什么主意！一方面，他让你造能够在地月之间航行的气球，准备强占月球——虽说月球上科技先进，可他们爱好和平，没有制造用于战争的武器。倘若日本政府也制造出像美国那样威力巨大的炸弹，利用你的气球把炸弹扔到月球上去，岂不是毁了月球？如果他们以此来要挟，那月球人只有把地盘让给他们。另一方面，他们让飞船前来，是想让月球人做人质，迫使月球人同意他们殖民月球的条件，哪里有向月球人请求容身之地的诚意？我俩做人质，有月球人做人质的分量重吗？向你叙说国家的艰难处境，是为了激起你的民族同情心，从而让你违背良心，好答应他们。你怎么如此糊涂？"玉太郎听她这么一分析，恍然大悟："我差点被他绕进去了。那为今之计，我们该怎么办？"

濮玉环道："刚才的谈话，我已录音发给凤姐姐，让她报告月球政府，看如何应对。"玉太郎点头称是，现在也只好静待消息传回了。好在他没有把讯息环的事透露给其他人。

不久之后，濮玉环收到了凤氏的回讯，说已将此事报告月球政府。月球政府告诉他们不必忧心，有应对之策，只管答应就是。玉太郎和濮玉环放下心来，于是回应浩原，同意了他的要求。

濮玉环写了一封信，大意是：因去月球之事被日本政府知晓，现被政府约束着在某地制造登月气球。如果得便，请他们前来相救。事情紧急，特将此信托鱼拉伍秘密带到凤飞崖新造石镜缝隙下。玉太郎将此信给浩原，并请他在石镜前的古松上划去一块五厘米宽的树皮，说道和凤氏离别之时，言明如果人不在凤飞崖，就将信放在石镜之下，以树皮剥落为号。实则濮玉环已将此事通过讯息环传递给了凤氏，凤氏知道这是一封假信。又过大半年，采芝采莼给濮玉环带来了凤氏的书信，也取走了濮玉环的信。但因着玉太郎夫妇未在凤飞崖居住，凤氏再无书信传递，而且也没有派人来救他们。山本浩原问起玉太郎为何月中人不来相救，玉太郎答道："也许我们夫妻二人对月球人来说，并不是什么非救不可之人。况且又无性命之忧。"浩原道："难道他们也不怕你制作了登月气球，会对月球不利？"玉太郎道："我早就说过，月球上的科技远超地球，就像大象怎会介意脚下的蚂蚁？"山本浩原笑笑不语。又过了一年有余，濮玉环产下一女，取名藤田婵娟。婵娟者，月亮的美称也。

又历经两年零八个月，玉太郎新式气球终得以制成。不过，这气球的外观已不像气球，而是一个像蝙蝠形状的奇怪物体，张开的两翅是太阳能帆板，玉太郎说用来给机器供电。他给这怪东西起了个名字：飞天蝙蝠。这飞天蝙蝠要到月球，经过计算，最快也需历时半年。这期间，濮玉环曾给凤氏发过几次讯息，告知玉太郎的新式气球制作情况。问她月球那边如何应对，凤氏都安慰她说无须烦恼。眼看着飞天蝙蝠制作成功，山本浩原即将让玉太郎进行大量制作，准备前往月球殖民，玉太郎和濮玉环十分焦急，又给凤氏发讯息。凤氏回道，这一切都在月球人的监视之中，只需放宽心即可。

这一天，采芝采莼驾着伪装成气球的飞船忽然来到玉太郎所居之地，说是奉月球政府之命，前来接玉太郎一家前往月球。玉太郎道："飞天蝙蝠的设计在我手中，倒不担心浩原会派人大量制造。只是有一件事——内子的亲人还在地球上，倘若政府对他们不利，该怎么办？"采芝道："无妨，把他们一起接走就是。"濮玉环欢喜道："这却是好，想来他们是极为愿意的。"但正当他们欲起飞之时，飞船却不能启动了。

正在这时，王太郎他们所居小院被持枪械之军人团团围住，房顶、墙上皆是人。藤原婵娟吓得躲到濮玉环怀中："妈妈，我们院子里为什么有这么多人，还拿着枪，好吓人！"濮玉环紧紧搂着她，让她别看："不怕，有月球上的人保护我们。"

这时，山本浩原从人群中走出，来到气球前，说道："藤原君，飞船已被我们用磁力场锁住，你们别想乘坐飞船逃走。另外，还得委屈月球人暂时留下来。"玉太郎从气球中走出，苦笑道："飞天蝙蝠已经制成，我的任务已经完成，为什么你还要留下我们？"

正是：盼得月球来人相救，不料小人暗箭伤人。欲知后事如何，且听下回分解。

第六回　诉说苦衷恳请移月，谈论公文难测意图

上回说到，月球人采芝采莼来到玉太郎所在之地，正要接走玉太郎一家，谁知山本浩原带着人包围了他们的小院，还困住了飞船，要求玉太郎和月球人都留下。玉太郎道已经制造出飞天蝙蝠，完成了交给他的任务，山本浩原不该留下他们。

山本浩原没有理会玉太郎，对着气球鞠了一躬，恭敬道："请月球客人出来相见吧。"转头对玉太郎道，"麻烦藤原君替我翻译一下吧。"玉太郎无奈，只得将浩原的话转述了一遍。采芝采莼从气球中走出，濮玉环也抱着婵娟出来。玉太郎示意濮玉环抱着孩子进屋去。浩原虽已听玉太郎讲过月球人年龄和相貌与地球人的不相同之处，但看到采芝采莼乃儿童模样，还是感到震惊，但知他们的样子虽然幼小，实则年龄已是地球上的青年，也不敢小觑，于是道："藤原君，我们请客人到那边茶厅去谈吧。"

到得茶厅，两名打扮妖艳的舞姬奉上茶来。浩原道："尊贵的客人，请原谅我用这样的方式请两位留下来。实在有不得已的苦衷，想和月球政府相商，特请两位转达我国政府的意思。"待玉太郎翻译完，采芝问道："有什么不得已的苦衷？"浩原道："我国处于太平洋边缘的一列小岛之中，饱受地震、海啸之苦，可耕之地极少，矿产资源匮乏，百姓生活艰难，再者，倘若气候不断变暖，南北极冰川融化，海平面肯定会上涨，日本诸岛一定会像史前的亚特兰蒂斯一样沉没海水之下，那时的我们将再无生存之地。恳请月球政府能收留我们，准许我们移民。"采芝道："对你们的处境，我也深表同情。待我将你的意思转告月球联合政府，看政府如何处断。"浩原站起来，深鞠一躬："感谢月球客人。如此，请两位稍做停留，也可以与玉太郎叙叙旧。"采莼微怒："你想把我们兄弟扣作人质吗？"浩原道："不敢，两位误会了。两位若是离开，谁来传达月球政府的

裁断？"采芝止住采莼："少安毋躁。我们与玉太郎久不相逢，是该叙叙旧。况且这地球风土人情，我俩还很少见识。不如趁此机会了解一下。"采莼道："可是，我们还有任务在身。"采芝道："不急。待我报告管事，说因事耽搁即可。"他转身对浩原道，"我立刻上传日本政府的移民请求。月球政府可能会在一个工作日内答复，这相当于你们地球上的半个月，请耐心等待。这期间，飞船留经于此，但你不得派人窥视。另外，准许我在日本岛四处闲逛，看你所说是否属实。"浩原道："那是自然。"他转身对随从道，"取支票来。"随从立即奉上支票，浩原在上面签上名，然后将支票递给玉太郎，"这支票的金额你随意填写，不够即可电告于我。"然后，他鞠躬告退，同时撤走那些荷枪实弹的军人。

待浩原走后，濮玉环带着女儿从屋里走出，埋怨采芝："你为何要答应他的无理要求。"因着他们用月球人语言交谈，也不怕浩原安有窃听器。采芝道："你和凤姨发的讯息，我早已知晓，也报告了政府。以地球历计算，百年之前，地球上的武器还不甚先进，各国政府虽有争斗，对地球的破坏力并不大。可是现在，地球上的科技正在以前所未有的速度发展，制造的武器威力越来越大。我们制造有监测卫星，地球上只要发生了灾难性事件，我们立即可以看到。除此之外，还有像我们兄弟俩这样的观察员，随时对地球上发生的大事情进行考察分析，然后由政府做出决断，究竟需不需要干涉。"采莼对玉太郎道："就连你制造出飞天蝙蝠的事，月球政府也知道。"玉太郎道："我曾将此消息告知你凤姨，问如何是好。她说月球政府准许我这样做。"采芝道："因为你的飞天蝙蝠虽然能够稍稍远距离航行，但和我们的飞船相比，就好比你的气球和地上的独轮车相比，所以即使你制成了飞天蝙蝠，对我们来说也构不成威胁，要拦截你们太容易了。不用飞船出动，只需制造一个微型黑洞，管教它有来无回。"玉太郎问："什么是微型黑洞？"采莼道："黑洞是一种特殊的天体，它的引力极大。质量极大的黑洞，会连星球都会吞噬，甚至使时空弯曲。黑洞一般由恒星死亡后坍缩而成，但微型黑洞可以人为制造，它虽然没有一般黑洞那么强的引力，但吞噬质量较小的物体还是非常容易的。"濮玉环倒吸了一口凉气："黑洞竟然如此可怕！"采芝道："不到万不得已，我们也不会采用这种方法，因为使用黑洞，哪怕是微型的，也会引起轻微的时空弯曲，从而造成不可预计的后果。还有最简单有效的办法，只需击碎陨石，形成碎石地带，你的飞天蝙蝠就无法跨越，连月球的边缘地带都无法到达。"采莼道："浩原也太自信了些。以为他的磁力场能困住飞船？这真是'蚍蜉撼大树，可笑不自量'，我们不过是留下来看他想要什么花招罢了。"

于是，一连十多天，采芝采莼在玉太郎的带领下，坐着气球在日本岛上四处游历。不坐飞天蝙蝠，是因为它的速度太快，几分钟之内就可以从岛的最北端飞到最南端。看完日本列岛后，采芝对玉太郎道："你们国家位于太平洋板块、北美洲板块、亚欧板块和菲律宾这四个板块之间，怪不得多火山地震。你们的国土，三分之二都是丘陵山区，平原极少，人口又多。地下虽有矿藏，却难以开发。又四面环海，一旦发生地震，极易引发海啸，地理位置的确不佳。"玉太郎道："谁说不是呢？我国曾发生过一次海啸，浪高四十米，那次近两万人死亡或失踪。火山也多，连著名的风景胜地富士山也是一座活火山呢。除了这些，还有泥石流等自然灾害，所以政府想对外扩张，求得更好的生存之地，这种想法也是难免的。"采莼道："这只能怪你们的先人，要移居到这座岛屿中来。不过，除了对外扩张，殖民他国，难道就没有其他生存之道了吗？想我们月球，因为引力不足，难以留住大气层，以至于成了陨石的温床。我们先人初到之时，到处是陨石坑，除了厚厚的月尘，什么都没有。别说住人，连一只蚂蚁也不能存活。是我们的先人利用机器人在月球深处埋下了重力设置，慢慢留住了大气层，留住了水汽，历经两三百年，勉强在月球上居住下来。后来又对月球不断改进，才形成了今天的繁华景象。而你们的政府，却妄想不劳而获，来我们月球定居。要是像你这样的良善之人倒也罢了，如果那些心术不正甚至居心叵测之人到来，不但让月球的风气变坏，还可能让月球人遭受灭顶之灾。你们要想让海岛成为宜居之地，就该发展科技，以科技之力来改变自己的处境。"采芝道："也有比较平和的办法，比如联姻或移居他国，不要老想着对外殖民。"一顿话，说得玉太郎也为自己的政府感到羞愧。

眼见得将近半个月，玉太郎和采芝采莼回到京都殖民办事处。浩原问起月球联合政府的意见，采芝道："政府已有回信。"说着，他展开右手，手掌心渐渐发出光亮。接着，一些文字浮现在他掌心上面，文字呈黑色，弯弯曲曲的，也看不懂上面写了什么。浩原等人见了这等科技，不由得目瞪口呆。采芝道："公文里说了，见了我的考察报告，他们对你国人民的处境深表同情。答应划出一块土地供你国人民居住，但是只允许分批前去，每两年可移民一次，每次可以移民一万人。政府已经留出一大片区域，你们可以商量一下，派几个人前往考察。要是满意，那块土地就归你移民。如果你们只有四五人前往，可以随我的飞船，随时可以出发，因为我的飞船最多可以容纳十人。如果人多，就得另派飞船前来。我没有说你羁留我们飞船的事，否则，仅凭这一条，你们就失去了去月球的机会。"浩原连连点头，对采芝采莼表示感谢。采芝又道："移民之事，你们得秘密进行，不得让其他国家知道，如果每个国家都以各种理由来恳求月球政府，月球上将再无宁日。另外，我们不会派飞船来接你们。你们可以乘坐玉太郎制造的飞天蝙蝠悄悄上天，每一次都应该严格筛查，选择品质良善之人。如果发现品质不好之人，我们就不再同意你们移民月球。"浩原一一答应了。

浩原走后，玉太郎大为不解，问采芝："月球政府竟真的打算让我国移民？"采芝道："公文内容的确如此。也许政府看了我的考察报告，认为确实可以救助你们的民众吧。"濮玉环道："但我总觉得浩原不安好心。我原以为，他会扣留你们的飞船，把你们兄弟俩当作人质和月球谈判，但他居然没有这样做，反而态度恭敬，真不知他打的是什么鬼主意。"玉太郎道："或许他已认识到和月球政府无法对抗，即使把采芝他们扣作人质也没有用。"采莼道："要是这样，还算他有自知之明。浩原这个人，阳奉阴违，我们须得提防他才好。哥哥虽然警告过他不得靠近我们的飞船，但在我们离开期间，濮姨睡着之时，他曾悄悄派人来察看过飞船，飞船的摄像机记录得清清楚楚。"濮玉环大惊："那你为何不把这事让月球政府知道？"采莼道："他扣留和窥探飞船的事，我和哥哥通过意识链接，均已报告了政府，不知道政府为何仍然如此指示。"玉太郎道："也许是想看他下一步还会怎么做吧。唉，我为与他同为日本人而感到羞耻。"采芝笑道："你也不必自责。地球上每个国家都有这样的人，不奇怪。"濮玉环担心道："他既已窥探过飞船，会不会已经获得飞船制造的秘密？"采莼道："放心好了，飞船的制作材料主要是铱，在地球上极为稀少，它在地壳中的含量仅为千万分之一。要让它大量生产，可不容易。"采芝道："或许政府认为，地球上的科技正在飞速发展。总有一天，地球上的人会制造出适合航天的机器，所以他们才任由你制造飞天蝙蝠。地球发展至今，每隔一段时期，会经历一次生物大灭绝，连曾经称霸地球的恐龙也不能幸免，将来地球上的人类会怎样？会不会像史前一样再经历一次大洪水或者毁于战争、瘟疫？未雨绸缪，地球上的人类必将为移民其他星球做准备。月球人的祖先来自地球，可能月球政府也不想地球人类再次经历史前那样的灾难，想帮助你们迅速掌握航天技术，以后人类的数量要是继续快速增长，就可以到其他宜居星球生活。"濮玉环道："既然大家都猜不着月球政府的意思，就按照他们所说的去做吧，多推测也无用。"于是，大家散去。玉太郎十多天未见妻女，自是好一番絮叨。

正是：谈浩原心存疑虑，论公文难解其意。欲知后事如何，且听下回分解。

第七回　误闯时空机毁人亡，叶落归根思回地球

　　过了几天，浩原派人来说，他们将派出七名专家，加上他和中村喻一，一共去九个人。不久之后，果然又来了一艘小型飞船，操作员叫史奈亚。浩原的本意，是想让濮玉环母女留在地球上的，但濮玉环说她有好几年没见凤氏了。另外，如果乘坐两艘飞船的话，她正好和玉太郎分别充当他们的翻译。浩原没法反驳，只好同意。等浩原不在的时候，濮玉环愤愤地说："他就想把我们母女留在地球上，好控制玉太郎和你们。"

　　一行人分坐两艘飞船，在一个朗月之夜出发。采芝和史奈亚采用虚拟伪装技术，两艘飞船同样显示为彩色气球的样子。浩原分了三人坐采芝采莼的飞船，他和中村等人与玉太郎乘坐史奈亚的飞船。进了飞船，浩原一行人都十分惊异。从外观看，飞船小巧精致，内部却显得宽敞。除了生命舱，只有一个操作台。操作台是光滑的银色表面，微微泛着光。只见操作员史奈亚用手一拂，操作台上就出现了各种蓝色文字。他在上面按了一处，一个虚拟人头像就出现在操作台之前。他用标准的月球语说着什么，史奈亚回应了一句。玉太郎向浩原解释，那虚拟人像是人工智能，等会儿他们都会进入生命舱，飞船将交由它，由它来操控飞行。浩原紧张地问："人工智能是什么？虚拟人像是怎么回事？它怎么会操控飞船？"玉太郎答："它相当于我们国家以前制造的自动机器，像敬茶小姑娘。给它上了发条，这个端着茶杯的木偶小姑娘就会点着头，把茶送到客人手中。不过，月球上的机器人比它先进了许多，能够用程序控制，有自我分析能力，可帮助人类做许多事情。以后我们的科技发达了，就可以利用这种智能机器人，让船只、汽车自动驾驶。"

　　中村喻一看着舱中出现的虚拟人像，上前摸了摸，没想到他的手径直从人像脸上穿过去了。他大吃一惊，赶紧把手缩回来，道："这是什么东西？鬼魂吗？怎么看得见却摸不到？"玉太郎道："并不是鬼魂。月球

人有一种技术，就是能虚拟人的影子投放到空中，看起来就像站在你面前一样，叫虚拟人像，是光脑模拟出来的。哎呀，你们又不知道什么光脑、虚拟，我越讲越不明白了。"他解释得满头大汗。史奈亚问他怎么了，玉太郎道："我不知如何给他们讲述这些知识。"史奈亚道："讲不清楚就不讲述了，你只告诉他们，这是一种先进的科技，可以让飞船自动飞行，不就可以了吗？"玉太郎擦着额头上的汗，惭愧道："我怎么没有想到呢？"

飞船即将启动，史奈亚道："你们是愿意慢一点，还是快速到达月球呢？"玉太郎解释道："如果慢一点，我们可以大致浏览太空景象。要是快呢，就直接在生命舱里睡上一觉，十多分钟就到了。"浩原道："自然是慢一点。可以领略天上风光。"玉太郎向史奈亚转达了浩原的意见，史奈亚于是给每人发了一副眼镜。"出了地球的大气层，我们将看到的是一个漆黑无比的夜空，星星点点的光芒闪烁。这是因为在宇宙中没有空气，没有大气层，也没有云，这些都是导致天空颜色的根源。待会儿出了大气层，诸位戴上这种特殊的眼镜，可以更清楚地看到各种天体以及射线的颜色。"

飞船慢慢升高，地球上的各种物体在众人眼中越来越小，直到消失不见。飞船飞上云端，在云雾中穿梭。再过一会儿，飞船冲出云层，窗外果然漆黑一片，只有星星点点的微光。大家戴上眼镜，视界才变得色彩缤纷起来。

无数闪烁的星球，宛如浮在黑暗中的璀璨明珠。数不清的星际尘埃飘浮着，在飞船光线的照射下，呈现出奇妙而绚丽的色彩。宇宙射线、流星在空中划过一道道灿烂的线条，和着星光、尘埃的色彩，构成一幅五彩斑斓的立体图画。看到太空中如此壮丽的景象，大家感叹不已。玉太郎道："从太空中看，地球只是无数星球中一颗微不足道的小星球，人类连一颗尘埃都算不上，可每日里还在争来斗去，不断地掠夺，真正可笑！"史奈亚道："谁说不是呢？但很多人不明白这个道理。诸位，你们也大致领略到了太空景象，现在得休息一会儿，飞船要加速了。"于是，浩原等人按照玉太郎所教，躺到了生命舱里，进入暂时的睡眠状态。

不久之后，飞船停下了。濮玉环和采芝等人出了飞船，龙孟华等人已在等候。濮玉环没见到采芝飞船中的其余三人，从另一艘飞船里，也只走出来史奈亚和玉太郎。濮玉环问："山本浩原他们呢？"玉太郎道："我也不知道。醒来之时，飞船里就只有我们二人。我问史奈亚，他只笑而不答。"龙孟华道："他们三在坠往星渊的途中。"星渊是黑暗世界，也就是采芝所讲的黑洞。凤氏道："可惜损失了一艘飞船。"采芝道："这艘飞船已到了退役年龄，本来就打算送往星渊销毁的。"龙孟华看玉太郎夫妇还是迷惑不解，道："且先到家里。龙必大和凤鬟已在家略备薄酒，给你们一家人接风呢。采芝、采莼、史奈亚，都去我家。"采芝道："我们还要到政府复命，恕不相陪了。"凤氏蹲下身，细细打量着婵娟，问濮玉环："妹妹，这就是你的小丫头？真可爱！"濮玉环忙让婵娟叫凤姨和龙伯，问："凤鬟可有身孕？"凤氏道："他们说自己还年轻，还要过段时间。"

饭后，婵娟由龙必大和凤鬟带出去玩了。玉太郎急不可待："龙兄，这是怎么回事？"濮玉环也拿眼睛看着他。龙孟华笑道："贤伉俪不必心急，待为兄为你们揭开谜底。"虽是这样说，他却端起茶碗喝了一口，问："濮妹可知天启年间大爆炸事件？"他现在也随凤氏，改称濮玉环为濮妹了。濮玉环道："如何不知？《明季北略》记载：天色皎洁，忽有声如吼，从东北方渐至京城西南角，灰气涌起，屋宇震荡。须臾，大震一声，天崩地塌，昏黑如夜，万室平沉。东自顺城门大街，北至刑部街，长三四里，周围十三里，尽为齑粉。屋数万间，人二万余，王恭厂一带糜烂……爆炸时还腾起巨大的黑蘑菇云、五色灵芝云。虽说王恭厂是火药堆放地，但就算火药爆炸，也无如此威力。再者，如果是火药爆炸，周边的房屋、树木、土壤，抑或者受难者，一定会出现烧焦的痕迹，很多史料所载，这次爆炸却是'不焚寸木'、'焚燎之迹全无'。更蹊跷的是，爆炸中心一带，伤亡者皆赤身裸体。还有人莫名其妙失踪。有一个新总兵外出拜客，巨响之后，在街上连人带马和七个随从一起消失了。长街上，一顶女轿停立路中央，响声过后，轿夫和轿内人皆无，但轿子毫发无损。"玉太郎道："竟有这样的事？可真是奇怪。不过，龙兄，不是说浩原等人的事吗？怎么说起这起大爆炸？"龙孟华摸摸头，笑道："既是如此，我也不卖关子。请看一下影像。"他在讯息带上点了几处，房间的墙上顿时出现影像：两艘飞船到达月球后，浩原等人还在昏睡，连同生命舱被移入另一艘蓝色小飞船。接着，这艘蓝色小飞船离开月球，向着太空飞去。它不断地穿过碎冰地带、小陨石地带，向着更深更黑的地方前行。突然，一块巨大的陨石迎面飞来，飞船急转，跌向另一处深渊。几秒之后，传来一声巨响，天空升腾起巨大的云朵。火光冲天而起，接着刮起了一阵飓风，巨大的树木被连根拔起，两块沉重的石狮子也飞上天空，墙倒屋倾，哀号声一片。断肢残臂下雨般从天空跌落，各式衣物被风卷着，向高空飞去……

"天哪，这不就是天启大爆炸吗？"濮玉环惊叫。

龙孟华道："正是。飞船本来是飞向星渊的，因着避让陨石，误闯时空隧道，进入了明朝的天启年间，引起地震和大爆炸。"

凤氏道："因着这次大爆炸瞬间迸发出了巨大的能量，使得当时爆炸点附近形成了高真空负压环境，如同飓风过境。在这种环境之下，人体身上的衣物会被空气大量填充而急剧膨胀，导致衣服被撑坏而冲飞。"濮玉环道："那些人莫名消失了又怎么解释呢？"龙孟华道："这也很好解释。因为飞船闯入时空隧道，时空有了微小的裂隙，那些人自然是被卷入了时空裂隙，不知道会在哪一个时空出现了。"濮玉环道："我还有一事不明。那飞船残片呢？"龙孟华道："自然也被卷入了时空裂隙，已派垃圾清运车前往收集，再次运往星渊销毁。"

玉太郎问："可为何要把浩原等人放逐到星渊呢？月球政府不是答应让他们来此考察吗？"龙孟华道："自从濮妹发了消息，月球政府就开始关注浩原等人的动向。他们通过时空镜像，对浩原等人的一举一动了如指掌。浩原本来是想把采芝采莼扣作人质，然后要挟月球政府的。后来想到月球政府的科技非常先进，恐怕无法对付，于是改变策略，假装示弱。实质上，这次到月球考察，他们的人都携带有超级病毒，打算悄悄散布在月球的角落。他们想让这种病毒消灭月球上的人，之后再悄悄占领月球，研究月球的科技，称霸地球和月球。经过测试，这种病毒能耐高温和极寒，连宇宙射线辐射也不怕。月光走廊的消毒光照也无法消灭它们。如此心思歹毒之人，月球政府怎么可能让他们如愿？于是将他们连人带毒封在生命舱内，然后毁灭。"濮玉环道："那为什么要把他们放逐星渊呢？直接把他们扔到太空就行了。不到五分钟，他们肯定就会窒息而亡。"龙孟华道："这种病毒可以休眠。如果不经意间扩散到其他星球，可能会造成严重后果。星渊能吞噬一切，病毒就永无露头机会。"玉太郎问："可是现在飞船闯入了时空隧道，难道不会有影响吗？"龙孟华答道："怎么没有影响？你看明清时代，瘟疫严重，和这种病毒也有关系。"他叹了口气，"只是地球人类的发展历程就是一部和瘟疫的斗争史，地球上的人类对病毒的抵抗力远大于月球人、火星人和土星人。其实，史奈亚在飞船中让你们观看太空中的壮丽景象，就想让浩原等人感悟到人类的渺小，从而放弃殖民月球的计划。无奈他们心中全无一丝触动，侵略之心不改。至于误入时空，原本非月球人所愿，只是不巧遇到罢了。"玉太郎还担心："我的飞天蝙蝠已经制成，倘若政府再让人加以改进，那时强占月球，可怎么办？"龙孟华道："以月球的科技，应对它自然不成问题。"濮玉环道："你忘了采芝说的话了吗？"玉太郎不好意思道："我一着急，竟把他的话给忘了。"

过了一段时日，凤氏对濮玉环道："我已写了书信，让采芝带给唐蕙良。由她在报纸上发讣告，就说你们在飞往月球途中，不幸发生事故。这样，日本政府明白出了事，也就不找你们亲人的麻烦了。"濮玉环道："姐姐想得真周全。以后，我们一家人就可以回到地球，过着逍遥自在的生活。"凤氏又道："我们也要回地球了。月球虽好，但俗语说：'叶落归根。'我俩年纪一天比一天大了，还是想回到家乡的。"濮玉环道："你们回去了，他们小夫妻怎么办呢？"凤氏道："他们也准备回去，住在松盖芙蓉。再者，龙必大也想让自己的所学促进地球上的科技发展。"

又过了几年，两家人乘坐采芝兄弟的飞船，回到地球。龙孟华一家到松盖芙蓉定居。凤鬶也随着龙必大来到地球，初到之时，她很不习惯，常常回娘家。后来生了孩子，回月球的次数也就减少了。而玉太郎夫妇怕日本政府还要找他们的麻烦，于是移居一偏僻渔村，改了姓名。有时，玉太郎也会带着妻女，乘坐他改装的小型飞车，前往松盖芙蓉和老朋友们相会。

这正是：心存恶意自酿苦果，金蝉脱壳逍遥自在。

透明大米续本：明月蒙尘记

作者简介

曾经是旅游纸媒编辑，现在从事文旅新媒体，自古中国人相信山水之间万物有灵，作者认为中国科幻蕴藏着巨大的潜在发展空间。

故事梗概

龙孟华一家三口到月球游学后，玉太郎加紧研制气球升空，从法兰西双层气球中得到灵感改良制造工艺，终于成功飞抵月球，惊讶地发现有人在月球上种植重瓣花……

第一回　月中方疗愈玉太郎，留云岛可待有奇遇

话说濮玉环自月球童子手中，接到了凤夫人的一封书信，见信中有写着如何医治玉太郎之伤，赶紧转交鱼拉伍，依信中所说如法医治，玉太郎果然渐渐清醒，一天比一天好转。

等到玉太郎体力恢复，神志清醒，濮玉环、唐蕙良等人才开始问他，中秋那日驾驶新气球是如何受伤的。

玉太郎缓缓说道，他听说法兰西有人尝试制作双层热气球，用两只一大一小的气球，一外一里地套在一起，以增加气球的强度和韧性，试飞下来效果不错，即使外层不慎破损，内层气球还可以照样飞行。他暗想双层气球或许可以抵御高空的寒气及旋风，就在满月之际，尝试新制的双层气球，内层使用打蜡的绸布，外层使用天然坚韧的亚麻布，连通开了几眼探视窗。

当晚皓月当空，玉太郎驾驶双层气球果然有如神助，直飞云霄，一直飞到白云缥缈中，从探视窗望出去，皆是白茫茫一片如入云雾仙境，地面星星点点的灯火几乎看不见了。

这是此前从未到达过的高度，玉太郎正满心欢喜，只听噼噼啪啪几声巨响，外层球皮突然爆裂了好几处，白云淡雾和冰冷寒气从裂口处忽地涌了进来。即使还隔着内层球皮，玉太郎也感到一阵刺骨寒冷扑面而来。他心知不妙，迅速拉动操纵杆下降气球。

忽听"嘶啦"几声，内层球皮上的探视窗周围接缝处也出现了裂缝，白色云雾顺着缝隙飘了进来，纵然形势危急，玉太郎也不忘好奇地抓了一团白云塞进荷包。此时，内层裂口也越来越大，气球猛烈下坠，他只觉天旋地转，胸闷头涨，浑身像冰结被冻住一样，就什么也不知道了……

濮玉环听得满脸泪水，玉太郎却笑道："此番倒是有份大收获。"一边说一边从袖中掏出荷包，只见那荷包被内里所塞的云朵带得东飘西荡，玉太郎凝神看了一会儿道："如果将云气作为气球上浮的动力，内外一致，也许球皮就不会冻裂了。"他又将荷包里的白云掏了出来，一放手，只见一团白云晃晃悠悠飘上了屋顶，顶在房梁之下。

众人抬头看着白云，忽有一阵风从窗外吹来，吹开了门扇，那云朵顺着风向朝门口飘去。濮玉环急着去关门，却已经迟了，白云一溜烟地飘出了门，飘上了天。

恰好此时白子安来看望玉太郎，听了他一番中秋奇遇，定神回想了一番道："从我老家广东新会，出海到南海深处，听闻有一个留云岛，岛上人善于驾驭云朵飞来飞去。"

濮玉环问道："这云朵，又是从何而来？"

白子安又想了一会儿，道："我小时听父辈说过，岛上产一种叫云玉的奇石，需要搭配火玉使用，火玉产自松花江上的扶余岛，不烧而热，能使云玉蒸腾出云雾。人坐在云上到了高空，也可用火玉祛除寒气。"

玉太郎道："高空不只寒冷，仿佛气也透不过来。"

白子安回应道："庄子说，人之生，气之聚也；聚则为生，散则为死。高空之气，比我们现今所在地面的气，要稀少很多，所以人到高空，就会胸闷气短，轻则头痛欲裂，重则七窍流血而亡。"

玉太郎惊道："不错，我确实觉得胸口像压了一块巨石，无法呼吸。这可如何是好？"

白子安道："不如你亲自去趟留云岛，找当地人问个清楚。那里远离大陆，你带些日常稻米布匹绸缎，就可以与他们交换云玉。"

玉太郎还没来得及问答，濮玉环已抢先道："不错，你去留云岛，我去松花江，分头行动。"

第二回　向深秋随云起飞，入深海得遇奇石

是日深秋天高，云淡风轻，正是气球飞天的最佳时机，玉太郎和濮玉环分别坐上气球，一个往南，一个往北，皆是为了一个登上月球的美好愿景而出发探险。

虽然他们已初步实现了人类能在空中御风而行的憧憬，只不过对玉

太郎来说，光在空中飘浮还不够，要真正能做到自主飞行乃至揽月，才是实现梦想，否则只是像风筝般上天游历一番，没有挣脱地球的束缚。

玉太郎再度飞越了数不尽的村镇、河流、山脉、森林，终于飞到了南海上空，看着脚下的海水从澄澈过渡到了浅蓝，又从蔚蓝转而成了深不见底的墨蓝，不时有飞鸟追上来与气球齐飞，嘎嘎叫着向球内张望，玉太郎暗笑："可惜我没有翅膀，一望就知不是你的同类。"

对，翅膀！玉太郎恍然大悟，飞翔的鸟儿不怕冻也不怕雨，唐朝就有选鹅之细毛做成被褥夹衣御寒的记载。他看向球顶："不行，用羽毛覆盖外球皮防止冻裂，这要杀生多少鸟儿……"

正思索疑惑间，气球已经飞出深海区，海水一片清绿明亮，连水下的彩色游鱼也看得清清楚楚。远处影影绰绰有个岛屿，空中浮现出些许不是飞鸟的黑影。

细细一瞧，黑影正是肤色黝黑的岛民，他们坐在一个类似枕头的鼓鼓囊囊的纺织物体上，想必是把白云塞进了纺织的布袋里，更有甚者做了一个大如床铺的布袋，躺在上面随风轻轻飘荡，任由鱼竿在底下一飘一荡地引着小鱼。

那些人也看见了远处飘来的气球，个个啧啧称奇，打开扇子扇动周边气流，犹如水中划桨般晃晃悠悠朝着气球而来。

玉太郎赶紧伸出头去，迎着呼呼风声，大声问道："尊驾可是来自留云岛。"对方也大声回道："不错，阁下定是同道中人，一起回岛上坐坐吧。"玉太郎也不客气推辞，驾着气球和他们一起降落岛上，径直去见了族长。

原来正如白子安所说，岛上确有一种来自神秘矿洞的奇异云石。原本岛民只是为避暑进入矿洞，在洞的深处发现一种白色玉石，触手冰凉，就挖了几块出来，只见玉石沁纹剔透，宛如云蒸霞蔚。

又有一个后生，听说东北天寒地冻，好奇地去见见世面，回来时带了几块红色石头，说是古书中记载的扶余国贡品火玉，有天碰巧把两种石头放在一起，只见白色石头渐渐变成一团云雾向上飘去，大家这才发现玄妙之处，进而发现把大朵云塞在布袋里，就可以带动起飞。上几任老族长托进京为官的族人，查遍《四库全书》，才知这是传说中的云玉和火玉。

族长摸着玉太郎带来的布匹绸缎，道："装云朵的袋子，最好用的面料还数贡缎，细密厚实却又很轻巧。"

玉太郎问："贵岛上可有人飞到过很高很冷的空中？"

族长大笑道："那自然是有冒失鬼！袋子也冻破了，幸好人掉进了海里没事。"

那位翻阅《四库全书》的族人听闻此事后，又从书中找到了解决之道，以云南雪域森林中漆树所产的生漆汁液调成涂料，涂遍布料即可防暴晒防冻裂，至于高空中补气之法，则是以广东新会陈皮，加上补气的党参、红景天、山药、黄芪、蜂蜜等物，制成补气丸压在舌下方可。

玉太郎没想到来此海岛，获得这么多宝贵的知识，于是也将自家与已去月中读书的龙氏一家的故事、如何制作改良气球意欲前往月球、探寻天地之大无奇不有的想法，知无不言，言无不尽。族长听了频频点头，道："本该如此！"当下切磋研究起如何改进气球，以求能飞往月宫。

第三回　惊德意志霸道飞艇，学法兰西双层气球

玉太郎自留云岛归来，带回了不少云玉、补气丸，恰逢濮玉环也从松花江满载火玉而归，还带回了一个惊人的消息，德意志在研制一种名为"齐柏林飞艇"的飞行器，状如炮弹，使用充氢气囊提供浮力。飞艇载有大炮飞弹，杀伤力极强，可轻易摧毁一座城池。

最奇特的是，飞艇还携有"无线电报器"，飞得再高，也能与地面及

其他飞行器随时联络，急得玉太郎连连跺脚，深悔自己不仅落后月中人，更落后西人，甚至还在使用落后的书信，更不知该如何制造出"轻气"。

濮玉环见状好心劝慰，道那齐柏林飞艇是为了袭击其他国家而造，有失仁义。玉太郎这才打起精神，重新研究起气球，在比较了飞艇气囊所使用的棉布和中国所产特制贡缎后，最终还是决定使用后者。

在制作工艺上，效仿法兰西气球制法，将绸缎裁剪成瓜皮条，涂抹雪域漆汁晾干后，众人再以手工缝制到一起，再涂一层漆汁，足足花了半年时间，耗尽心力，制成了一个无与伦比的双层气球，在夹层里的下层放置火玉，上层放置云玉，气球顶上安装了最新抗热抗冻合金打造的三叶螺旋桨，通过操作杆搅动空中旋风，在气流中可以实现自主运动。气球内又设置了飞行工作台、卧床、会客厅、更衣室，甚至还有一处小小的厨房兼茶室。

此时谷雨已过，立夏将至，云朗风清正适合起飞，玉太郎和濮玉环已实验飞行过好几次，成功地飞到层层白云之上，两人欢呼雀跃之余，约定到下一个月圆之夜，就启程飞向月球，与龙孟华一家会合。

但就在月圆前一夜，玉太郎却失眠了，他想着龙孟华之子龙必大曾提及月中人之言，飞到月球需要百十个钟头，那岂不是单程就需要前途未明的几天几夜，没有月中人相伴，也不知会遇到几重险阻，上次遇险至今心有余悸，怎能让妻子和自己一起冒险。

一念至此，玉太郎悄悄下床，写就一封书信道明缘由，放在床头柜上，悄悄出门去往停放气球的岩崖之所。濮玉环醒来读完书信，泪流不止，却也无奈。

而玉太郎早已启动气球，朝着皎洁高远的月球出发了，把所有的忧虑愁思都抛在了地面上。他望着月球上高低明暗的景致，只盼气球飞得再快点儿，早日抵达月宫，再早日返回家中，好接上妻子一起领略前所未见的风光，又想到龙家三口见到自己，会有怎样一番吃惊道怪，一番遐想后，玉太郎忽然发现，四周寂静无声，连风声都听不到了。

他从探视窗望出去，周边尽是一片无以言表的清寒深邃，黝黯昏黑，只有月亮高悬在前方，似乎更大更圆了。玉太郎想起了什么，赶紧又向下看去，连白云都看不真切了，只看到一大片泛着绿光的蓝色，他闭上眼，又等了一会儿，才睁开眼看，脚下那片青蓝越来越显出一个球状，在无尽的黑夜帷幕中分外显眼，那就是他出发的地球。玉太郎脑中轰的一声，激动地瘫坐在了椅子上。

第四回　登月宫轻巧前行，遇画师知悉阴谋

越来越近，越来越近，玉太郎看着白玉盘一般的月亮在自己眼前越来越近，那高低起伏的丘陵，那灯华闪烁的月宫，不敢高声语，恐惊月中人。玉太郎将气球停在一处如馒头般凸起的穹丘之后，又含了一颗补气丸，这才下了气球，准备步行走到月宫。

刚一抬脚走路，玉太郎就发现自己身轻如燕，险些一个跟斗翻倒在地，他暗想听闻英格兰有人提出，地球对人和物体有吸引力，月球比地球小，因此引力也小，莫非这就是自己轻飘飘的缘由。他又走了好多步，才慢慢调整适应了走路的节奏和力道。

只是玉太郎越走越奇怪，眼看月宫就在前方，四周却仍然寂寂无声，龙必大和凤鬓、云鬓几个月中孩童正是年少好顽时，怎么会没有吵个天翻地覆。他总觉得哪里不对劲，便放慢了脚步边走边看。

月宫的墙角阴影里忽地闪出一条人影，玉太郎一惊，闪到一块大陨石后，瞥见那人也在朝自己方向张望，分明是个没见过的陌生人，心里有点儿后悔没有带上勃朗宁小手枪，却听到那人在轻声呼喊："尊驾可是玉太郎？是龙孟华先生的朋友吗？"

玉太郎赶紧走上前去应道："不错，正是我。"那人垂泪道："我从望

筒看见有个气球远远地从地球方向飘过来，就知道必是龙先生的朋友来了。"玉太郎心里一沉，还没说话，那人赶紧道："龙先生一家没有事，只是身体有些虚弱，我这就带你去见他们。"

一路上，玉太郎问他究竟是地球人还是月球人，那人只是摇头，说与龙孟华碰头再详谈。这月宫以白色大石垒成，似玉非玉，石中处处镶嵌的陨金闪光不定，地上则和月中人的气球一样，铺着最为贵重的金刚石。那人带着玉太郎闪进一间大石室，只见龙孟华一家三口并月中孩童几人全都坐在石椅上，显见疲惫无力，只有凤夫人勉强撑起身体，打了个招呼，那人又指指另一扇小门，道："其他的世祖，在那间休息。"

玉太郎已冲了上去，紧紧握住龙孟华的双手问道："这究竟是怎么一回事？"

龙孟华摇摇头，示意刚刚领路的那人来解释，那人才开口道："在下名唤邹逸桂，本是一位宫廷画师……"

玉太郎惊道："莫非是那位率先以西洋植物科学画之法，绘制中国花卉《百花谱》，后来在扬州描摹琼花时失踪的邹逸桂邹先生？"

那人苦笑道："正是。"

龙孟华、玉太郎与月中人初次在地球见面时，方知他们是七代同堂共三十余人，此时从邹逸桂口中得知，五代祖出了一个忤逆之徒名唤月天，妄想以月球先进科技，进攻金、木、水、火、土五星，成为自己麾下的殖民地，扰得月球与五星不安，于是几位世祖将他放逐到月球背面的环形山中，希望他能在荒芜中静思己过，洗心革面。

邹逸桂说到此处，吟道："二十四桥明月夜，玉人何处教吹箫。先生可知这说的是哪里？"玉太郎暗暗心急："这人果然是个书画呆子，这时节还吟诗。"表面上只得答道："是扬州。"凤夫人在旁解释了一番，玉太郎才明白了前后原委。

第五回　扬州二十四桥明月夜，地月五星连珠有通途

月球人五代祖的月天，被放逐到荒凉的环形山谷之中，周边山崖高耸直立足有万丈，比地球最高的雪峰还要高，只有依靠气球升降方能进出。他不思悔改，一旦前来送书送饭的采芝、采莼兄弟坐气球离开，就到处攀爬山崖寻找出路。

机缘巧合之下，被他发现边缘山壁上有一个陨石砸出来的神秘隧洞，每当地球古书所记录的"日月如合璧，五星如连珠"天文奇观出现时，宇宙能量将在地月之间的多维空间撕扯出一处裂缝，跳入洞中的月海池，突破时空的限制，那头冒出来竟然是——

玉太郎惊道："扬州二十四桥，明月夜，瘦西湖！"众人点头称是。

于是，月天数次穿越地月空间，竟觅得一有毒植物的种子，并将它们带回月球，在环形山底部找一隐秘地点，撒在月壤中种植，灌溉以月海水。

说到这里，只听"啪"一声巨响，众人吓了一跳，转头去看。原来是龙孟华气得一掌拍在石桌上，手掌立时红肿也不知疼痛，怒骂道："如此高洁的月球怎么会出了这种人？"

玉太郎赶紧打断道："那后来呢？"

其实，后来的事玉太郎也猜到了七七八八，月天用花粉迷晕了采芝、采莼兄弟，抢了他们的气球，到月宫伺机又迷晕软禁了其他人，从此肆无忌惮，在环形山谷盆地中月尘堆积的地方，大肆种植这种植物。

月天还将掳了画师邹逸桂来到月球，逼他将无毒重瓣和有毒单瓣进行杂交，以获得毒性更强大的品种。

邹逸桂苦笑道："你们不用这样瞪着我，我是画师不是花农，根本不会种花，每天只好假装忙碌地把花粉撒来撒去，实则悄悄撒在地上。"就这样，竟然也培育出一株重瓣的植物，毒性猛烈，花香更为熏人。

邹逸桂灵机一动，扯下衣服布条塞在鼻孔里，装傻充愣地用重瓣花粉迷晕了前来察看花田的月天，将他绑在陨石洞中，又赶快坐气球飞到月宫，解救众人，偏巧此时玉太郎遥遥而来，他正不知是敌是友，龙孟华告知必是友人改进了气球从地球飞来，于是他才出宫观察。

众人转而用敬佩的眼神看着邹逸桂。他嘿然一笑，叫众人同去环形山谷，准备如何处置月天，又正色教大家用棉布或绸布蒙面，遮挡重瓣花的香气，只是龙必大等孩童就不让去了。

众人深知那重瓣花毒害之深。坐着气球来到环形山谷上方，他们都呆住了，只见下方宽阔的坑地里一片片鲜艳的花海轻轻摇曳，花朵红得如血一般夺目，妖艳里闪动着魅惑，一股股甜腻的香气透过蒙面的布料直往鼻孔里钻。

等到气球在山谷里停稳，众人赫然发现这花足有一人那么高，牢牢地扎根在月壤坚硬的碎砾中。

第六回　月球销烟火气冲霄，血月惊魂云气渺渺

邹逸桂情急之下，冒险将月天制伏。众人将月天带回月宫，关在一间石室里，又回到金刚石铺就的大厅里。地球人、月球人面面相觑，不知该说什么好，竟陷入一种尴尬的沉寂中。

还是凤夫人打破了沉默，道："各位……今后有何打算？这重瓣花田……也要想个法毁去才是。"龙孟华一击掌，道："先放把火将重瓣烧干净。"邹逸桂道："非也非也，将重瓣倒入盐水池，混入生石灰销毁，最后排入大海。"

众人一愣，地月一来一往颇费时日，去哪儿弄那么多石灰，这山谷里又怎么弄盐水池。玉太郎道："我有个办法，返回地球后，选定五星连珠的

日子，把最新的火油弹扔进瘦西湖的月光倒影中……"采芝、采莼兄弟哦了一声道："我们在这边月海拿到之后，从气球上扔向山谷中的重瓣花田就行了。"凤夫人道："这不行，到时候毒烟四起，你们该如何防备。"

采莼顺口说道："那不打紧，我们也到了离开月球的时候了，反正月球就要被你们地球人炸碎了。"此言一出，举座皆惊，采芝道："还有一百多年吧，你们地球一个姓刘的，一个姓郭的……"几位月球人世祖连连猛咳，止住了采芝的话头。龙必大急得面红耳赤，大喊道："谁、谁要炸毁月球，我回去找他们拼命！"

一位世祖微笑道："凡事自有定数，宇宙自有明灭，小兄弟你不用太在意了。"另一位世祖道："在软禁之时，我们已商议好脱险后就离开月球，一路飞向金、木、水、火、土五星，还有那天王星、海王星，以月天为例，警醒各星球宣讲重瓣的危害。"龙必大闻言吵道："我也要一起去。"几位世祖皆道："你们体质跟我们不一样，还是需要返回地球。"

凤鬟上前对龙必大道："你在月球已经习得了不少宇宙理论，必能考得天文博士。你记得回去之后需去敦煌藏经洞、长沙马王堆寻找古籍中的星图、星经，从中研习宇宙奥义，将来也许还有重逢的机会。"

龙必大呜呜咽咽，倒是凤夫人坦然道："日月星辰宇宙之大，必有其运行的规律法则，如今我们能以自己制造的气球踏上月球，刚刚迈出了第一步，未来能不能跟上凤鬟她们的脚步，就看儿子你自己了。"龙必大闻言别无他法，只能接受大人们的安排。

终于到了告别月球的日子，一番依依惜别后，龙孟华一家三口和邹逸桂登上了玉太郎的气球，服下补气丸，道："想必和月宫的糖桂花一个药理。"回到地球重见诸位老朋友，自然又是一番叙说此行奇遇，只有濮玉环得知月球上即将人去球空，还要以火油弹进行攻击，料想再度登月无望，将玉太郎好一通埋怨。

此时已快到夏至。这一天，太阳直射北回归线，是北半球一年中日出最早、日落最晚的一天，同时恰逢满月，日月同辉，五星连珠，龙孟华、玉太郎备足火油弹，带着家人来到夹岸垂杨的扬州瘦西湖，风光旖旎邈若仙境，众人叹道："怪不得古人云人生只合扬州死。"他们没有过多流连这温柔繁华之地，等到日落月升，明月倒影在水中，两人就乘着夜色悄悄下水，猛吸一口气，扎进桥下的月影之中。

只见月光在水下形成了一个淡金色的圆圈光影，轻柔地随着水波荡漾，却似凝固了一般不会随波荡散，龙孟华试探性地拿了一颗火油弹投入金色光影的中央，又拿一只手伸入圆圈光晕之下，想试试能不能接到火油弹。那火油弹没入淡金光芒之中，激起了一丝丝涟漪，就此无声无息地不见了。

龙孟华和玉太郎互相看了一眼，于是轮流换气、轮流向月影投放火油弹。他们都曾有过一瞬间的冲动，想把自己人也扎进月影中，看看是不是能重见月宫，但一想到地月的命运，皆默默地放弃了这一想法。

等到火油弹全部放完，两人也筋疲力尽，游到湖边草地上躺了下来，和等在桥上的家人招了招手，就看着头上的月亮发愣。不一会儿，玉太郎疑惑地问道："龙兄，你看这月亮好像有点儿不一样了？"龙孟华也看着发呆，脑中千头万绪不知道从何说起，此刻有越来越多的民众拥上二十四桥，对着月亮大声惊呼道："快看，红月亮！"这才惊醒了二人。

真的，月亮变红了，但不是月全食那种隐入天际的暗红，而是整个月亮都红彤彤地发着亮光，红得那么神秘、那么诡艳，红月四周还有烟雾腾起，龙孟华和玉太郎心知那必是火油在月球上爆燃的迹象，桥上已有人大哭大叫起来："血月，大凶之兆啊。"竟有人扑通一声直接投水。龙孟华大惊，不顾疲惫急忙游去救人，再看玉太郎也已经游开去救另外几人。

那投水的几人被救起来之后，在草地上对着月亮连连磕头哭号，龙孟华本想感慨民众愚昧，这时才明白，他们以为血月出现，根据古老诅咒是要天罚作奸犯科之人，心胆俱裂之下竟然投水；此刻桥上民众也注意到了这些人，有几个苦主已奔过来，揪住大骂道："原来是你，跟我去见官。"

龙孟华和玉太郎四目相对，不免笑道："这下真是借了月亮的光，涤荡尘世。"

他二人抬头看向红月亮，见几个星点正在渐渐飞离月球，心知是月中人们已然放弃家园，开启宇宙巡回宣讲会，心中感慨，竟然是地球上的人和事间接逼走了月球人，又不知何时自家才能追上月球人的身影？

尾　声

时光荏苒，已是一个甲子后的 1969 年 7 月，获得多国航空航天荣誉称号的天文博士龙必大扭动着量子接收器的旋钮，调到了美利坚阿波罗 11 号登月的实况直播，宇航员阿姆斯特朗第一个踏上了月球表面，感慨道："这是一个人的一小步，却是人类的一大步。"接着是一声轻呼："哦，我的老天爷，这里怎么坑坑洼洼，像被炸过一样。"

遗憾的是，此时地月信号出现了问题，所有在地球的人都没有听见这第二句话，只有身处浩瀚宇宙中的龙必大听得清清楚楚。

他端着那杯用珍藏的月宫糖桂花泡成的甜水，从梦舟揽月号合金航天气球内凝视着窗外的璀璨星图。他还在地球上的时候，曾数次尝试扎入瘦西湖的月影之中，却无一例外地只触摸到坚硬的石壁。

也许月球那边的月海已经被坍塌的山石堵塞了吧？也不知道地月之间的时空裂缝还会不会重新出现，又会出现在哪里。他又仔细地调起了量子接收器，调到了另一个没有画面的频道，刺啦刺啦声中隐约传来一个人的发言声："接下来，我们热烈欢迎来自月球的凤鬟女士！"

龙必大微笑起来。他调整气球飘移的方向，向着信号来源的宇宙深处飞去。

张佳风续本：奔月

作者简介：

张佳风，科幻爱好者，创作者，上海市科协"科幻苹果核"写作沙龙成员，上海市浦东新区科幻协会会员。作品散见于《蝌蚪五线谱》《奇想宇宙》《谜想计划》《咪咕阅读》《小科幻》等。曾获得冷湖奖、水滴奖、晨星奖、读客文学奖、咪咕文学奖等。

故事梗概：

玉太郎一心研究新式气球，在梦中得到远在月球的龙孟华指点，可惜制造中与濮心斋等人出现事故，被月族人救到月球。两族人民建立友谊，共同遨游宇宙，见证奇观与超新星诞生。两族人民受震撼，最终月族人选择离开月球寻找同胞，地球众人放弃月球荣华，不惜被清除记忆，回到故乡发展科学教育。多年后，龙孟华后人成功登陆月球背面，见证了当年两族友谊的遗存。

第一回　球中仙妙法救人命，玉太郎立志造飞球

却说玉太郎命在旦夕，众人心焦之际，锦衣童子送来书信，便匆匆返回月中飞球。那书信正是凤氏手笔，称龙孟华一家正在月宫游学，玉太郎所患重疾，地球上恐无救治之法，月人特派仙医前来施以援手。

事关郎君性命，一向沉稳的濮玉环慌乱无主，持捏书信的纤手不住颤抖，额角流下冷汗。鱼拉五道："鱼某学医数年，未曾见此症状。玉先生五脏遍布细小裂痕，触则扩裂，洗心换脏之术难以施展⋯⋯既然凤夫人传信，想必月人定有仙法。"

唐蕙良、色来因点头称是。几人简单商议后，决定一试。遂派人外出禀告童子。

可哪里有童子踪迹？

众人错乱时，半空中光芒闪耀。却见一球状物挂在西北天空，光芒正出自其中。梯门打开，一束光线射下。回头看时，那玉太郎竟平躺着飞出屋门，被光线引着升空。濮玉环想上前阻止，鱼拉伍忙拦住，指指天球上探出头的童子，示意乃童子所为。

须臾之间，玉太郎顺光线进入球中。光芒熄灭，天球转眼不见。众人惊叹月人超凡技术之余，不免担忧玉太郎安危。

濮玉环彻夜未阖眼，天不亮便来到前厅守候，盼天球出现。丫鬟端来早饭、午饭，她哪里有心思，瞧都不瞧一眼。唐蕙良和色来因纷纷相劝，濮玉环也只啜了些茶。

太阳西下，天色阴沉之际，一道光线照亮庭院。

众人惊呼中，玉太郎在光线照射下，再度落到院中。天球旋即消失，用人将昏睡的玉太郎抬进卧室。

鱼拉伍检查后，惊喜地发觉他内脏的伤已痊愈。果然，不出一个时辰，玉太郎已然苏醒。濮玉环端来明目汤，玉太郎喝过，气色登时恢复。

拱手向众人致意。

"先生此去经历了什么？"濮玉环关切地问。玉太郎沉思半晌，缓缓开口："我醒来时，躺在一处纯白舱室里，月球童子叽里咕噜说了一大串，想必是让我不要惊慌。室内并无医生，一机械臂膀除去衣物，全身喷上药水，我便感觉不到疼痛。机械臂膀射出光点，在胸腹部切出一尺的口子，我见到跳动的心脏布满裂痕。"唐蕙良和色来因听到此，露出惊恐之态。鱼拉伍猜测是光手术刀，药水具有强力麻醉功效，但玉太郎竟能保持清醒，他感到惊异。"机械臂膀在心脏和其他受损的脏器上涂上凝膏，之后用荧光照射。说来惊奇，那凝膏收紧，将处处裂痕弥合。那心肝完完好好，看不出任何疤痕。"

鱼拉伍推测凝膏强度极高，光线照射增强其活性，凝膏颗粒相互勾连绞合，完成无创的裂痕修复。

"可曾见到龙先生一家？"濮玉环问道。

"可惜，手术后我便失去知觉。迷迷糊糊见到天球里一些设施，但怎么也想不起来。除了童子，想是没见到别人。"玉太郎道。

众人略有遗憾。但见玉太郎恢复良好，不免为他高兴。各自尽早回房歇息，一夜无话。

不出几日，玉太郎已然痊愈。但濮玉环发现他不似往日健谈，终日皱眉闭口，面色蜡黄。白日里，玉太郎闭锁在厢房里，宾客不见，连李安武邀请做客，他亦借口不赴。夜间，其辗转反侧久久不睡，间或嗟叹之声。

濮玉环问起，他每每摆摆手，挤出笑容，示意无事。鱼拉伍推测为心病后遗症，或需要时日消化恢复。

一日，濮玉环端汤进厢房。但见玉太郎埋坐于半丈高的书本图画之中，皮带、气缸、连杆、木块、硝石散落一地，角落里堆着数颗球状模型。

玉太郎从书堆中探起身，形容枯槁，双目无神。

濮玉环登时明白。"太郎近日专研新球？"

玉太郎点点头。

"进展未见顺利？"

玉太郎不作声。整个厢房陷入沉寂。半晌，他泄气一般跌坐在地，堆积的书本哗啦落下。濮玉环赶忙扶起。玉太郎如幼儿状搂住濮玉环，"哇"的一声哭出来。

濮玉环饶是知识女性，心思细腻，猜到枕边人缘何近些日情绪低落。在她安慰之下，玉太郎按捺不住，坦言在飞球中治病之际，被先进的飞球技术震撼，为救国启智，他发誓要造出同样能登九天的飞球。

怎奈他无法进入飞球驾驶舱室，并未了解其飞行原理。玉太郎绞尽脑汁，在厢房中尝试各种方式久久不得其法。他自怨自艾，压力俱增，连日憋闷在濮玉环温婉的怀中终于崩溃倾泻。

濮玉环轻拍玉太郎，他深知郎君心性，不达目的誓不罢休。正不知如何劝慰之际，忽见书本中露出一角的《大公报》，心生一计。

第二天一早，重抖擞的玉太郎便会见报社朋友，在全国各地报纸上刊登广告，寻求飞球或月人先进原理。

消息一经刊登，联络者众多，但大多为江湖术人或民科妄人前来招摇，玉太郎不免吁嗟。半月后的晌午，一发自上海西佘山天文台的信件令玉太郎连声惊呼，未做更衣，便即刻驾球前往申城。

第二回　天文台发信寻仙踪，造飞球遇险凤飞崖

西佘山顶林木掩映之中，法式二层红砖结构淡雅古朴，简约中显露庄严。

山巅的天文圆顶内，蓄山羊胡的蔡尚质台长持铜壶给玉太郎斟满咖

啡，介绍天文台历史。蔡台长法兰西传教士出身，自幼研习天文，作为天文台首任台长主持安装"远东第一镜"，观测太阳、月亮与彗星运行。

饮毕咖啡，蔡台长邀玉太郎走上阁楼，进入四十厘米口径双筒折射望远镜镜身。十余米长的镜筒斜插入天，饶是震撼。蔡台长指着照片，道："近日月球观测中，数次拍摄到球状发射器到访。"玉太郎瞪大双眼，那影像正是月中飞球。蔡台长又道，"从月球到地球仅数十秒，速度骇人。"

"可有内景或其飞行原理推测？"玉太郎忙问。

蔡台长摇摇头。"其飞行轨迹无可循迹，只道月球领先地球数百年有余。"玉太郎眯起眼，某张图上飞球下似乎吊起一人，对比拍摄时间，那人莫不正是自己？蔡台长又道，"我台已尝试与月球通信，且随我来。"

二人绕到侧面操作室。蔡台长对一巨型机器揿下按钮，装置运转，管状物顶端红光闪动，向镜筒所指方向源源不断发出光束。蔡台长告诉玉太郎，微波仪可实现向月球传递携有信息的光信号，但回馈纸带总是空白，未有任何回信。他允诺玉太郎可编撰内容凭微波仪发往月球。

玉太郎大喜，忙撰写几条信息交由蔡台长，其中不乏感谢凤夫人救治，思念龙孟华一家云云。

自离开申城，玉太郎与蔡台长频频通信，数度驾球往返。微波信息几经更替，虽未收到月人回信，但二人相处甚欢，畅谈自然技术之理。

说来奇巧，玉太郎每每梦到龙孟华，梦中龙孟华头戴玻璃罩，满面红润，挽手致谢玉太郎思念之情，玉太郎喜不自胜，与兄长挑灯长谈。醒来往往满头大汗，忘记所谈内容。

玉太郎说与蔡台长，蔡台长略一沉吟，询问其睡梦发于何日何时，逐一比对，其时的回馈纸带夹有雪花，内容不可辨。"雪花或是月人回信，距离太远以至于信号模糊。"蔡台长请玉太郎就此住在圆顶阁楼，命助手时刻守护。

某日玉太郎又梦到龙孟华，依稀聊到月球生活，玉太郎一个激灵醒来，按约定摇铃唤醒助手。那助手登时操作装置调取回馈纸带，纸上斑斑点点，足足扯出丈余长。

怎奈信息驳杂无序，求助学堂教师无从破解。兹事体大，蔡台长辗转拨打数通德律风，与玉太郎登球造访英格兰约克郡，在一乡下报馆暗室租得巴贝奇差分机复原机。玉太郎雇佣三名工人，历时三周，终于算出信息内容。

信息简单明了，龙孟华口吻，称其一家已与月人建立深厚友谊，打算就此定居。蔡台长与玉太郎惊喜交加，驾球返沪，玉太郎倒头便睡，意欲再梦龙孟华。

后玉太郎又梦龙孟华四五次，无不仔细追问月中天球原理，积攒两麻袋回馈纸带，交由差分机破译。半年有余，玉太郎终晓天球动力之法。

时机已到，图纸材料理论原理一应俱全，玉太郎令管家看家，携濮玉环与众仆来到凤飞崖，按手稿全心研制飞球。

新式飞球工程浩大，险阻颇多，玉太郎进展缓滞。好在众志士前来相助，濮心斋安排美华矿物公司负责钢铁冶炼，李安武带人协助铸件，鱼拉伍带头按图纸组装，白子安统筹测试，濮玉环提供饮食茶水，唐蕙良小姐与色来因保障后勤。

一时间，凤飞崖下工厂里热火朝天，众人齐心。白天加工制造，夜晚谈论国事。纷纷期待飞球研发成功，扬威海内外，直通天地间。

巨型涡轮风扇缓缓转动，皮带嗡嗡传送。鱼拉伍调试好频率，白子安指挥众人启动压缩机，凤飞崖空气稀薄，雾化燃料强度不足，压缩机颇为吃力，铿锵作响。众人捏了一把汗，白子安摆手示意停止进气，静候观察。压缩机一片通红，噼啪声爆出，白子安看向玉太郎，正欲商量放气以终止测试之际，"嘭"的一声巨响，火光四起……

多时以后，玉太郎缓缓转醒。头痛欲裂，脑中一片空白。

双眼所见之处混沌不清，他揉揉眼，只见一人影进入视线，慢慢由虚转实。那人头戴玻璃罩，红光满面——这哪里是别人？正是老友龙孟华。

第三回　老朋友重逢穹顶城，地月族相会广寒宫

月球表面苍凉贫瘠，真空一片，龙孟华给玉太郎扣上面罩，带他跳跃行走。玉太郎轻轻飘飘，如坠梦中。龙孟华在前引导，带老友游览月境。

二人一路叙旧。原来，龙必大当年在玉盘湖救了意外落水的凤鬟，凤鬟父亲穆恩感激涕零，接龙孟华与凤氏前来月球游学，居住在月背处穹顶城内。两家人关系渐笃，龙必大与凤氏两个哥哥情同兄弟，与凤鬟更是无话不谈。作为族长的凤鬟七祖父有意将其许配给龙必大，双方皆有意，奈何月法规定若结为亲家，龙孟华与凤氏则永久居住于月球，不得随意返回家乡。地球各国各族纷争斗乱，民众精神涣散，龙氏夫妇有意离开这是非地，可家国情怀深厚，至此纠结不已，始终未答复七祖。

心乱之际，龙孟华收到地球信号，经穆恩勘察来自西佘山天文台。怎奈地月技术差距巨大，天文台微波仪无法实时接收信号，延迟接收导致月球消息自行解耦，内容不成文字，以雪花散在回馈纸带各处，蔡台长无法识别。

穆恩改造信息传输仪，令龙孟华于玉太郎梦中传递信息，虽梦醒无法忆起，但微波仪可识别梦境时间内过往信息，通过差分机破译。龙孟华囿于月宫，凭此法将先进技术传给玉太郎，指引其设计飞球。

无奈地月气候环境差异过大，空气压缩燃烧不充分导致压缩机紊乱引发爆炸，幸而龙孟华事先安排飞球守护，事故发生前一秒释放纳米膜将众人救起，运回穹顶城。

"月族人人口多少？"玉太郎问。

"就七祖这一个家族，四十余口。"龙孟华甫一说完，玉太郎目光惊异。穹顶城巨大的玻璃天顶下彩光绚烂，繁华于纽约数倍。如此工程，他以为月族人必定人口众多，遍布月表。"月人寿命长，七祖已两百岁有余。其技术发达，劳力多由机械替代。"龙孟华解释。

穹顶城内建筑奢华，氧气充足，二人卸去面罩，直奔餐厅。

众人已然转醒，见到龙孟华与凤氏母子，皆喜出望外，不住拥抱寒暄。龙孟华尽主人之谊，请濮心斋坐了主位，满桌星月草、月湖鱼、冰架鸡等特色美食，众人觥筹交错，谈天论地，感恩龙孟华相救，庆祝三十八万公里外的相逢。

酒过三巡，女宾与孩童回房休息。玉太郎潸然感叹，直念地球与月球发展相距甚远，格致①基础不健全，得到技术仍造飞球而不得。鱼拉伍啧啧称是，边嚼仙果边赞道："大开眼界，大开眼界！月球真仙境，赛蓬莱超瀛洲！在此荣华一辈子，做人也值得！"李安武听了不爽，白了他一眼："家乡水深火热，谁有心在此享福！"鱼拉伍差点呛到，"就那意思……岂能当真。"

龙孟华自饮了半响，缓缓开口："此间有一异状。月球住满三日，人脑神经元受辐射已深，一旦回归地球，则月球期间记忆清零。记不得此间任何事。"众人惊诧，濮心斋提醒此为第二天，众人乃心定。

"如此说来，吾等明日定当返回。"濮心斋道。

龙孟华点点头，又道："我家居一年有余，回归之日则记忆清除，清除不要紧，这……"众人看向他。李安武接茬儿道："龙兄唯恐所掌握月球先进之理不能带回地球？"龙孟华点头称是。玉太郎道："可通过做梦之法，差分机可译。"龙孟华摇摇头："两地文化差异大，信息难以精准传递，飞球事故莫不因此所致。"白子安问："先进知识整理为册，吾等明日带回地球慢慢参研。"龙孟华摆摆手："月球知识存于机械内，整理需数月

① 科学一词的旧称。

时间，明日断然来不及。"

众人半晌无语。

濮心斋忽道："这月族人何等来历，其民众发展如何？"

龙孟华略加思索，穆恩曾说其先祖远居太阳系外，该分支自七祖上一辈迁徙到此，彼时地球发展至第一次工业革命，七祖遂占据月球，开疆扩土，一住数百年。

濮心斋脸色一变："地球资源丰富，月族人频乘飞球前来，莫不是要入侵？"众人皆变色。龙孟华遂讲出龙必大搭救凤鬟，七祖许其成亲之事。众人稍安心，纷纷举杯贺喜。濮心斋放下酒杯，道："能否与七祖会面？"

翌日，穆恩在月背会客厅大摆宴席，场地特意设计为广寒宫造型，桂香四溢，仙气飘飘，众用人扮成仙女与童子。七祖拄着杖，从人群中微笑走来握住濮心斋双手，热情欢迎地球朋友。

席间歌舞升平，火星藻、卡戎鳝、泰坦蚌等星际美食令众人开眼。鱼拉伍满脸通红，手搭穆恩肩膀，要与其结为兄弟；白子安、李安武与凤鬟两个哥哥大谈地月文明异同；玉太郎和濮玉环拉着七祖，滔滔不绝请教飞球升空原理；唐蕙良小姐与凤鬟母亲言笑晏晏，询问美食烹饪之法。凤氏与龙必大穿插其间，或做翻译，或安排童子添酒递菜。地月首次大规模种族交流，洋溢着友好与欢笑。

濮心斋与七祖一见如故，酒后饮茶时，二人高谈格致与社会进步。濮心斋问及月族人发展计划，七祖喟然长叹，若有所思。

第四回　众义士漫游银河系，月族人重生超新星

地球物产富饶，人口众多纷争不断。月球贫瘠清冷，月族人少团结

一致。七祖称其祖先技术发达，但人口扩张飞速导致资源濒临枯竭，无奈派出各分支种族全银河系内寻找家园。七祖率部开发月球，但近年来资源匮乏，种族繁衍到达拐点，不做出改变则种族势必无法长久。

龙必大对月族人有恩，因此七祖提出两族通婚联姻，以改良基因，壮大月族。七祖补充道："此举尚在商议中，取决于龙氏夫妇态度。"濮心斋问："可曾想过月族人融入地球？"七祖赧然，道："实不相瞒，我族曾设想以尖端技术侵占地球，以求种族之长久。奇巧凤鬟遇险，恰逢龙必大搭救，我有何颜面再行此策，惭愧惭愧！"说着抱拳要拜，被濮心斋一把扶起："国之大事，在祀与戎。一切种族为繁衍壮大，七祖不必如此。"濮心斋又问："七祖如何飞抵此处？不知其余族胞分支现居何地？"

种族大计，七祖心中郁结久已，一面无良策，一面无人诉说内心之苦。濮心斋虽为地球人，但理性博学，内心赤诚。七祖无所遮掩，倾倒内心难处。他引领濮心斋乘飞球至半空，指指下方环形物。

"环形火山口？"濮心斋道。

"是飞船。"七祖道，"我族乘它而来。"

是夜，"地球人会议"进展顺利，全员赞成乘船遨游寰宇，探访其他文明——"朝闻道，夕死可矣。"众人宁愿放弃此间记忆，只为一睹宇宙真容。

翌日，濮心斋主持众人重建炼钢车间。玉太郎统筹流程与生产，以美华炼矿铸钢法助月族人铸造飞船缺失部件。原来，月族人炼钢之术落后，加之矿产贫乏，飞船早已年久失修。

不出月余，新制部件铸好。七祖手臂一挥，月球竟以赤色山峰为界，自中间分为两半，一银色亚光球形飞船自核内飞出。那环形火山口，正乃飞船发动机喷射口。七祖一声令下，等离子发动机组启动，蓝色火焰喷射，飞船悠然升空。

虚空中黑暗如墨染，竟无半点光亮。飞船划开一切，无声无息。

龙孟华、玉太郎等人无比好奇，瞪大眼向窗外寻觅星尘。濮心斋面色凝重，感叹寰宇四方竟如此寂寥。七祖回想当年来时路程，心绪飞驰。

飞船悄声加速，玉太郎被陨石惊出冷汗，龙孟华为远处星光着迷，濮玉环妄想收集激荡的星尘，濮心斋回望地球的方位。霎时，赤色星球自西天显现时，众人皆骇然。

"火星。"七祖道。

火星如绯红玛瑙，奶白云纹镶嵌其中，冷光熠熠。

飞船落定轨道上方，腹部释出卫星球。卫星球潜入火星，穿峡谷跨山川，顺河床蜿蜒而下。众人如刘姥姥进大观园，眼中闪出光芒，为火星其苍茫凛冽所震撼。

宇宙幽深，浩瀚无边。飞船次第掠过木星、土星、天王星等行星。众人历经极寒、烈火、空间塌陷、维度扭曲等各类异状，远在寰宇一隅，星辰如大海，无不感叹物种之幸运，生命之可贵。

七祖纳罕，接收器迟迟未搜到同族频率。"莫非族胞已不在太阳系？"地球众义士商议，决定与月族人同往系外遨游，以寻族亲。

飞船金刚石般冲破柯伊伯坚冰带，一片璀璨中，天关已远去。摆脱桎梏，飞船如离弦之箭，无限加速，跨越万千颗星。迷雾中，七祖收到微弱脉冲频率，时隐时现，正乃同族专有。

飞船向信号前行，跨越层层星团旋涡。信号随光亮壮大，众人看定，强光中一巨星在火焰中垂死，占据半边天幕。残星滚滚燃烧，暗尘喷涌而出。伴随残星爆开，灰烬四散，信号强度达到波峰。

"难道七祖的族胞已遭湮灭……"鱼拉伍喃喃道。

"不，其族胞正在重生。"龙孟华朗声道。

灰烬之中，一粒新星轻轻眨眼。新星膨大，周遭紫气弥漫，状若天琴。

第五回　月族人赠予真月球，弃荣华返乡承先志

看来族胞此时乃文明之初，尚需时日孕育成长。由于无法与族胞交流亲近，七祖倍感失落，濮心斋安慰称不虚此行，起码亲自见得族胞，了无遗憾。

归程路途遥远，龙孟华担忧返回时已数十年后物是人非。穆恩道飞船已逾光速，时空极度压缩，相对时间不会太久。

果真，飞船返回月球时仅过数月。遥望蓝白星球家园，濮心斋与龙孟华、玉太郎等人热泪盈眶，无论何时，不管何地，此心安处是吾家。寥寥数月，念宇宙之诡谲，沧海之浩渺，众人如涅槃重生，生死置之度外，真应了"朝闻道"所言。

不日，龙孟华携妻子正式会见七祖与穆恩。龙氏感念月族人之恩情，此番游历使其意志坚定，家国大于一切，龙氏全家决定返回家乡，以有生之年报效祖国，尽赤子义务。

七祖大笑，称虽遗憾但深表理解。他唤来凤鬟，请凤鬟与龙必大皆为义兄义妹，二位孩童尚未深谙男女感情，笑着行兄妹之礼。众人皆是欢喜。

深空之旅令飞船伤痕累累，濮心斋一众临行前悉心向月族人传授炼钢术，协助修补，令飞船内外焕然一新。饯行宴上，地月友人推杯换盏，七祖与濮心斋泪眼婆娑，相互不舍。濮玉环道："七祖想我们，随时欢迎驾球光临。"鱼拉伍补充："我们做东，随意品尝地球美食！"众人大笑。

七祖黯然，道："诸位好友，我族决定离开月球，重返宇宙家园。"众人不解："可这，月族人数百年基业……"

七祖大口饮下杯中酒，这番游历令月族人重拾生命真谛。月球乃地球卫星，终究是地球人之领土。月族人与地球人建立友谊实乃缘分。族胞于超新星爆炸中倾覆，无论此前繁盛抑或凋落，竟在烈火中重生，其

顽强令人钦佩。月族人深受龙孟华一家舍弃月球荣华归乡之鼓舞，决定重返天琴新星，与族胞相聚，协力建设新家园。

七祖一番话，在座无不动容。濮心斋举杯，众人响应。

七祖命人献上一匣，匣内乃一夜明珠所雕月球，作为礼物赠予地球友人，以纪念其情谊。七祖又道："地球进入新时代，发展迅速。众义士可开启'奔月'计划，我族的真正礼物，乃脚下这颗真月球！此间权当我族代为建设，百年后，你后人必将登月发展！"

濮心斋正色道："此月球将指引我辈前行。何以救国？唯格致以救国！"说完，取出纸笔，大手挥就"地月情深"四字，赠予月族人以做纪念。

穆恩安排飞球将濮心斋一行人送回地球，后月族人驾驶核内飞船直奔天琴座，按下不表。

濮心斋一行回归后，亲友家人喜极而泣，早先以为他们在爆炸事故中丧生。众人也自诧异，记忆被抹除，说不清近几月去了哪里，便不多想，各自回归岗位。

听闻玉太郎回家，蔡台长特意赶来。他递来照片，称大半年前一银色小球自月球腹中发出，不知所终。前日小球返回，昨日竟又发出，询问玉太郎是否知情。玉太郎久久不语，黑丝绒天幕与新星爆发画面闪动，却如何记不起来。

濮心斋傍晚设宴，玉太郎将蔡台长引荐给濮心斋、龙孟华、李安武等人，众人谈得投缘。一时兴起，濮心斋关闭灯火，只见夜明珠月球光亮通明，比头顶的圆月更明亮。众人啧啧称奇。

忽然，有声音自夜明珠中传出，似人说话。众人屏住呼吸侧耳倾听，那声音竟出自濮心斋，正是——

"此月球将指引我辈前行。何以救国？唯格致以救国！"

第六回　先行者格致救中国，百年后登月扩疆土

一句话点醒梦中人。一味抱怨、愤懑、自怨自艾、自暴自弃毫无意义，天下大同，唯有拥抱社会与时代，研习自然技术，推动全人类发展，才是硬道理。蔡台长介绍申城格致书院校长英格兰人西廉过来，濮心斋府上志士相聚，热闹非凡。

西廉认为，发展格致之同时应继续扩大教育，学生是未来，是无限可能。此话引得濮心斋称赞，不出几日，"格致教育同盟会"正式成立。众人推举濮心斋为会长，英国人西廉、鱼拉伍、色来因，日本人玉太郎，法国人蔡台长作为代表，龙孟华、凤氏、濮玉环、李安武、白子安、唐蕙良作为中方委员，分别将国际先进理念与中国现状相结合，在全国的格致学院开设格致教育。

"格致教育同盟会"理念之一为走出去。濮心斋等人内心深处，三十八万千米外的月球乃真正的方向，走出去，一切数学、自然、物理、外文、化学、材料皆为走出地球、实现奔月的工具。

中西联合力量大，玉太郎时常驾飞球载学生们到处游学参观。至德国向齐柏林请教飞艇制造经验，往俄国莫斯科大学参观茹科夫斯基之风洞，赴美国与莱特兄弟交流扑翼飞机的平衡问题，抵法国参与测试路易·布雷盖兄弟之载人直升机……

不出几年，政府大力支持格致教育，出资在各省设立义务教育机构，推行全民教育。濮心斋大力整改，在美华矿物公司基础上开设美华学校，作为补充教育，配合格致学院。

至此，奔月计划正式启动，濮心斋等人有信心，百年后登陆月球，在月背建立人类居住地，造福人类。

斗转星移，春秋变换。

梦舟号绕月三周，悬停在轨道之上。航天员龙月明乘坐揽月号登陆

器降落，成为首位进驻月球背面的人类。龙月明操控揽月号，漫游月海，翻越陨石坑，沿途收集月尘与数据。虚拟助手开启运算，此地僻静平稳，在此设立基地的概率随探测深入增大，各成员无不振奋鼓舞。

穿过峡谷，揽月号行至某赤色山峰。月球灯照耀下，山腰依稀有冷光闪动。

揽月号摄像头转动，焦距所至之处，几个巨型毛笔汉字纳入镜头：

地月深情。